U0118772

王汝梅 著

金瓶梅版本史

增订版

齐鲁书社
·济南·

图书在版编目（CIP）数据

《金瓶梅》版本史 / 王汝梅著. —— 增订版. —— 济南 : 齐鲁书社, 2024.1
ISBN 978-7-5333-4714-7

Ⅰ.①金… Ⅱ.①王… Ⅲ.①《金瓶梅》–版本–小说研究 Ⅳ.①I207.419

中国国家版本馆CIP数据核字(2023)第252284号

策划编辑　刘玉林
责任编辑　王小倩
装帧设计　亓旭欣

《金瓶梅》版本史(增订版)

JINPINGMEI BANBENSHI ZENGDINGBAN

王汝梅　著

主管单位	山东出版传媒股份有限公司
出版发行	齐鲁书社
社　　址	济南市市中区舜耕路517号
邮　　编	250003
网　　址	www.qlss.com.cn
电子邮箱	qilupress@126.com
营销中心	（0531）82098521　82098519　82098517
印　　刷	山东临沂新华印刷物流集团有限责任公司
开　　本	710mm×1000mm　1/16
印　　张	20
插　　页	10
字　　数	290千
版　　次	2024年1月第1版
印　　次	2024年1月第1次印刷
标准书号	ISBN 978-7-5333-4714-7
定　　价	158.00元

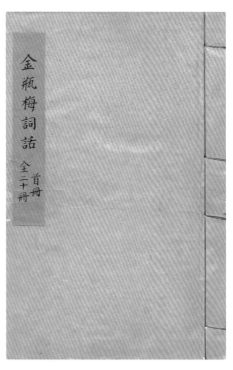

北平图书馆购藏本封面书影

北平图书馆购藏本《金瓶梅词话序》首叶书影

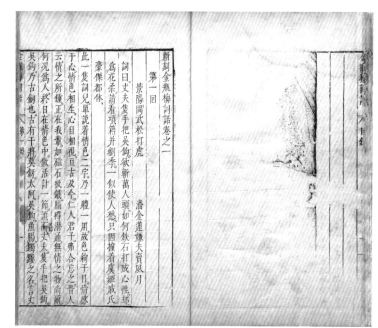

北平图书馆购藏本第一回首叶书影

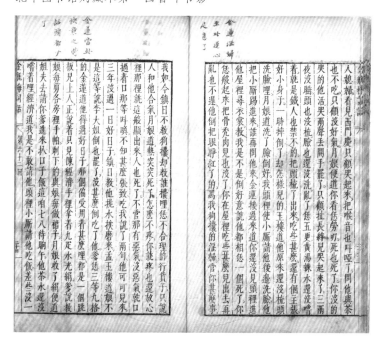

北平图书馆购藏本正文第六十二回部分朱批书影

北平图书馆购藏本（现藏台北故宫博物院）图书馆藏编号

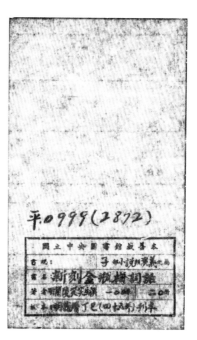

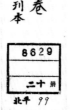

金瓶梅詞話　十四

一陣走出街上犬喓唱說誰家女婿要聚丈母還來老娘屋裡放屁這經濟慌了一手扯進婆子來雙膝跪下央及王奶奶紮蓋我依了奶奶價值一百兩銀子去婦人道你既為我一場休與乾娘爭日起身往東京取銀子去只恐來遲了躺人要了奴去了就不是你的人了婆經濟道我囑上頭口連夜兼程多則半月少則十日就來了子道常言先下米先食飯我的十兩銀子杠外休要少了我的說明白着經濟道這個不必說恩有重報不敢有忘就畢經濟作辭出門到家收拾行李次日早顧頭几上東京取銀子去此這去正是

青龍與白虎同行　　吉凶事全然未保

台北联经出版事业公司据北平图书馆购藏本朱墨二色影印本书影

古佚小说刊行会影印北平图书馆购藏本第一回首叶盖有
"古佚小说刊行会章"（篆字，红色，竖刻长方形）

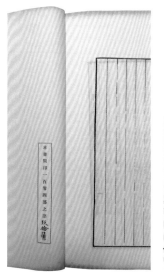
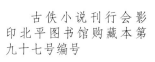

古佚小说刊行会影
印北平图书馆购藏本第
九十七号编号

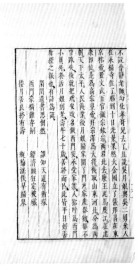

古佚小说刊行会影印北平图书馆购藏本第一百
回第十七叶盖有"古佚小说刊行会章"（篆字，红
色，竖刻长方形）

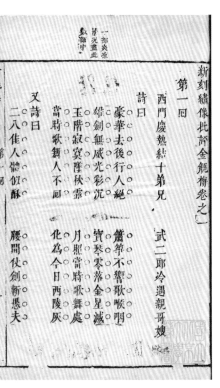

北京大学图书馆藏崇祯本第一回首叶书影

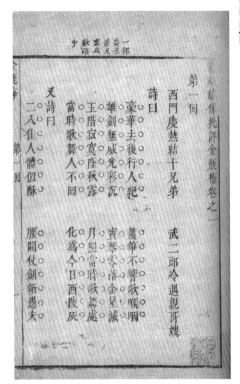

天津图书馆藏崇祯本第一回首叶书影

张青松先生藏张竹坡评本扉页书影

韩国首尔梨花女子大学图书馆藏张竹坡评本书影

张青松先生藏张竹坡评本《寓意说》书影

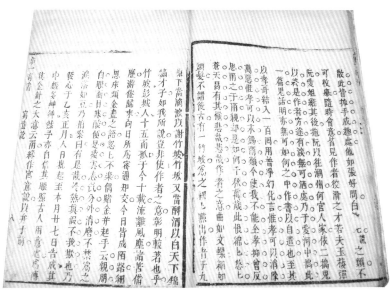

韩国首尔梨花女子大学图书馆藏张竹坡评本《寓意说》书影

首都图书馆藏张竹坡评本扉页书影

张竹坡评本苹华堂本扉页书影

张竹坡评本影松轩本扉页书影

张竹坡评本玩花书屋本扉页书影

《新镌绣像批评原本金瓶梅》内阁文库藏本封面书影

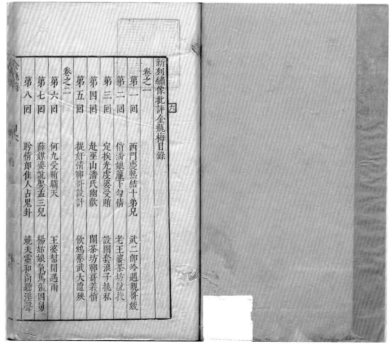

新刻绣像批评金瓶梅目录

卷之一

第一回　西门庆热结十弟兄　武二郎冷遇亲哥嫂

第二回　俏潘娘帘下勾情　老王婆茶坊说技

第三回　定挨光虔婆受贿　设圈套浪子挑私

第四回　赴巫山潘氏幽欢　闹茶坊郓哥义愤

第五回　捉奸情郓哥设计　饮鸩药武大遭殃

卷之二

第六回　何九受贿瞒天　王婆帮闲遇雨

第七回　薛媒婆说娶孟三兄　杨姑娘气骂张四舅

第八回　盼情郎佳人占鬼卦　烧夫灵和尚听淫声

《新镌绣像批评原本金瓶梅》内阁文库藏本目录书影

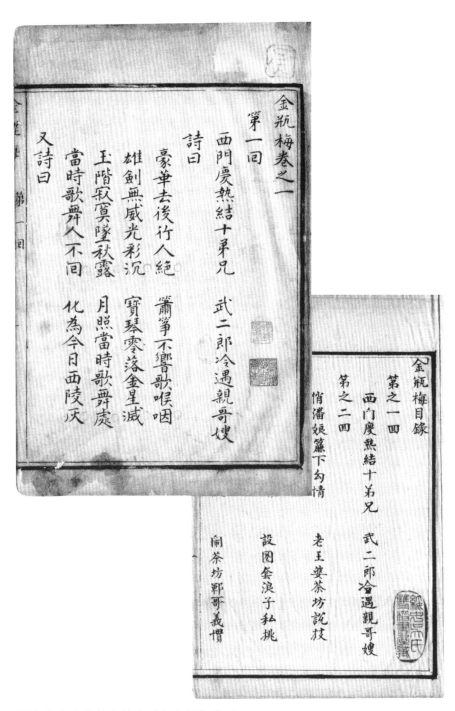

金瓶梅卷之一

第一回

西門慶熱結十弟兄　武二郎冷遇親哥嫂

詩曰

豪華去後行人絕　蕭箏不響歌喉咽
雄劍無威光彩沉　寶琴寥落金星滅
玉階寂寞墜秋露　月照當時歌舞處
當時歌舞人不回　化為今日西陵灰

又詩曰

金瓶梅目錄

第之一回

西門慶熱結十弟兄　武二郎冷遇親哥嫂

第之二回

老王婆茶坊說技

設圈套浪子私挑

悄潘娘簾下勾情

鬧茶坊鄆哥義憤

吳曉鈴先生藏乾隆抄本《金瓶梅》書影

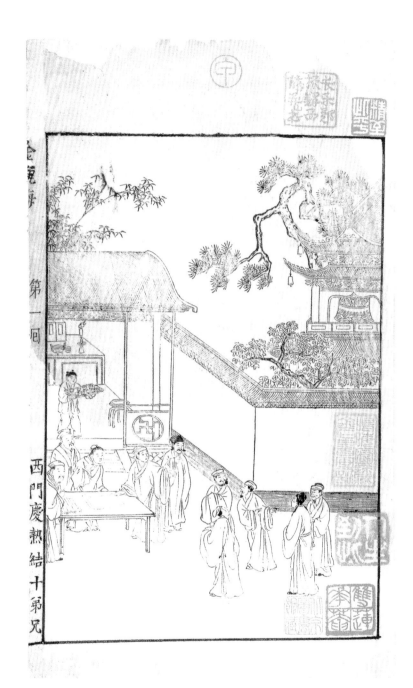

《新刻绣像批评金瓶梅》王孝慈旧藏本第一回图一

新安刻画祖鹤

金瓶梅

武二郎冷遇親哥嫂

《新刻绣像批评金瓶梅》王孝慈旧藏本第一回图二

吉林大学图书馆藏满文译本《金瓶梅》抄本书影

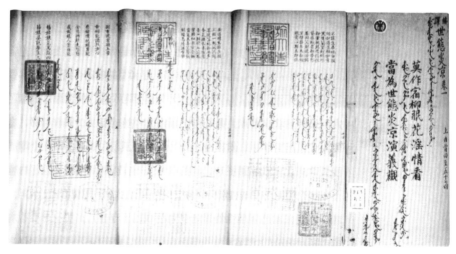

大连图书馆藏满文译本《翻译世态炎凉》清抄本书影

怎样理解《金瓶梅》（代序）

王　昊

　　王汝梅教授与《金瓶梅》结缘，走上探索之路，已三十五个年头。三十五年如一日地研究，他无怨无悔，从不言放弃。他在《王汝梅解读〈金瓶梅〉》后记中说："笔者认定了它的伟大不朽，它的永久的艺术魅力，认定了它在中国小说史上的高峰地位，它的世界影响。"王汝梅教授坚持阅读研究《金瓶梅》，达到爱不释手、时时在心的程度。

　　他认为，要读《金瓶梅》，爱上《金瓶梅》，要把一百回当一回读，从整体形象上把握。粗读、略读不可能爱上，甚至还可能有错觉、误解。每读一遍都会有新感觉，《金瓶梅》是一部十分耐读的经典名著。

　　《王汝梅解读〈金瓶梅〉》是王汝梅教授三十多年研究成果的结晶。黄霖先生在序文中说，这部论著有"独特的滋味"，意在说有著者自己的阅读体会感受。同时，著者也愿读者朋友读后引发阅读兴趣、产生快乐、受到启发。该著于2007年初版，受到读者的欢迎。现在，王汝梅教授经过三十五年的积累，取得国内外几十家图书馆大力支持，又推出《〈金瓶梅〉版本史》这一专著，评述了近百种《金瓶梅》版本，全面记录了《金瓶梅》的传播历史。该著图与文相辅相成，使文献性和欣赏性、学术性结合，集《金瓶梅》版本之大成。既有可读性，又有永久珍藏价值。《王汝梅解读〈金瓶梅〉》与《〈金瓶梅〉版本史》，是王汝梅教授《金瓶梅》研究的双璧。

综览《王汝梅解读〈金瓶梅〉》与《〈金瓶梅〉版本史》，有如下观点值得关注，给我们理解《金瓶梅》有所启发。

一、对女性形象的新塑造，对小说艺术的新开拓

《金瓶梅》之所以伟大，在于它对女人的发现，对商业社会的发现。在描述诸多发现时，兰陵笑笑生显示出他是曹雪芹艺术革新的先驱，是表现人类性爱的大手笔，是晚明社会开始转型期的敏锐观察者、感受者，他以超前的意识思考人生、探索人性。

《金瓶梅》艺术世界，是女性占据舞台中心，以描写女性主体意识、性格、心理、生存状态为重点的女性群体世界。潘金莲是《金瓶梅》女性世界中的第一号人物。潘金莲性格多面复杂，精神苦闷压抑，人生道路曲折。她叛逆封建伦理道德，不满男性中心社会，有很强的自我意识，争生存，求性爱，不逆来顺受，不安于现状，反叛三从四德。在晚明这一特定历史阶段，作者敏锐感受到女性意识的初步自觉，女性的美与真，以及被社会扭曲的悲哀。作者用如椽之笔倾力塑造潘金莲，从潘金莲的复杂性格、争生存宠爱的困境中，让我们今天的读者能触摸到晚明社会初步转型期的社会震荡与时代的矛盾危机。面对社会新旧因素交织，灵与肉、自然情欲与传统伦理的复杂呈现，作者是困惑的。他不是妇女解放的呼唤者，时代距离这一要求还很遥远。但是兰陵笑笑生是一位发现女人，认为"女人也是人"的古代不自觉的"女性主义者"。他给我们塑造了众多有内在美与外表美的女性，揭示了她们的美的被毁灭。他给我们形象地描写了晚明的真

实历史。潘金莲形象是只能出现在晚明的艺术典型，她不可能出现在晚明之前。潘金莲形象有巨大的历史深度和前所未有的开拓意义。作者以新的发现、新的感受，创造性地塑造了潘金莲等成功的艺术典型，实现了小说艺术的重大突破，树立了中国小说史上一块重要里程碑。

《金瓶梅》以市井平凡人物为主要角色，贴近现实日常生活，不再是帝王将相、神魔、英雄的传奇，标志着中国小说艺术进入一个历史新阶段。

二、西门庆：晚明社会开始转型期的富商形象，出现在16世纪，是中国文学史上亘古未有的人物形象

《金瓶梅》中的西门庆形象集富商、官吏、情场能手于一身，而主要身份是商人。他经营五六个专营店：生药铺、典当铺、绒线铺、绸绢铺、缎铺等。经营的缎铺，由西门庆和乔大户两方投资，正式签订合同，按股分红。伙计韩道国、甘润、崔本三人管理店铺，将他们算入三股之一的股份，占有一定份额，利益按份额分配，实行的是股份制经营，建立了管理激励机制。典当铺成本为两千两，后发展到占银两万两，增长了十倍。西门庆经营商铺的获利情况，显示出他经营上的智慧和商业上的才干。

西门庆一生以生子加官为分界，之前他只不过是一个城镇小商人。有了钱财，买通官府，拜当朝太师蔡京为干爹，得了理刑副千户的官职，从此以后，他与朝廷大臣、巡按、知府各方面官员交往甚密，周旋于勋戚大臣之间。在情欲上，有一妻五妾，肆意淫人妻子，梳笼妓女李桂姐，霸占郑爱月。《金瓶梅》生动形象地描写了西门庆暴发后贿赂权贵、纳妾嫖妓、吃喝玩乐、追求高消费的行为。他只看到商品流通，没看到商品生产。

西门庆是晚明社会机体内在发展变化震荡期生长出来的，而不是

欧洲式的西方商人，也不是所谓"停滞"的封建社会商人，其悲剧性是由晚明社会结构特点的悲剧结局决定的。他不是"赘瘤"，也不是"新人"，而是亦旧亦新、亦商亦官、亦恶亦善、亦情亦欲的一个特殊的商人。所谓"新"，即具有与传统重农抑商思想不同的意识。就当时的环境而言，说他是一个强人，也未尝不可。西门庆形象，是作者对中国小说艺术的伟大贡献。

三、《金瓶梅》是《红楼梦》之祖，《红楼梦》继承与发展了《金瓶梅》的艺术经验，二者不但有继承关系，还是互补的

《金瓶梅》产生在明嘉靖、万历年间，《红楼梦》沿《金瓶梅》而产生，《金瓶梅》因《红楼梦》而更具艺术魅力，《金瓶梅》重写性、写实，开掘至人性更深处。《红楼梦》重写情写意，通向人类未来。以前，两部书在读者中是隔离的，读者对《金瓶梅》有道听途说的误解，对《金瓶梅》的误解，也影响了对《红楼梦》更深刻的理解与研究。把《金瓶梅》与《红楼梦》合璧阅读，有人生价值观修炼与文学创新研究的重要意义。

《金瓶梅》以家庭为中心，联系整个社会，反映广阔的晚明社会现实，给《红楼梦》写贵族家庭的兴衰开辟了道路。《金瓶梅》塑造了众多女性形象，人物之间形成群体结构关系，相互依存又相互矛盾冲突。《红楼梦》女性形象塑造，借鉴了《金瓶梅》，王夫人形象有吴月娘的影子，晴雯形象有春梅的影子，王熙凤形象有潘金莲的影子。两部书写了两个不同时代的女儿国，尽管有的女性有淫荡、争宠、狠毒的负面品格，但又都有美好的一面。打破叙好人完全是好，坏人完全是坏的单一写法，是从《金瓶梅》开始的，《红楼梦》又加以发展的。《金瓶梅》《红楼梦》打破大团圆的传统结局，如实描写人生悲剧。《红楼梦》《金瓶梅》分别表现了少年之情感至上与成年

之情欲，从这种意义上说，两书是互补的，是性爱人生的"上下卷"。

在《金瓶梅》中西门庆与妻妾之间，金钱权力凌驾于感情之上，男女在性与情感上是不平等的，从人的自然属性出发的生理需求更突出，物欲、性欲横流，在欲望的泥潭中挣扎、沉沦、毁灭。在《红楼梦》中，贾宝玉的意淫，林黛玉的情痴，属于真正的爱情，宝、黛爱情有共同一致的思想基础，对传统社会具有颠覆性作用，是通向未来的。

四、谢肇淛《金瓶梅跋》在全面把握《金瓶梅》形象体系基础上，发现了《金瓶梅》之美与艺术独创特点，达到了时代的最高水平。《金瓶梅》崇祯本评语和《金瓶梅跋》是互补的，似应出自一人之手

《金瓶梅》崇祯本评者是谁，是学界关注的诸多疑难问题之一。早在 1986 年，有学者提出李渔是崇祯本评改者之说。王汝梅教授发表《"李渔评改〈金瓶梅〉"考辨——兼谈崇祯本系统的某些特征》（《吉林大学社会科学学报》1992 年第 5 期）不赞同李渔是评改者之说。他多年思考研究评改者到底是谁这一问题，并认为：评改者是加工修改者，也是兰陵笑笑生身后的合作者，为《金瓶梅》的定型与传播做出了重大贡献，说他是《金瓶梅》第二作者也当之无愧。他在《试解〈金瓶梅〉崇祯本评改者之谜》中提出谢肇淛是评改者之说，并从五个方面进行了论证。根据新的材料，他还要做进一步的补证。

五、《金瓶梅》中性描写文字约有一万两千字，分散在二十五个回目之中。《金瓶梅》不是单纯孤立地写性，它描写欲望和生命的真实，批判虚伪，批判纵欲，探索人性，把性描写与广阔的社会生活、刻画人物性格、探索人性联系起来

我们应以极严肃的态度、极高尚的心理，以现代性科学知识为指导，阅读理解《金瓶梅》的性描写。《金瓶梅》中的两性不是互爱与平等的，更不是和谐与美好的。性爱生活的更新、美化，是未来社会的一项伟大工程。以写实见长的《金瓶梅》，不可能写出这种理想的性爱。从现在的观点和文学审美角度看，《金瓶梅》中的性描写，多属纯感官的再现，实多虚少，缺少情爱的升华，并浓重地反映了封建文人落后的性情趣、性观念与性恐怖，这些都是应加以分析批判的。

《〈金瓶梅〉〈红楼梦〉合璧阅读》《〈金瓶梅〉：晚明世情的斑斓画卷》、三种整理校注本的三篇前言等重点篇章，可作为读者阅读理解《金瓶梅》的主要参考。另有王汝梅教授撰著与主编、参编的《〈金瓶梅〉资料汇编》《〈金瓶梅〉词典》《〈金瓶梅〉艺术世界》《张竹坡批评第一奇书金瓶梅》（校点本）、《新刻绣像批评金瓶梅》（会校本）、《皋鹤堂批评第一奇书金瓶梅》（校注本）等，为我们今天阅读理解《金瓶梅》铺设了道路，提供了文献资料。

《金瓶梅》像《红楼梦》一样，是属于全人类的文学瑰宝，不仅属于我们民族，更属于全人类。今天，我们应该更深刻地理解到这一点。

王汝梅先生是当代"金学"大家。他的《金瓶梅》研究，是当代"金学"学术史上的重要组成部分，也是吉林大学古代文学研究的标志性成果之一。予生也晚，但有幸在吉林大学中国文化研究所《金瓶梅》研究室成立甫初，王汝梅先生整理校注的《张竹坡批评第一奇书金瓶梅》校点本出版不久，即成为先生开设的《金瓶梅》专题课学员，参加研究讨论。自留校工作迄今二十多年来，笔者在"金学"内外受王汝梅先生点拨、沾溉甚多。作为共和国培养的 20 世纪 50 年代的大学生，王汝梅先生身上体现的那一代人对于学术的执着与虔诚，乃是后辈所望尘莫及的。

王汝梅先生新著《〈金瓶梅〉版本史》共分二十章，内容丰富厚重，在文字表达上又高度精练、浓缩，言约旨远，蕴含了潜在的学术效应，会给读者以阅读快乐、阅读享受和阅读趣味。王汝梅先生的《〈金瓶梅〉版本史》撰写，从 20 世纪 80 年代初研究张竹坡小说评点，整理校注张评本、崇祯本开始，经过了跨世纪的研究历程。王汝梅先生曾荣获"老有所为贡献奖"，他能葆有学术青春，保持浓厚的学术兴趣，在学术阵地上持续战斗、发展、成长，达到了一种新境界。王汝梅先生曾说："向伟大的前辈大师学习，让我们懂得什么是人生的最高境界，什么是人性的成熟之美。"（见台湾学生书局版《王汝梅〈金瓶梅〉研究精选集·后记》）这种生命不息、奋斗不止的学术精神给我们后辈以鼓舞。

王　昊

记于吉林大学困学斋

例　言

一、《金瓶梅》各种版本称谓，以刊本题署为准，如《新刻金瓶梅词话》《新刻绣像批评金瓶梅》《张竹坡批评第一奇书金瓶梅》等。如需用简称，则用通行之简称，如词话本、崇祯本（绣像本）、张评本（第一奇书本）等。

二、以《金瓶梅》实存的版本文献为依据，取代表该种版本版式特征的版面。著录的书影图片足以说明《金瓶梅》版本特点。读者通过本书可以了解《金瓶梅》各种版本的面貌及其流变情况。

三、每帧书影图片辅以说明文字，客观地描述特征。需加以分析论述之处，列述主要的不同观点。如关于词话本有现存词话本为初刊本说与为后印本说。

四、对勘比较，去伪存真，忠实地反映《金瓶梅》明清时期版本的本来面貌，清除现代制作的某些影印本因"修整"或假托而造成的误解。

五、图与文相辅相成，使文献性与欣赏性、学术性相结合，集《金瓶梅》版本之大成。使本书具有可读性，又有永久的珍藏价值。

六、本书中的某些书影图片，是编著者与出版社合作，花极大代价才搜集到的，至为珍贵。有的书影图片是孤本、珍本，第一次公之于世。这些珍贵文献足以全面记录显示《金瓶梅》传播的历史。本书按照《金瓶梅》的传播历程，大体以时代为序编排。

七、以版本传播演变为主线，探讨《金瓶梅》传播史，结合评析明清评点家的理论贡献及对《金瓶梅》艺术美的发现，弘扬中国小说艺术优良传统，有助于建设中国本土的马克思主义小说美学，有助于中国小说发展史的创新性研究。

八、附录《〈金瓶梅〉不同版本书名一览》约百种，表明本书涉及的版本，便于读者总览，仅供读者参考。

目　录

怎样理解《金瓶梅》（代序）……………………… 王　昊（001）

例　言 ……………………………………………………（001）

引　言 ……………………………………………………（001）

第一章　《金瓶梅传》的问世与抄写传播………………………（003）

第二章　《新刻金瓶梅词话》的发现与影印 …………………（017）

第三章　北平图书馆购藏本《新刻金瓶梅词话》影印出版………（030）

第四章　对《金瓶梅词话》北平图书馆购藏本的不同评价，

　　　　主张建设《金瓶梅词话》新文本………………………（042）

第五章　《新刻绣像批评金瓶梅》是晚明小说传播的典范………（046）

第六章　天津图书馆藏《金瓶梅》崇祯本特征…………………（078）

第七章　《新镌绣像批评原本金瓶梅》首都图书馆藏本、

　　　　内阁文库藏本、东洋文化研究所藏本之比较…………（094）

第八章　东北师范大学图书馆藏《新镌绣像批评原本金瓶梅》……（112）

第九章　《金瓶梅》崇祯本各版本摭谈…………………………（115）

第十章　《金瓶梅》崇祯本对词话本回首诗词的改换 ………… （118）

第十一章　《张竹坡批评第一奇书金瓶梅》开创了

　　　　　《金瓶梅》传播评点新阶段 …………………… （126）

第十二章　影松轩本"替身"影印出版 …………………… （153）

第十三章　张竹坡评点本的刊刻与苹华堂本的发现 ………… （158）

第十四章　满文译本《金瓶梅》 …………………………… （163）

第十五章　蒙文译本《金瓶梅》 …………………………… （174）

第十六章　民国时期《金瓶梅》稀见本藏家及在民间

　　　　　流传的版本 ……………………………………… （176）

第十七章　《金瓶梅》绘画 ………………………………… （182）

第十八章　整理校注：《金瓶梅》传播的现实走向 ………… （220）

第十九章　《金瓶梅》走向世界 …………………………… （241）

第二十章　《续金瓶梅》《三续金瓶梅》 ………………… （250）

附录一　《金瓶梅》：晚明世情的斑斓画卷 ……………… （267）

附录二　《金瓶梅》《红楼梦》合璧阅读 ………………… （279）

附录三　《金瓶梅》的一项基础研究工程：崇祯本、

　　　　张评本的整理、校注 …………………… 郑庆山 （291）

附录四　《金瓶梅》不同版本书名一览 …………………… （301）

后　记 ……………………………………………………… （305）

引 言

《金瓶梅》这部奇书，在16世纪中国传统文化背景下，带着那么多的诱惑与激情，横空出世，震撼了明末文坛。它虽然屡次被列为"禁毁"书目榜首，却依然广为传播，经四百载而不衰，在文苑得到了永驻。在明末清初，有多种版本流传，保留下来的就有词话本四种、崇祯本十几种、张评本十几种。这成为我们今天了解《金瓶梅》原貌与流变的一宗宝贵文献。

从古至今，不乏有识之士理解作者兰陵笑笑生的创作意图，不断探究作品的底里。公安派首领袁宏道在万历二十四年（1596）致董思白信中称赞《金瓶梅》"云霞满纸，胜于枚生《七发》多矣"，传递了《金瓶梅》问世的第一个信息。谢肇淛在《金瓶梅跋》中称作者为"炉锤之妙手"，作品为"稗官之上乘"。清初作家宋起凤称《金瓶梅》为"晚代第一种文字"（《稗说》）。张竹坡评点《金瓶梅》时，直接称其为《第一奇书》。"五四"以后，鲁迅、郑振铎、吴晗以新的思想观点评价《金瓶梅》，开创了研究的新阶段。鲁迅认为："诸世情书中，《金瓶梅》最有名……同时说部无以上之。"（《中国小说史略》）郑振铎在《谈〈金瓶梅词话〉》、吴晗在《〈金瓶梅〉著作时代及其社会背景》中，均称《金瓶梅》是一部伟大的写实小说。

改革开放的历史新时期，学术界、出版界在马克思主义指导下，对《金瓶梅》研究与出版极为重视，对作者、成书、版本、语言、思想内容、艺术成就、美学价值进行全方位研究，取得许多的成果，引起国际汉学家们的注目。吴晓铃先生在《大陆外的〈金瓶梅〉热》中描述了《金瓶梅》在世界各国研究的热烈情况。吴组缃先生认为"《金瓶梅》和《红楼梦》是中国小说发展史上的两个高峰"（《〈金瓶梅红楼梦纵横谈〉序》）。孙述宇教授从作者的感受力、观察力来评价，认为这部小说作者是第一流的作家（《〈金瓶梅〉的艺术》）。从继承发展角度评价而得出的"没有《金瓶梅》也就不可能产生《红楼梦》"的结论，也越来越为广大读者所接受。

《金瓶梅》已列入世界文学之林，成为世界文学的组成部分。西方学者则认为：《金瓶梅》和《红楼梦》二书，均可与西方最伟大的小说相媲美。《金瓶梅》从 18 世纪中叶即传播译介到国外，迄今已有英、法、俄、日、德、韩、越等 13 种外国语种译本或节译本。据雷威安法译本《导言》，此书在西方的发行量达 20 万册以上。1985年，法译本《金瓶梅》出版，法国总统专门为之发表讲话，文化部则出面举行庆祝会，称《金瓶梅》在法国出版，是"法国文化界的一件大事"。1983 年，美国印第安纳大学主办了《金瓶梅》国际性学术讨论会。1989 年 6 月，在中国召开了"首届国际《金瓶梅》学术讨论会"。海内外"金学"家正在密切合作，《金瓶梅》已成为中外文化广泛交流的对话热点。

第一章

《金瓶梅传》的问世与抄写传播

　　伟大的世情小说《金瓶梅》产生在晚明。晚明是末世，但末世不是一切皆衰退，晚明末世有逆反性的文化生机。《金瓶梅》描写的世情、塑造的人物，让我们今天的读者可以清晰地看到晚明社会初步转型期的社会震荡与时代的矛盾危机。西门庆、潘金莲形象有巨大的历史深度和前所未有的开拓意义。明清评论家说它是一部奇书、哀书。《金瓶梅》的问世，震撼了晚明文坛，官吏文人争相传抄，《金瓶梅》最初以抄本流传。

一、《金瓶梅传》问世信息

　　《金瓶梅词话·欣欣子序》一开篇说："窃谓兰陵笑笑生作《金瓶梅传》，寄意于时俗，盖有谓也。"《金瓶梅词话·廿公跋》也称《金瓶梅传》。《金瓶梅传》应该是作者书稿的正名。

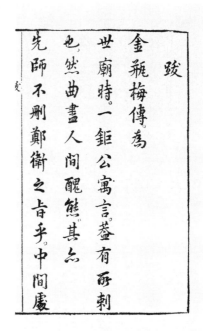

《金瓶梅词话·廿公跋》书影

万历二十四年（1596），袁宏道《与董思白》：“《金瓶梅》从何得来？伏枕略观，云霞满纸，胜于枚生《七发》多矣。后段在何处抄竟，当于何处倒换？幸一的示。”此信传递了《金瓶梅传》抄本问世的第一个信息。到万历四十五年（1617），《金瓶梅词话》刊刻，约经过了二十年。原抄本曰《金瓶梅传》或《金瓶梅》，而《金瓶梅词话》中的“词话”二字，则是书商刊印时加上去的。

《〈幽怪诗谭〉小引》中有“汤临川赏《金瓶梅词话》”一语，这是一句极有分量的历史证言，传递了一条重要的历史信息。汤显祖是欣赏、肯定《金瓶梅》最初的读者之一，但他的诗文尺牍中从未提及《金瓶梅》。刘守有是汤显祖的表兄弟，刘守有之子刘承禧是《金瓶梅》抄本收藏者。汤显祖从刘承禧处读到了《金瓶梅》抄本。汤显祖

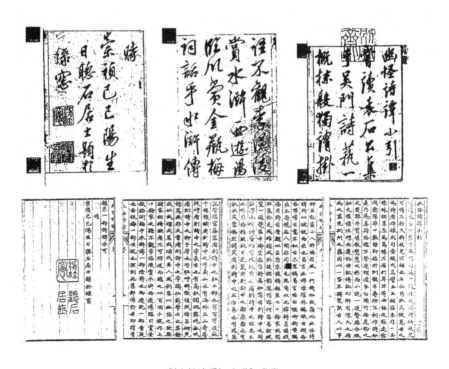

《〈幽怪诗谭〉小引》书影

创作《南柯记》受《金瓶梅》影响，"梦了为觉，情了为佛"（《南柯记》自题词），有慨于溺情之人，而托喻乎落魄沉醉之淳于生，以寄其感喟。汤显祖创作的《南柯记》完成于万历二十八年（1600）。《〈幽怪诗谭〉小引》题写在崇祯二年（1629），汤显祖逝世于万历四十四年（1616）。碧山卧樵写《〈幽怪诗谭〉小引》时，汤显祖已逝世十三年。《新刻绣像批评金瓶梅》此时正在改写刊印，尚未流传，仍是《金瓶梅词话》刊本传播的年代。汤显祖读《金瓶梅》抄本在完成《南柯记》（1600）之前，与袁宏道读抄本时间略早或同时。

《金瓶梅》第六十一、六十七、六十八回抄引李开先《宝剑记》的片断。《宝剑记》初版于嘉靖二十六年（1547）。《如意君传》对《金瓶梅》有直接影响，《金瓶梅》第二十七回有多处化用了《如意君传》的语言。《宝剑记》《如意君传》是《金瓶梅》较近的来源。

根据以上文献信息，可知嘉靖末期至万历中期这三十年，为《金瓶梅》成书与抄写传播阶段。

《金瓶梅》以嘉靖年间社会生活为背景，作者应有嘉靖年间生活体验。作者兰陵笑笑生约与王世贞（1526—1590）、李贽（1527—1602）、汤显祖（1550—1616）同时代，生活在重自我、重个性、重情欲的文学思潮高涨期。《金瓶梅》《牡丹亭》《童心说》，都是这一思潮的产儿。

音乐理论家、十二平均律的发现者、《律吕正论》《乐律全书》作者朱载堉（1536—1611），

《如意君传》书影

朱载堉绘《混元三教九流图》摹本

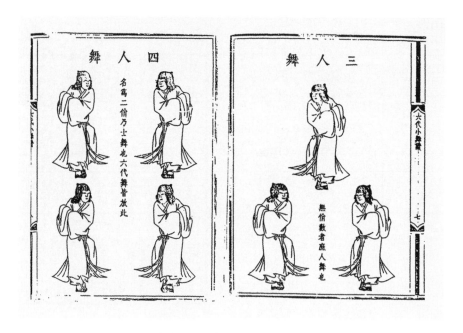

朱载堉编制《六代小舞谱》书影

也是与兰陵笑笑生同时代的文化大师，都是出现在晚明（16 世纪）这一近代社会前夜，在文化艺术上有巨大贡献的世界级文化巨人。朱载堉，字伯勤，号"句曲山人"，又号"狂生""山阳酒狂仙客""九峰道人"。他是明太祖朱元璋九世孙，郑藩王族第六代世子，父郑恭王朱厚烷。朱载堉九岁能诗文，十一岁被立为世子，十五岁开始十八年苦读生涯。隆庆元年（1567），朱载堉重返世子府。万历十九年（1591），郑恭王薨，朱载堉上书皇帝，执意让爵，离开府第，居城北九峰山之阳渔家坡东村的桑园。朱载堉还擅长绘画，著名的春宫画《花营锦阵》序署"狂生"，即朱载堉（朱载堉为其音乐著作《瑟谱》作序，自号"狂生"，署名"山阳酒狂仙客"）。《花营锦阵》图二十

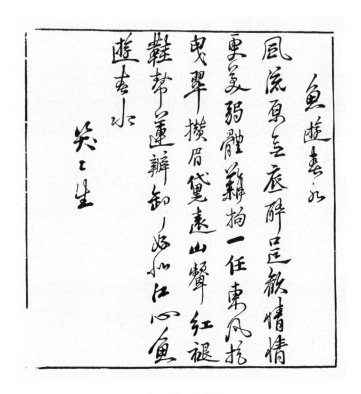

《鱼游春水》书影

四幅，每幅都有字迹不同、题名不同的题词，第二十二幅题词《鱼游春水》：

　　　　风流原无底，醉逞欢情情更美。弱体难拘，一任东风摇曳。翠攒眉黛远山颦，红褪鞋帮莲瓣卸，好似江心鱼游春水。

下署"笑笑生"。这首题词提供了十二平均律创建者朱载堉与《金瓶梅》作者两位文化巨人有交往的信息。朱载堉也应是《金瓶梅》抄本的最早读者，目前还有待发现文献的直接证据。

二、抄写传播者

万历二十四年（1596），袁宏道与董思白传递《金瓶梅》第一信息，到万历四十五年（1617）《金瓶梅词话》刊印，此二十年间为抄本传播年代。

万历十八年（1590），王世贞逝世。屠本畯在《觞政》跋中说："王大司寇凤洲先生家藏全书，今已失散。"此跋约作于万历三十五年（1607）。屠本畯了解《金瓶梅》抄本情况，"《金瓶梅》流传海内甚少"，而且知道《金瓶梅》是一部像《水浒传》篇幅一样长的书。

万历二十八年（1600），《南柯记》已完稿，汤显祖所读的《金瓶梅》抄本，可能是从刘承禧家借的。刘承禧为刘守有之子，刘守有与汤显祖为表兄弟。万历四十四年（1616），汤显祖逝世。崇祯二年（1629），《幽怪诗谭》纂辑，听石居士《〈幽怪诗谭〉小引》说"汤显祖赏《金瓶梅词话》"，此时《金瓶梅》绣像本还未刊印。1617—1629年这十多年为词话本刊本传播年代。

万历二十年（1599），谢肇淛在京三个月，获东昌司理之选，七月间到任，在东昌任职六年。谢肇淛从袁宏道借抄《金瓶梅》其十之三的时间，应为在京的三个月。于丘诸城得其十之五的时间，应为在任职东昌时的万历三十一年（1603）。该年他曾到诸城访友，登超然台，《小草斋集》卷二一有《密州同王苈伯明府登超然台怀古》。谢肇淛《金瓶梅跋》约写于万历四十三年（1614），谢跋谓："此书向无镂版，钞写流传，参差散失，唯弇州家藏者最为完好。"此时距王世贞逝世已十四年。谢肇淛只获《金瓶梅》抄本的十分之八，并十分关注《金瓶梅》的全抄本。

有关《金瓶梅》抄本的文献，还有：

> 袁小修《游居柿录》（1614）
> 沈德符《万历野获编》（1606—1619）
> 李日华《味水轩日记》（1609—1616）
> 薛冈《天爵堂笔余》（1628—1644）

据以上文献，可知藏有《金瓶梅》抄本者有王世贞、董其昌、刘承禧、王稚登、徐阶、谢肇淛、袁宏道、袁小修、丘云嵥（丘志充之父）、屠本畯、李日华、沈伯远、文在兹、王宇泰、沈德符、冯梦龙等。传抄本传抄地点有北京、麻城、诸城、金坛、苏州、沁阳等。

三、"后金瓶梅"《玉娇丽（李）》之谜

因为《金瓶梅》流传广，影响大，被称为"后金瓶梅"的《玉娇丽》也特别引人注目。《玉娇丽》这部可与《金瓶梅》相比肩的长篇世情书，今已佚，只有关于这部小说流传的记载。《玉娇丽》的内容是怎样的？它的作者是否就是《金瓶梅》的作者？其艺术成就如何？现在还能不能发现这部小说？这是一些难解之谜。

关于《玉娇丽》流传的记载，是探寻其踪迹的依据。谢肇淛写

《金瓶梅跋》，大约在明万历四十三年（1614），他看到的《金瓶梅》是"为卷二十"的不全抄本，于袁宏道得其十三，于丘诸城得其十五。谢肇淛称赞此书为"稗官之上乘"，作者为"炉锤之妙手"。他在跋文最后提到《玉娇丽》："仿此者有《玉娇丽》，然而乖彝败度，君子无取焉。"（《小草斋文集》卷二四）从谢肇淛的这一记载可以明确：第一，在《金瓶梅》传抄阶段，仿作《玉娇丽》已产生，也应该是抄写流传；第二，谢肇淛的记载语气非常明确，他见到了《玉娇丽》全本内容，对此书评价不高，认为其艺术成就赶不上《金瓶梅》；第三，"仿此者（指《金瓶梅》）有《玉娇丽》"，谢肇淛不认为《玉娇丽》作者就是《金瓶梅》作者，《玉娇丽》是学步《金瓶梅》的模仿之作。

沈德符《万历野获编》卷二五记载：

> 中郎又云："尚有名《玉娇李》者，亦出此名士手，与前书各设报应因果。武大后世化为淫夫，上烝下报；潘金莲亦作河间妇，终以极刑；西门庆则一骏憨男子，坐视妻妾外遇，以见轮回不爽。"中郎亦耳飘，未之见也。去年抵辇下，从丘工部六区（志充）得寓目焉。仅首卷耳，而秽黩百端，背伦灭理，几不忍读。其帝则称完颜大定，而贵溪、分宜相构亦暗寓焉。至嘉靖辛丑庶常诸公，则直书姓名，尤可骇怪。因弃置不复再展。然笔锋恣横酣畅，似尤胜《金瓶梅》。丘旋出守去，此书不知落何所。

题张无咎作《平妖传》序两种。一为《天许斋批点〈北宋三遂平妖传〉序》云："他如《玉娇丽》《金瓶梅》，如慧婢作夫人，只会记日用账簿，全不曾学得处分家政；效《水浒》而穷者也。"后署"泰昌元年长至前一日陇西张誉无咎父题"。另一本为得月楼刻本《平妖传序》云："他如《玉娇丽》《金瓶梅》，另辟幽蹊，曲中雅奏。

然一方之言，一家之政，可谓奇书，无当巨览，其《水浒》之亚乎！"后署"楚黄张无咎述"。

袁中郎说《金瓶梅》《玉娇丽》都出嘉靖大名士手。袁中郎并未见到《玉娇丽》，其说显系传闻，并不可靠。沈德符读了《玉娇丽》首卷，指出暗寓贵溪（夏言）、分宜（严嵩）相构。这一点极其重要，已引起学者的重视。苏兴先生在《〈玉娇丽（李）〉的猜想与推衍》（载《社会科学战线》1987 年第 1 期）中，据此推论《玉娇丽》作者可能是李开先。

张无咎把《玉娇丽》《金瓶梅》并列论述，把《玉娇丽》看得与《金瓶梅》同样重要。有学者论证张无咎是冯梦龙的化名。冯梦龙对《玉娇丽》的评价，更值得引起重视。他是"四大奇书"之说的首创者。

清康熙时，宋起凤《稗说》卷三"王弇洲著作"条云：

> 闻弇洲尚有《玉（娇）丽》一书，与《金瓶梅》埒，系抄本，书之多寡亦同。王氏后人鬻于松江某氏，今某氏家存其半不全。友人为余道其一二，大略与《金瓶梅》相颉颃，惜无厚力致以公世，然亦乌知后日之不传哉！

阮葵生《茶余客话》：

> 有《玉娇李》一书，亦出此名士手，与前书各设报应，当即世所传之《后金瓶梅》。

清人宋起凤、阮葵生记载均系传闻。阮葵生甚至把《玉娇李》当世所传之《后金瓶梅》，系指丁耀亢之《续金瓶梅》。《玉娇丽（李）》可称之为"后金瓶梅"，但绝不就是丁耀亢作《续金瓶梅》，丁作在清顺治末年。《玉娇丽（李）》产生在《金瓶梅》传抄时的明隆庆、万历年间，且在明末已散佚，清代没有人记载阅读过。

把《玉娇丽（李）》误认为就是丁耀亢作《续金瓶梅》的传闻，一直影响到现代。日本泽田瑞穗主编《增修金瓶梅资料要览》著录："绘图玉娇李，1927.1.东京支那文献刊行会刊，译文51章，原文12回。"据此，很容易使人认为《玉娇丽》流传到日本，在日本有刊本。在苏兴先生撰写《〈玉娇丽（李）〉的猜想与推衍》时，笔者把这一情况提供给苏兴先生，苏兴先生即飞函日本学者日下翠女士，请求帮助查阅。日下翠把五十多年前的旧版书《绘图玉娇李》从横滨的筱原书店购来寄给苏兴先生。苏兴先生接到此书后，当即拿给我看。结果，《绘图玉娇李》，竟是《续金瓶梅》的改写本《隔帘花影》的日本译本，署"米田太郎译"。米田氏序言说："称作《玉娇李》的，一般即指《隔帘花影》。"日本学者受阮葵生等人的观点影响，竟把《隔帘花影》当作《玉娇李》而加以译介。苏兴先生探求真理、核实材料的求实作风，帮助弄清了这一误解，解开了《玉娇丽（李）》尚存世之惑。

苏兴先生写出《〈玉娇丽（李）〉的猜想与推衍》前两部分，让我先睹为快。我对苏兴先生广征博引、求实治学的精神，甚为钦佩。苏兴先生意图打开探求《金瓶梅》作者的一条新路：从《玉娇丽（李）》研究入手，如果证实《玉娇丽（李）》为李开先作，则可以反证《金瓶梅》也为李开先作。苏文论证李开先辛丑被罢职，与夏言、严嵩相构有牵连；"兰陵"不作籍贯解释，荀卿废死兰陵，李开先有相似之遭际，故李开先化名兰陵笑笑生……这些论证，对探索《金瓶梅》作者极有启发。

关于《玉娇丽（李）》与丁耀亢《续金瓶梅》不是一书，前文已说明。但二者之间是否有一定关系呢？苏兴先生极重视这一问题，在《〈玉娇丽（李）〉的猜想与推衍》中说：

前边我推测的《玉娇丽》的主要内容，与丁耀亢的《续金瓶梅》有合有不合，马泰来《诸城丘家与〈金瓶梅〉》（《中华文史论丛》1984 年第 3 辑）谈到持有《玉娇丽（李）》首卷的诸城丘志充（六区）的儿子"丘石常和同县丁耀亢（1599—1669）至交友好，而今人皆以为《续金瓶梅》是丁耀亢所作。《玉娇丽》和《续金瓶梅》的关系，亦需重新探讨"。我体会马泰来"需重新探讨"的意见，其暗中含意恐非认为《续金瓶梅》就是《玉娇丽》，而是意味着丁耀亢看到过丘家藏的《玉娇丽》抄本（不能说沈德符看到的丘志充藏的《玉娇丽》首卷，便证明丘藏只有首卷），以之为蓝本加上己意写成《续金瓶梅》。如果我对马泰来先生的寓意没有误解的话，我则认为丁耀亢修订《玉娇丽》而写成《续金瓶梅》可能是事实，从而由丁耀亢的《续金瓶梅》可稍窥《玉娇丽》的内容。

我认为苏兴先生关于丁耀亢修订《玉娇丽》而写成《续金瓶梅》这一推论，是很难成立的。

第一，丁耀亢写作《续金瓶梅》的背景、时间、地点、政治目的，已搞得比较清楚。《续金瓶梅》写成在顺治十七年（1660）丁耀亢赴惠安任途中滞留杭州之时。顺治十八年（1661）春，丁耀亢托友人在苏州刊行。他怀着强烈的民族意识，以金喻清，以宋金战争影射清军入关屠城等暴行。丁耀亢作为明遗民，有强烈的拥明反清思想。这与《玉娇丽》以写金世宗影射明世宗，暗寓夏言、严嵩相构的政治背景完全不同。

第二，丁耀亢在《续金瓶梅后集凡例》、正文第三十一回开头一段等处，多次提到《续金瓶梅》与《金瓶梅》之关系，称《金瓶梅》为前集，续作为后集。后集在背景、内容、艺术上虽与前集不同，但后集是紧接前集，以续作前集的面貌出现的。他在《凡例》中说：

前集中年月、事故或有不对者，如应伯爵已死，今言复生，曾误传其死一句点过。前言孝哥年已十岁，今言七岁离散出家，无非言幼小孤孀，存其意，不顾小失也。客中并无前集，迫于时日，故或错讹，观者略之。

这说明，丁耀亢尽管客居杭州，身边未携带前集，但极注意在情节、人物年龄上与前集衔接、照应。续书是直接承前集而写的。《凡例》又云：

前集止于西门一家妇女酒色、饮食言笑之事，有蔡京、杨提督上本一二段，至末年金兵方入杀周守备，而山东乱矣。此书直接大乱，为南北宋之始，附以朝廷君臣忠佞贞淫大案，如尺水兴波，寸山起雾，劝世苦心正在题外。

这也说明，续书一开始是直接前集，金兵入关，山东大乱。又如续书第三十一回开头一段解说潘金莲、庞春梅二人托生来世姻缘，又一次直接概述了前集情节：

那《金瓶梅》前集说的潘金莲和春梅葡萄架风流淫乐一段光景，看书的人到如今津津有味。说到金莲好色，把西门庆一夜弄死，不消几日与陈经济通奸，把西门庆的恩爱不知丢到那里去了。春梅和金莲与经济偷情，后来受了周守备专房之宠，生了儿子，做了夫人，只为一点淫心，又认经济做了兄弟，纵欲而亡。两人公案甚明，争奈后人不看这后半截，反把前半乐事垂涎不尽。如不说明来生报应，这点淫心如何冰冷得！如今又要说起二

> 人托生来世因缘，有多少美处，有多少不美处，如不妆点的活现，人不肯看；如妆点的活现，使人动起火来，又说我续《金瓶梅》的依旧导欲宣淫，不是借世说法了。

续书就是接前集写人物的"来生报应""托生来世因缘"。这些都与模仿《金瓶梅》的《玉娇丽》无关。

第三，《续金瓶梅》卷首几篇序文，以西湖钓史《续金瓶梅集序》最为重要，该序提出了很重要的小说理论。西湖钓史肯定情在小说中的作用，肯定《金瓶梅》是"言情小说"，提出"情生则文附""情至则流"的观点，并总结出显与隐、放与止、夸与刺的艺术辩证关系，稗官野史足以翼圣赞经的社会作用，并指明作者写《续金瓶梅》"以《金瓶梅》为之注脚，本阴阳鬼神以为经，取声色货利以为纬，大而君臣家国，细而闺壶婢仆，兵火之离合，桑海之变迁，生死起灭，幻入风云，因果禅宗，寓言褒昵。于是乎，谐言而非蔓，理言而非腐，而其旨一归之劝世"。这些都是丁耀亢的《续金瓶梅》创作特点与宗旨，一丝一毫未涉及《玉娇丽》。西湖钓史在序文中谈到小说史，论到三大奇书，就是只字未提《玉娇丽》。如果丁耀亢依据《玉娇丽》加以修订而写成《续金瓶梅》，西湖钓史不会不提到。

石玲据丁耀亢《访查伊璜于东山不遇》诗等资料，证出"西湖钓史书于东山云居"之"东山云居"为查继佐住所，"西湖钓史"为查继佐的别号（《〈续金瓶梅〉的作期及其他》）。查继佐（1601—1676），字伊璜，号东山，晚号钓史。因居杭州西湖附近，自号"湖上钓史""西湖钓史"，与丁耀亢早有交往。他为丁耀亢《续金瓶梅》写序在顺治十七年（1660），正是丁耀亢赴惠安任途中滞留杭州写成续书之时。查继佐肯定小说，对小说有一定研究，他会关心丁耀亢的创作过程和创作意图，对丁耀亢的续书是完全了解的。

《续金瓶梅集序》末半叶书影　　　　　《续金瓶梅集序》首半叶书影

　　第四，《续金瓶梅》是一部带有杂文性质的长篇小说，有大量的抽象议论。作者像对待学术著作那样，把《续金瓶梅》借用书目列在卷前，共五十九目，包括经史子集、词曲小说，《艳异编》《水浒传》《西游记》《平妖传》均列其中。如果丁耀亢写《续金瓶梅》借用了《玉娇丽（李）》，也会列入借用书目。但借用书目中并未列有《玉娇丽（李）》。序、凡例以及正文六十四回中，也无一处提到《玉娇丽》。

　　据以上分析，笔者认为想从《续金瓶梅》探求《玉娇丽（李）》的内容，恐怕是达不到目的的。我们应该相信谢肇淛所云，《玉娇丽（李）》是模仿《金瓶梅》的。因此，即使《玉娇丽（李）》作者探求到，也未必能解决《金瓶梅》作者之谜。不知道《玉娇丽（李）》是否尚存人间？何时何地能发现？谁能发现？不然，关于《玉娇丽（李）》的作者、内容仍然是中国小说史上的一个不解之谜。

第二章

《新刻金瓶梅词话》的发现与影印

一、《新刻金瓶梅词话》的发现

《新刻金瓶梅词话》，原为北平图书馆购藏本（现藏台湾台北故宫博物院图书文献馆），为《金瓶梅》的现存最早刻本，但迟至 1931 年冬才被发现。它的发现是中国文化史上的一个重大事件，是小说史上的一桩颇具传奇色彩的佳话。它是国宝级文学

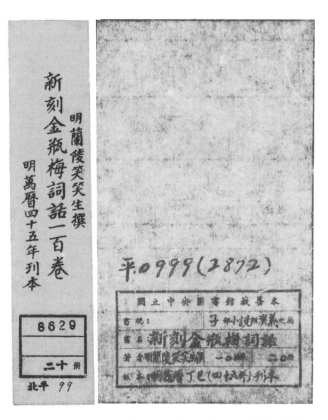

北平图书馆购藏本（现藏台湾台北故宫博物院）图书馆馆藏编号

金瓶梅詞話序

竊謂蘭陵笑笑生作金瓶梅傳

寄意於時俗蓋有謂也人有七

情憂鬱為甚上智之士與化俱

生霧散而冰裂是故不必言矣

次焉者亦知以理自排不使為

《金瓶梅词话序》首半叶书影

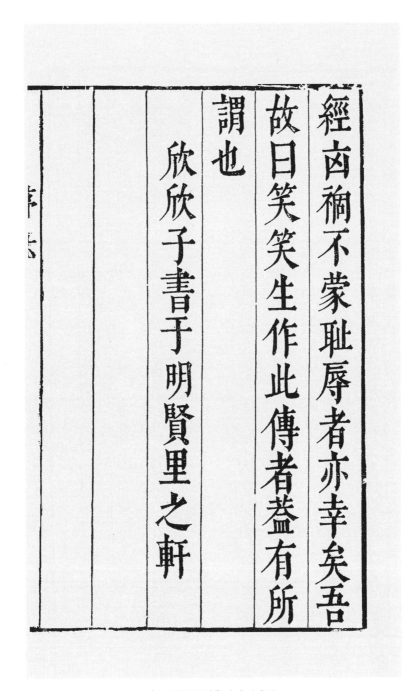

《金瓶梅词话序》末半叶书影

新刻金瓶梅詞話卷之一

第一回

景陽岡武松打虎　　潘金蓮嫌夫賣風月

詞曰,丈夫隻手把吳鈎。欲斬萬人頭,如何鐵石打成心性却

爲花柔。請看項籍并劉季。一似使人愁只因撞着虞姫戚氏

豪傑都休。

此一隻詞兒單說着情色二字。乃一體一用故色絢于目。情感

于心情色相生。心目相視亘古及今,仁人君子,弗合忘之晋人

云情之所鍾。正在我輩。如磁石吸鐵隔碍潜通無情之物尚爾。

何況爲人。終日在情色中做活計一節,須㬰而丈夫隻手把吳鈎。

吳鈎乃古劍也古有于將莫鎁太阿吳鈎魚腸鐲鏤之名言丈

《金瓶梅词话》第一回首半叶书影

第二回

西門慶簾下遇金蓮　　　王婆子貪賄說風情

月老姻緣配未真　　　金蓮賣俏逞花容

只因月下星前意　　　惹起門旁簾外心

王媽誘財施巧計　　　鄆哥賣果被嫌嗔

那知後日蕭牆禍　　　血濺屏幃滿地紅

話說武松自從搬離哥家撚指不覺雪晴過了十數日光景都

使本縣知縣自從到任以來都得二年有餘轉得許多金銀要

使一心腹人送上東京親眷處收寄三年任滿朝覲打點上司。

一來都怕路上小人這得一個有力量的人去方好猛可想起

都頭武松這得此人英雄膽力方了得此事當日就喚武松到

《金瓶梅词话》第二回首半叶书影

021

遗产，应列入世界文化遗产名录。

1931年冬，北平文友堂（再转手到琉璃厂索古堂书店）的太原分号，在山西介休县收购到一部木刻大本的《新刻金瓶梅词话》，十卷，无插图，无评语。当时只把它视为一般古籍，未认识到它的重要价值。在北平，经过胡适、徐森玉、郑振铎、赵万里、孙楷第等专家鉴定，它才被确认是早于崇祯本《金瓶梅》的早期刻本，后由北平图书馆出价九百五十元银元收购入藏。

1933年，孔德学校图书馆主任马廉（隅卿）先生采用集资登记的办法，以"古佚小说刊行会"名义影印一百零四部，同时影印崇祯本插图二百幅，合印一册配附。复印件共两函二十一册（图一册，原书影印二十册）。插图影印以王孝慈旧藏本为底本（王孝慈旧藏本只存插图）。北图购藏本第五十二回缺第七、八两叶，复印件未补缺叶。

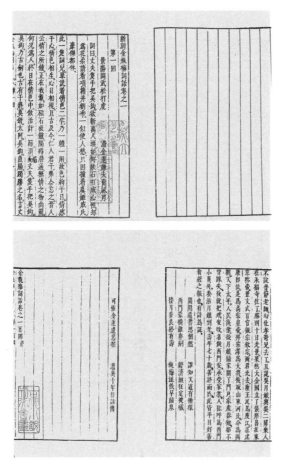

古佚小说刊行会影印本第一回首叶盖有"古佚小说刊行会章"（篆字，红色，竖刻长方形），第一百回第十七叶Ａ面左下盖有同上印章。

古佚小说刊行会影印本，系缩版影印，正

文第一回盖有"古佚小说刊行会章"（红色、篆字、竖刻、长方形），有编号。第一百回第十七叶 A 面左下也盖有篆文红色"古佚小说刊行会章"。西北大学图书馆珍藏部藏古佚小说刊行会本封底有说明文字："本书限印一百零四部之第叁拾叁部。"

古佚小说刊行会影印本发售之后，在上海、在日本出现了据刊行会再影印的本子。这种再影印本，"古佚小说刊行会章"变成了墨色。有一种第五十二回第七、八叶无正文，有一种第五十二回第七、八两叶据崇祯本抄补。

1957 年，人民文学出版社据古佚小说刊行会本影印，影印时第五十二回缺的第七、八两叶用崇祯本抄补。人民文学出版社于 1991 年再版影印本时，第五十二回所缺第七、八两叶，改用日本大安株式会社 1963 年版影印本配补。

1963 年，日本大安株式会社据日本所藏词话本影印配本《金瓶梅词话》，以栖息堂藏本为主，采用慈眼堂藏本五百零七个单面页，用北图购藏本第九十四回两个单面页配补，大安本实际上是个百衲本。大安本附有《修正表》，列出印刷不鲜明、不清楚的字三百八十六个，标出正体及其回目出处。2012 年，台湾里仁

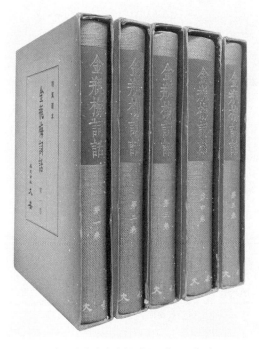

日本大安株式会社版《金瓶梅词话》书影

看見說道好東西兜他不知那里剃的送來我且嚷簡兜着

一手樋了好幾簡遮了兩簡與謝希大說道還有活到老死

還不知此是甚麽東西兜哩西門慶道怪狗才還没供養佛

就先插了吃伯爵道甚麽没供佛我且八口魚胙着西門慶

分付交到後邊收了問你三娘討三錢銀子賣他伯爵問是

李錦送來是黄寧兜平安道是黄寧兜伯爵道今日造化了

這狗骨秃了又賣他三錢銀子這里西門慶看着他兩簡打

雙陸不題且說月娘和桂姐李嬌兜孟玉楼潘金蓮李瓶兜

大姐都在後邊吃了飯在穿廊下坐的只見小周兜在影壁

前探頭舒腦的李瓶兜道小周兜你来的好且進来與小大

官兜剃剃頭他頭髮都長長了小周兜連忙向前都磕了頭

第五十二回

1385

古佚小说刊行会影印本第五十二回七、八两叶缺，用崇祯本同回抄写配补。

牙筋擺放停當西門慶走來坐下。然後拿上三碗麵來。各人自
取澆滷傾上蒜醋。那應伯爵與謝希大拏起筋來只三扒兩嚥。
就是一碗兩人登時狠了七碗西門慶兩碗還吃不了。說道我
的兒你兩個吃這些二伯爵道哥今日這麵是那位姐兒下的又
與口又好吃謝希大道本等滷打的停當我只是劉繞家里吃
了銜來了。不然我還禁一碗兩個吃的熱上來把衣服脫了搭
在椅子上見琴童見收家活便道大官兒到後邊取些水來俺
每漱漱口謝希大道溫茶兒又好熱的溫的一死蒜臭少頃画童
兒拿茶至二人吃了茶出來外邊松墙外各花臺邊走了一遭。
只見黃四家。送了四盒予禮來。平安兒授進來與西門慶瞧一
盒鮮烏菱。一盒鮮荸薺。四尾永淮的大鰣魚。一盒枇杷果伯爵

1384

025

明萬曆丁巳刻本

金瓶梅詞話

明聯經出版事業公司景印

台北联经出版事业公司版《金瓶梅词话》内封

书局据梅节藏大安本重印。

1978年，台北联经出版事业公司以傅斯年藏古佚小说刊行会本为底本按原刻尺寸影印，第五十二回第七、八两叶以大安本配补，并据北图购藏本描抄朱墨改处，版式虽为双色，但正文虚浮湮漶，朱文屡有移位、变形、错写之失。如第二十回十三叶，原文"蒙爹娘招举"，古佚小说刊行会本改"招"为"抬"，是在"召"上面改为"台"，联经本在旁边另写"抬"。这说明联经本据北图购藏本改墨为朱时未能忠实于原版。

1982年，香港大平书局影印《金瓶梅词话》，分装六册。《出版说明》谓据古佚小说刊行会本影印，细阅，即可发现实据1957年文学古籍刊行社（人民文学出版社的副牌）重印的修版本影印的。

二、现存《金瓶梅词话》四种是否同版？

《新刻金瓶梅词话》存世四种本子：北平图书馆购藏本、日本日光山轮王寺慈眼堂藏本、日本德山毛利氏栖息堂藏本、日本京都大学图书馆藏本。北图购藏本，有朱笔涂改处，系原藏者随手的校改。缺第五十二回第七、八两叶，有《欣欣子序》《廿公跋》《东吴弄珠客序》。日本日光山轮王寺慈眼堂藏本第五回末叶有十一行文字与日本德山毛利氏栖息堂藏本不同。栖息堂藏本第五回末叶有八行用《水浒传》文字刻印配补。日本京都大学图书馆藏本残存二十三回（实存七个整回和十六个残回）。

北图购藏本，版框四周单栏，半叶十一行，行二十四字，句末有圆圈。书口白鱼尾（约有十五叶为黑鱼尾）。刻字为横轻直重明体字，字体瘦长（可以多刻文字，节省板材），具有鲜明的万历后期至明末的版刻特点：白口长字有讳（如"钧"讳为"钓"），刀锋清晰锐利。

日藏慈眼堂藏本、栖息堂藏本、京都大学图藏本的版式同北图购藏本。第十五回第十五叶 B 面第八行第三字"次"缺两笔画，均同。第八十六回第七叶 B 面第五行"如同""臭尿"四字之间缺二字为墨块，皆同。第八十八回第一叶书口为黑鱼尾、第八十六回第一、二、三叶为黑鱼尾，第九十回第一、二叶为黑鱼尾，第九十二回第十三、十四叶为黑鱼尾，第二十五回第十一、十二叶为黑鱼尾，第四十八回第二、七、八叶为黑鱼尾，皆同。吴晓铃、魏子云、马泰来、雷威安等认为今存词话本为同版。

但是，从版式特征细微处考查，也有一些疑点。第十四回"当官问你家则下落"，慈眼堂藏本"家则"作"家财"。第十五回第二叶 B 面"雷鳖"二字，北图购藏本清晰，其他本不清晰。第二回第八叶 B 面二行一字"便"，北图购藏本不缺，其他本缺。栖息堂藏本卷首序跋次序为《欣欣子序》《东吴弄珠客序》《廿公跋》，与北图购藏本不同。孙立川在《京都大学所藏〈金瓶梅词话〉残本》（载《明报月刊》1990 年 9 月号）中认为："此三本都依同一版而梓印，而京都大学残本应在此两本之后。"即认为三种本为同版而印次先后有不同。

《新刻金瓶梅词话》存世四种本子中，以北图购藏本最为精良。很可惜，因未据现有印刷技术水平将此藏本加以仿真影印，很多学者难见北图购藏本原貌。仅据古佚小说刊行会影印本、人民文学出版社据古佚小说刊行会本再影印本，容易产生误判。而且由于修版影印，有失真之处。

北图购藏本多用俗别字、异体字、记音字①、自造字、文言稀见字、刊误字。一般读者读不懂，读不通，易产生错觉，以为"错乱""芜杂"。其实，词话本语句大多是通顺的。词话本原生态的人物对话，个性鲜明，模拟当时口语。以今日标准的书面语衡量，可能会误认为啰嗦、芜杂，不符合今日语言规范。

三、现存北图购藏本《金瓶梅词话》是初刻本吗？

鲁迅《中国小说史略》误读《万历野获编》有关文字，提出万历三十八年庚戌（1610）说。《万历野获编》中说：

> 吴友冯梦龙见之惊喜，怂恿书坊以重价购刻。马仲良时榷吴关，亦劝予应梓人之求，可以疗饥。……仲良大以为然，遂固箧之。未几时，而吴中悬之国门矣。

魏子云考证：马仲良（之骏）"时榷吴关"在万历四十一年（1613），《金瓶梅》不可能刻印在万历三十八年（1610）。吴晓铃在《〈金瓶梅词话〉最初刊本问题》（见《〈金瓶梅〉艺术世界》，吉林大学出版社1991年版）中说："我始终认为现存《新刻金瓶梅词话》是这部长篇小说的最早刊本，亦即第一个刻本，在明神宗万历四十五年丁巳（1617）'吴中悬之国门'的那个本子。"郑振铎、鸟居久靖、韩南、梅节等认为现存词话本之前还有初刻本。长泽规矩也、马泰

---

① 记方言音而不表意，第六十四回"小的每得了饭了"，"得""逮"音近义同，"得饭"即"逮饭"，意为"吃了饭了"。第六十五回"吃个酒饭了"，"个""过"音近义同。

来、黄霖等人的意见与吴晓铃略同。

四、现存词话本后二十回是续作吗?

《金瓶梅》主角西门庆死于第七十九回,后二十回以春梅、陈经济为主要人物。前八十回塑造了潘金莲、李瓶儿、孟玉楼、吴月娘、宋惠莲等众多具有多重复杂性格的人物,已由情节小说转变为性格小说,实现了中国小说艺术的历史性转变,跨入了近代小说艺术的门槛。后二十回塑造人物、叙述故事,又退回到情节小说的旧路,列举式描述,游离出前八十回的生活流与网络结构,人物性格单一平面。后二十回过多地写春梅的淫乱行为,最后死在奴仆身上,与前八十回中春梅的高傲矜持性格相脱离。

出现这种情况,有两种可能:第一种可能是作者在前八十回才情用尽,至八十回后缺少了激情与原有的创造力,松弛下来,又重蹈覆辙,走了轻车熟路;第二种可能是另一位作者的续作。这都有待进一步研究。

第三章

北平图书馆购藏本《新刻金瓶梅词话》
影印出版

一、北平图书馆购藏本《新刻金瓶梅词话》的流浪沧桑

《新刻金瓶梅词话》在山西介休被发现后，入藏北京琉璃厂文友堂，再转手到琉璃厂述古堂。经胡适、徐森玉、郑振铎、赵万里、孙楷第专家鉴定后，由北平图书馆购藏，存放于该馆善本甲库。

1931年，日本发动九一八事变，平津局势危急，国民政府策划文物南迁。1933年1月，北平图书馆将馆藏善本陆续寄存于德华银行、天津大陆银行、华北协和华语学校。1935年，日军发动"华北事变"后，国民政府教育部指令善本南迁，《新刻金瓶梅词话》在南迁图书之中。南迁图书曾寄存于上海商业储蓄银行、中国科学社、中央研究院化学物理工程研究所、国立中央大学图书馆、故宫博物院南京分院等单位。《新刻金瓶梅词话》随之辗转各地。

1937年底，南京沦陷后，国民政府决定将存沪善本寄存于美国国会图书馆，待战争结束后归还原主，准许美国国会图书馆拍摄缩微胶片。1943年，美国国会图书馆聘请王重民先生主持，对寄存善本拍摄缩微胶片（下文简称"国会胶片"）。1947年，王重民先生归国时带回一份，现存于国家图书馆，《金瓶梅词话》原书现存台北故宫博物院

图书文献部。①

二、北平图书馆购藏本《新刻金瓶梅词话》灰度影印出版

新加坡南洋出版社以北平图书馆购藏本国会胶片正片为制作底本，以高度忠于原书版本的灰度影印出版，使"金学"学者与读者得以亲密接触词话本，具体了解其版本形态，从而有助于研究相关学术问题。

北平图书馆购藏本每半叶 11 行，行 24 字。版框单线，有行格线。叙述散文有圈点，诗词多无圈点。版框长 23.1 厘米，宽 13.7 厘米。

万历时创制的方体字笔画横细竖粗，不同于嘉靖本字体，也不同于清初的长方体字。通过南洋出版社影印本，我们可清晰看到方版整齐、横平竖直、横细竖粗的万历方体字。该书气韵饱满，疏朗有序，写样、版刻都是高水平的，是晚明古籍刊本中的精品佳构。

扉页失去，应属万历坊刻本，扉页牌记应署"本衙藏板"。

书口以白鱼尾为主，也有少量黑鱼尾，如第四十八回有 5 叶，第五十一回有 4 叶，第八十六回有 9 叶，第八十七回有 4 叶，第八十八回有 1 叶，第九十回有 2 叶，第九十二回有 2 叶，共计 27 叶。白口单鱼尾，书名提到鱼尾之上，下有卷次，这是晚明万历本的显著特征。明中期嘉靖本双黑鱼尾居多。白口单鱼尾刊本中有少量黑鱼尾，反映由明中期嘉靖向晚明万历、崇祯刊刻版式的过渡。

《新刻金瓶梅词话》北平图书馆购藏本版面有墨丁三处。第八十六回第三叶 A 面有一墨丁占一字位，B 面有一墨丁占一字位，在旁评批者补一"说"字。第八十六回第七叶 B 面有一墨丁占两字位。一般认为有墨丁的版片是初刻版。北平图书馆购藏本有断版，如：第七十八回第十六叶 A 面有两处断版，第二十叶 B 面有一处断版，第二十

---

① 摘引自张青松《美国国会图书馆摄制金瓶梅词话介休本胶片初探》，见《第十三届〈金瓶梅〉国际学术研讨会论文集》，2017 年 11 月，大理。

繞出這綻兩銀子。又不是女兒。其餘別人。出不上。出不上這薛

咱家酒席上也曾見過小大姐來。因他會這綻套唱好模樣兒

若添到十三兩上。我交了銀子來罷，起來守備老爺前者在

如此。如今守備周爺府中。要他圖生長只出十二兩銀子看他

大姐面見來萬物也要個真實你老人家就上落我起來。既是

沒得久停久坐。與了我枕頭茶也沒吃。就來了。幾曾見咱家小

事兒不知道你那等分付了我我長吃妊短吃妊他在那裏也

種子設念隨邪差了念頭薛嫂道我是三歲小孩兒豈可怎此三

諕駕舌月娘吃他一篇諕的不言語了說道我只怕一時被那

上頭口來了幾時進屋裏吃酒來。原來咱家這大官兒恁快捷

銀子收了今日姐夫选枕頭與我我讓他吃茶。他不吃忙忙就

金瓶梅詞話

三一

北平图书馆购藏本《新刻金瓶梅词话》第八十六回第三叶 B 面书影

三叶 B 面有一处断版，第二十四叶 B 面有一处断版，第二十八叶 B 面有一处断版。第七十九回第十二叶 B 面、第十五叶 A 面、第十六叶 B 面、第二十二叶 B 面有断版。这说明北平图书馆购藏本是据初刻版的后印本。多数学者认为词话本现存三部半是同版。初刻版的初印本，质量应比北平图书馆购藏本更精良，不知道在中国内地或日本的民间能否发现。

《新刻金瓶梅词话》北平图书馆购藏本，有涂改者的朱墨两色改字处约 826 处，有评批者手写眉批、行间小批约 86 处。

涂改者的改法很不统一。有在某字添偏旁的，有在原著字上改后遮盖原字的，有在原著某字旁加字的。有几处，涂改者认为可删掉的，则加上一条竖线表示删除。第四十七回第四叶 A 面用笔划去 8 字"道主人之冤当雪矣"。第九十八回第三叶 A 面，"死的不好相似那五代的李存孝汉书中彭越"18 字画一竖线表示删除。这是一种很粗浅的行为。改字改错的地方较多。第四十三回，"小飘头"改为"小阘头"。第六十七回，"枣胡解板儿"，把"胡"改为"核"。第七十九回，"黑影子……向西门庆一拾"，改"拾"为"扑"。第九十五回，"忘八"改为"王八"。第九十七回，"髓饼"改为"细饼"。第九十九回，"可怜"改为"可笑"。第一百回，"呷了一口"改为"吃了一口"。也有地方改得有参考价值，但整体看，涂改者功不抵过。涂改者可能是近现代存藏者，他不是一位藏书家，对此珍贵版本不知爱惜珍藏，很多页面墨痕斑斑，茶渍污染处也很多。

评批者的评语，从墨迹看，可能是两位。一位的笔迹较浓，字体清晰，评语也有一定水平，第七十六回眉批"大抵玉楼做事处处可人"。第九十一回眉批"瓶儿死的好，玉楼走的好"。第九十八回在"爱姐一心想着经济"处眉批"便见贞性"。第九十九回眉批"王六儿有这好女儿"。

另一位评批者笔迹细，字小而潦草，评语水平一般。第八十七回写武松杀潘金莲，第九叶有三处行间小批。在"被武松向炉内挝了一把香灰塞在他口"句评"亦当吮哑"。在"把刀子去妇人白馥馥心窝内只一剜"句评"快哉"。在"那妇人就星眸半闪"句评曰"当叫达达"。评语毫无悲悯同情之心，只是浅薄的戏谑。崇祯本评改者在此处眉批曰："读至此不敢生悲，不忍称快，然而心实恻恻难言哉。"表达了对潘金莲的同情，深得作家为文之用心的复杂感受。两相比较可知，此位评批者不可能是位作家文人，更不可能是晚明转型期启蒙思潮背景下的文人。

北图购藏本据词话本初刻版后印，初刻年代当在万历四十八年（1620）。薛冈《天爵堂笔余》："往在都门，友人关西文吉士以抄本不全《金瓶梅》见示，余略览数回，谓吉士曰：'此虽有为之作，天地间岂容有此一种秽书？当急投秦火。'后二十年，友人包岩叟以刻本全书寄敝斋，予得尽览。……简端序语有云：'读《金瓶梅》而生怜悯心者菩萨也，生畏惧心者君子也，生欢喜心者小人也，生效法心者禽兽耳。'序隐姓名，不知何人所作，盖确论也。"诸多学人考证，文在兹在万历二十九年（1601）前后有不全抄本。后二十年约在万历四十八年（1620），包岩叟以"刻本全书"寄赠薛冈，此刻本即《新刻金瓶梅词话》初刻本。王世贞藏有全本，万历十八年（1590），王世贞逝世。万历二十四年（1596），袁宏道致董其昌信，传递抄本信息。万历四十八年（1620），刻本全书问世，结束了抄本流传年代。以此推测，北图购藏本后印大约在崇祯二年（1629）。《幽怪诗谭》听石居士《小引》传递了汤临川赏《金瓶梅词话》这一重要信息。汤显祖是欣赏《金瓶梅》的最初读者之一。刘守有是汤显祖的表兄弟，刘守有之子承禧是抄本收藏者，汤显祖从刘承禧处读《金瓶梅》抄本。汤显祖创作《南柯记》〔完成于万历二十八年（1600）〕，受《金瓶梅》影

顧登踏武松口啣着刀子雙手去幹開他胷脯撲扠的一聲把
了個血窟礲那鮮血就邇出來那婦人就星眸半閃兩隻脚只
胷脯說時遲那時快把刀子去婦人白馥馥心窩内只一剜剜
你伶俐不知你心怎麼生着我試看一看一面用手去攤開他
靴只顧踢他肋肢後用兩隻脚踏他兩隻胳膊便道淫婦自說
那婦人掙扎把髮髻簪環都滾落了武松恐怕他掙扎先用油
內揝了一把香灰塞在他口就叫不出來了然後腦揪番在地
二與你報仇雪恨那婦人見頭勢不好纔待大叫被武松向爐
人一手澆奠了酒把紙錢點着說道哥哥你陰魂不遠今日武
實說了却教老身怎的支吾這武松一面就靈前一手揪着婦
十從頭至尾說了一遍王婆聽見只是暗地叫苦說傻才料你

北平图书馆购藏本《新刻金瓶梅词话》第八十七回第九叶书影

响。汤显祖逝世于万历四十四年（1616），听石居士写《小引》时，汤显祖已逝世十三年。此时崇祯本尚在改写，并未流传，词话本传播已近十年。《小引》所说《金瓶梅词话》，即在崇祯初年的后印本。

到清初顺治十七年（1660），丁耀亢自刊《续金瓶梅》。《续金瓶梅》顺治刊本扉页题《续金瓶梅后集》，在这一题目左侧有介绍创作宗旨的一段文字："《金瓶梅》一书，借世说法，原非导淫，中郎序之详矣"，"翻旧本作新书"。《续金瓶梅》凡例中说："前集名为词话，多用旧曲"，"客中并无前集"。在杭州刊印《续金瓶梅》时，其身边并无词话本。丁耀亢藏《金瓶梅词话》应在家乡诸城。丁耀亢藏词话本应是崇祯二年的后印本。

在丁耀亢之后，宋起凤《稗说》卷三提出王世贞"中年笔"之说，论述肯定而详赡，是在谢肇淛《金瓶梅跋》之后最有深度的专论。宋起凤在金陵与薛冈交游，都与《金瓶梅》流传、研究有密切关系。从《稗说》卷三这一《金瓶梅》专论可以看出，到清康熙年间，《金瓶梅》仍是文人学士的热议话题。

张竹坡（1670—1698）在康熙三十四年（1695）评点刊刻《皋鹤堂批评第一奇书金瓶梅》，以崇祯本为底本，未见他关于词话本的言论。康熙四十七年（1708），和素主持翻译刊刻满文本《金瓶梅》，以崇祯本为底本（也参考了张竹坡评本）。这都说明词话本已较少流传。据日本学者上村幸次所云，1962年秋天，从山口县德山市，毛利就举氏书库里发现《金瓶梅词话》，又据1708年毛利家所藏图书目录著录《金瓶梅词〔话〕》十八册，即至迟在康熙四十七年（1708），《金瓶梅词话》后印本传入日本。此后在乾隆以后，未见词话本信息，到1931年冬，在山西介休县发现了词话本，北平图书馆从琉璃厂述古堂购藏，现藏台北故宫博物院图书文献部。笔者曾三次到台北故宫博物院借阅词话本，因管理严格，不允许拍照，故所得印象是朦胧的。

笔者在台北故宫博物院与曾庆雨教授一起阅览北平图书馆购藏本

三、北平图书馆购藏本《新刻金瓶梅词话》彩色影印出版

2021 年 10 月，台湾里仁书局经台北故宫博物院正式授权，影印出版北平图书馆购藏本《新刻金瓶梅词话》，专业制作，影像清晰，保存了词话本的原版面貌。书前有里仁书局编辑部撰《出版前言》，详细介绍了北图购藏本在抗战时期的流传过程。关于版本问题，该前言作了介绍：

> 故宫藏本《新刻金瓶梅词话》凡十卷一百回，分装二十册，四眼装订。书名页缺失。……书高二十八点三公分，宽十八点四公分。……正文半叶十一行，行二十四字。白口四周单边，单白鱼尾（少数黑尾），有界栏。封面有书名签条，右上角有阿拉伯数字书写的册数编号，签条题"金瓶梅词话"，下题"首册/全二十册"，卷端题"新刻金瓶梅词话"。此本保存完善，仅第五十二

回缺七、八两叶，计四面。首叶"金瓶梅词话序"下端，和书尾最后一页末端，钤有"国立北平图书馆收藏"图章。全书有朱墨笔校改，及朱墨笔之眉批、侧批。书在历史流传过程中有过重装及裁切，导致天头部分批语被裁去半个字，留下遗憾。……一九三三年三月，由马廉、胡适、徐森玉等约二十人倡导集资，据当时北平图书馆藏本影印，以"古佚小说刊行会"名义，单色缩小影印一百零四部，称为"古佚本"。……分装二函二十一册。首册影印收录袁克文、王孝慈旧藏《金瓶梅图》二百幅。……所缺第五十二回第七、八两叶无正文……古佚本批语仅剩四十五条。……在日本也先后发现了两部一残本《词话》，均与故宫本同版。……一九四一年，日本学者丰田穰和中国学者王古鲁在日光山轮王寺慈眼堂访书时，共同发现一部《词话本》，十卷一百回，分装十六册，内文缺五叶。一九六二年秋，在德山毛利氏栖息堂又发现一部，十卷一百回，分装十八册，内文缺三叶（此本近归日本周南市美术博物馆收藏）。

经过几十年的努力，里仁书局终于影印出版词话本，使学界得见北平图书馆购藏本的真面貌，为金瓶梅研究作出了重要贡献。

四、从版本文献探索《新刻绣像批评金瓶梅》与词话本之关系

1.《金瓶梅序》，"万历丁巳季冬东吴弄珠客漫出于金阊道中"，崇祯本简为"东吴弄珠客题"，删去题序时间、地点。在词话本中，此序排在欣欣子序、廿公跋之后，说明比前两篇晚出。崇祯本略去题序时地，说明崇祯本刊印在词话本后，此序不是专为崇祯本刊印而写，在崇祯本刊印前已有。

2.词话本第五回"忏作",误,应作"仵作",旧时官署中检验死伤的吏役。崇祯本第五回相沿而误。词话本第二十六回:"知县自恁要做分上,胡乱差了一员司吏,带领几个仵作来看了。"此处不误,崇祯本相沿亦不误。词话本第五回"无泪无声谓之号","无声"应作"有声"。崇祯本相沿误作"无声"。

3.词话本第五回"时耐王婆那老猪狗",时耐,叵因耐而加"寸"偏旁弄齐。崇祯本相沿亦作"时耐"。刻本用字,不同于稿本或抄本,不能据刻本用字来推断作者的文化程度高低。

4.西门庆十兄弟中的常时节,在崇祯本改作"常峙节"。崇祯本第十一回"应伯爵、谢希大又约会了孙寡嘴、祝实念、常时节,每人出五分分子,都来贺他"。崇祯本此回仍作"常时节",写样时保留了词话本的痕迹。

5.词话本第十三回回目"李瓶儿隔墙密约",崇祯本改为"李瓶姐墙头密约",崇祯本第十三回图题作"隔墙密约",仍同词话本。

6.词话本第五十二回:"西门庆道:你两个打双陆,后边做着个水面。"崇祯本删去一"个"字。叶桂桐校"个水面"为"过水面"。"个"字音义同"过"字。"个水面"即"过水面",将面条煮好后,放到冷水里浸一下再往碗里盛,即为凉面。词话本中"个""过""顾""故"四字同音,常互相借用。第五十五回中"只顾"写作"只个"等。[1]

7.词话本第六十五回:"那日午间,又是本县知县李拱极,县丞钱成,主簿任廷贵,典史夏恭基,又有阳谷县知县狄斯杓,共五员官,都斗了分,穿孝服来上纸帛吊问。""狄斯杓"误刻,词话本第四十八回作"狄斯彬"。狄斯彬,嘉靖二十六年(1547)进士,被谪边方在嘉靖三十一年(1552),江苏溧阳人。崇祯本沿词话本误作

---

[1]　见叶桂桐《论金瓶梅》,中州古籍出版社 2005 年版,第 142 页。

"狄斯杇"。按：崇祯本第四十八回与词话本同作"狄斯彬"。此说明崇祯本是以词话本为底本改写的。

8.词话本第七十一回："长老出来问讯，旋吹火煮茶，伐草根喂马。""吹火"，崇祯本同，应作"炊火"。

9.词话本第七十九回："失脱人家逢五道，滨泠饿餽撞钟馗。"崇祯本同。"失脱"为"失晓"之误刻。"滨泠"应作"溟泠"。"餽"即"鬼"，因"饿"字，刻工把偏旁弄齐而作"饿餽"。词话本崇祯本第九十二回均作"失晓人家逢五道，溟泠饿鬼撞钟馗"。

10.词话本在第八十一回回目前有卷题"新刻金瓶梅词话卷之九"。崇祯本在第四十一回回目前卷题"新刻锈像批点金瓶梅词话卷之九"，崇祯本天津图书馆藏本第三十一回回目前卷题"新刻金瓶梅词话卷之七"，均说明崇祯本据词话本改写的遗留因素。

五、从《金瓶梅传》传抄到《新刻金瓶梅词话》的影印（附：金瓶梅版本简表）

《金瓶梅传》稿完成在嘉靖末到万历初，问世后传抄约20年，在万历丁巳［万历四十五年（1617）］前后刊刻，今未见初刊本。据初刻版后印本约在万历四十八年（1620），即现存《新刻金瓶梅词话》。谢肇淛据自藏抄本评改后刊印《新刻绣像批评金瓶梅》。张竹坡在清康熙年间，以崇祯本为底本评点刊刻《皋鹤堂批评第一奇书金瓶梅》。1931年冬发现《新刻金瓶梅词话》，古佚小说刊行会影印104部，后有日本大安株式会社以日藏栖息堂藏本、慈眼堂藏本为底本影印。古佚小说刊行会影印本供学术研究者了解词话本面貌，功不可没，但因缩版影印，略去评语与改字词处，难见北图购藏本之真面貌。今有新加坡南洋出版社据国会胶片正片为制作底本，灰度影印出版，读者得以目睹北图购藏本之真面目。

附：金瓶梅版本简表

万历丙申（1596）传抄本出现（见袁宏道《与董思白书》）

王世贞抄本。徐阶、刘承禧抄本。董其昌抄本。

袁宏道、袁小修抄本。丘志充抄本。

谢肇淛抄本。仿作《玉娇丽》作者抄本。沈德符抄本。文在兹、屠本畯、王稚登抄本

万历丁巳（1617）序刻本《新刻金瓶梅词话》（初刻本未见）

万历庚申（1620）初刻版后印《新刻金瓶梅词话》（现存北平图书馆购藏本）

日本日光山轮王寺慈眼堂藏本、日本德山毛利氏栖息堂藏本、日本京都大学附属图书馆藏残本

崇祯刻本（1628—1644）《新刻绣像批评金瓶梅》（王孝慈旧藏本）

天津图书馆藏本、北京大学图书馆藏本、上海图书馆乙本（同天图本）、上海图书馆甲本（同北大本）

吴晓铃藏抄本（乾隆抄本）

残存四十七回本

《新镌绣像批评原本金瓶梅》日本内阁文库藏本、东洋文化研究所本、首都图书馆藏本，顺治辛卯（1651）《绣刻八才子词话》残本

康熙乙亥（1695）《皋鹤草堂批评第一奇书金瓶梅》大连图书馆藏本、吉林大学图书馆藏本、韩国梨花女子大学藏本、苹华堂本、在兹堂本、影松轩本、皋鹤堂本、目睹堂本、多伦多大学东亚图藏本、乾隆丁卯（1747）《四大奇书第四种》本

康熙戊子（1708）满文译本《金瓶梅》

第四章

对《金瓶梅词话》北平图书馆购藏本的不同评价，主张建设《金瓶梅词话》新文本

《金瓶梅词话》北平图书馆购藏本，现藏台北故宫博物院图书文献馆，是现存三部半词话本中较为完整、最为精良的版本。笔者热爱它，朝思暮想三十多年，未能相见真容。在台湾师范大学友人的帮助支持下，笔者终能在台北故宫博物院借阅，与之亲密接触，十卷二十册全部摆放在阅览台上。戴上口罩，怕哈气浸润；戴上手套，怕汗渍污染。但是，它已不那么洁净，当年在山西介休县存藏者手中沾染上了污渍，甚至不少叶面上有油迹污点。

由于不容易见到原刊本实物，仅凭古佚小说刊行会影印本，或据古佚小说刊行会本再影印本的印象，往往会忽略了北图购藏本的真面目，甚至产生误判。

一、北图购藏本的文本细节

朱笔改动正文文字（也有少量墨笔改动），并加少量朱笔眉批、旁批。如：

第一回第十一叶 A 面"与张大户攘骂了数日"，墨笔点在"攘"字上，在右下写一"嚷"字。"也有计时"用朱笔点"计"字，在右边写"几"字并加一"□"。第十一叶 B 面"在房子里住"，墨笔改

"里"为"裏"。

第十七叶 B 面"叔叔饮个成双的"有朱笔旁批："要打动他。"

第二回第三叶 B 面"却来屋里动旦"，朱笔改"旦"为"弹"。

第五叶 A 面朱笔眉批："描写模样真足动人。"

第四回第五叶 A 面有墨笔眉批："可以龙虎相斗。"

第五回第四叶 B 面，朱笔删"武大打闹"四字。

第八回第三叶 B 面有五十二个朱笔点。

第十四回第五叶 B 面有二十八个朱笔圈。

第九叶 B 面有两条朱笔夹批，字体与前不同，改字朱笔与夹批朱笔深浅不同。

第二十二回以后，改动处较少。

第五十二回缺第七、第八两叶。黄莺儿等曲唱词大字刻印，人物对话双行小字刻印。

第五十七回眉批首缺字，被切掉。

第八十六回第三叶 A 面有一墨钉，B 面也有一墨钉。第七叶 B 面有墨钉。书口黑鱼尾六叶，第八十七回黑鱼尾一叶，八十八回黑鱼尾一叶，第九十回有黑鱼尾两叶。全书其他各回书口为白鱼尾。

最末叶书口有"金瓶梅词话卷之一百回终"。

据以上粗略考察，可认定北平图书馆购藏本为一部手批评改（改字词）本《金瓶梅词话》，虽然眉批、旁批数量不多，却贯串全书，表明收藏者对《金瓶梅词话》的细读与欣赏。此位珍藏者与评改者是谁，有待赴山西介休县考查。

二、北图购藏本的特色与词话本的版本现象

《金瓶梅词话》北图购藏本首为《金瓶梅词话序》，共六叶，书口刻序一、序二、序三、序四、序五、序六，未刻书名。《跋》一叶，

书口刻"跋"，未刻书名。东吴弄珠客《金瓶梅序》二叶，书口刻序一、序二，未刻书名。引子、四贪词三叶，书口刻"词话"二字。目录叶起书口刻"金瓶梅词话"。

北图购藏本目录叶题"新刻金瓶梅词话目录"，正文卷题"新刻金瓶梅词话卷之×"，书口均题"金瓶梅词话"，共分十卷。梅节认为词话本形式统一而严谨。

北图购藏本比日本藏本更完整。日本藏日光山轮王寺慈眼堂藏本在1941年被发现，一百回分装十六册，缺封面、扉页，内文缺五叶，保存不善而有湮漶，鼠患导致的破损严重。德山毛利氏栖息堂藏本1962年发现，一百回分装十八册，缺封面、扉页，内文缺三叶。次两本无点改评语。笔者未见这两种藏本原书，只能据日本大安株式会社影印本间接了解其版本情况。

据北图购藏本可知，词话本刊本多用简体字、俗别字、记音字、生造字，误刻之字词较多。对于造成这种版本现象的原因，有不同的见解。梅节认为《金瓶梅词话》是艺人说唱词话底本，作者是下层知识分子，由于水平不高，产生错误。有学者认为，有多种传抄本，抄手不一，水平不齐，造成错误。还有学者想象为一人念抄本，另一人听写，产生错误。更大的可能，还是当时的用字习惯。因为是通俗文学作品，所以据习惯用字，产生了一些俗别字、记音字、生造字等。崇祯本《金瓶梅》以词话本为底本评改时，已校改了一部分（也有错漏之处）。

三、建设《金瓶梅词话》新文本的相关成果及意义

《金瓶梅词话》刊本的用字字形和用字标口语方言发音，给今天学者整理标点词话本带来了特殊难度。梅节用二十年的时间，四次通校词话本，改正了一些错字词（也有改错之处）。词话本创作时吸收

活用了一百多种作品作为素材，梅节据素材原刊改正词话本的字词错误，作出了重要贡献，而且提出建设《金瓶梅词话》新文本的目标。杨国玉提出要"剥去蒙于其上的重重迷雾，还原出最为本真的万历本的本来面目"，并已完成《精校全本金瓶梅词话》，找出了形讹、音讹、草书致讹的原因和讹夺的类型，用了多年时间，付出了极大的辛苦，完成了词话本整理校点的宏伟工程。张鸿魁著《金瓶梅语音研究》，编著《金瓶梅字典》，被梅节称赞"是建设《金瓶梅词话》新文本的重要基石"。王夕河著《〈金瓶梅〉原版文字揭秘》，花了二十余年时间，研究《金瓶梅》方言俗语，用方言现象考察《金瓶梅》的用字、断句，自称是"独家揭秘之作"。

有学者是另一种思路。李申说，他有一个"一字不改"的词话本准备出版。

北图购藏本较为完整，最为精良。从学术研究的需求和整理保存古籍的规划角度看，应该尽早仿真影印出版《金瓶梅词话》北图购藏本，以满足学术研究的需要，使广大专家学者与读者一睹《金瓶梅词话》刊本的真面貌。

第五章

《新刻绣像批评金瓶梅》是晚明小说传播的典范

一、崇祯本的特征、类别及相互关系

刊刻于十卷本《金瓶梅词话》之后的《新刻绣像批评金瓶梅》是二十卷一百回本，卷首有东吴弄珠客所作的《金瓶梅序》。书中有插图二百幅，有的图上题有刻工姓名，如刘应祖、刘启先、黄子立、黄汝耀等。这些刻工活跃在明天启、崇祯年间，是新安（今安徽歙县）木刻名手。这种刻本避明崇祯帝朱由检讳。根据以上特点和刻本的版式字体，一般认为这种本子刻印在崇祯年间，因此简称为"崇祯本"，又称"绣像本"或"评改本"。

现仍存世的崇祯本（包括清初翻刻的崇祯系统版本）有十几部，各部之间大同中略有小异，从版式上可分为两大类。一类以北京大学图书馆藏本为代表，书每半叶十行，行二十二字，扉页失去，无《廿公跋》，回首诗词前有"诗曰"或"词曰"二字。日本天理图书馆藏本、上海图书馆藏甲乙两本、天津图书馆藏本、残存四十七回本等，均属此类。另一类以日本内阁文库藏本为代表，书每半叶十一行，行二十八字，有扉页，扉页上题《新镌绣像批评原本金瓶梅》，回首诗词前多无"诗曰"或"词曰"二字。首都图书馆藏本、日本东京大学东洋文化研究所藏本属于此类。

崇祯诸本多有眉批和夹批。各本眉批刻印行款不同。北大本、上图甲本以四字一行居多，也有少量两字一行的。天图本、上图乙本以两字一行居多，偶有四字一行和三字一行的。内阁本眉批三字一行。首图本有夹批，无眉批。

为了理清崇祯诸刻本之间的关系，需要先对几种稀见版本作一简单介绍：

（一）王孝慈旧藏本。王孝慈为书画家，通县（今北京市通州区）人，原藏《新刻绣像批评金瓶梅》插图两册，二百幅。1933 年古佚小说刊行会本中的插图，即据王氏藏本影印。插图甚精致，署刻工姓名多。第一回第二幅图"武二郎冷遇亲哥嫂"栏内右侧题署"新安刘应祖镌"六字，为现存其他崇祯本插图所无。其第一回回目"西门庆热结十弟兄"，现存多数本子与之相同，仅天图本、上图乙本略异。从插图和回目判断，王孝慈旧藏本可能是崇祯系统的原刻本。

（二）残存四十七回本。该本是近年新发现的，扉页右上题"新镌绣像批评原本"，中间大字"金瓶梅"，左

王孝慈旧藏本第一回第二幅图题署"新安刘应祖镌"

题"本衙藏板"。插图有九十幅，第五回"饮鸩药武大遭殃"及第二十二回"惠莲儿偷期蒙爱"，俱题署刻工刘启先姓名。此残本版式、眉批行款与北大本相近，卷题也与北大本相同，但扉页则依内阁本所谓"原本"扉页格式刻印。此版本兼有两类本子的特征，是较晚出的版本，刊印在张评本刻印前的顺治或康熙初年，流传至张评本刊印之后。该书流传中失去五十三回，用张评本配补，成了崇祯本和张评本的混合本。从明末至清中叶，《金瓶梅》由词话本、崇祯本同步流传演变为崇祯本和张评本同步流传，其递变端倪，可由此本看出。

（三）吴晓铃先生藏抄本。四函四十册，二十卷百回，是一部书品阔大的乌丝栏大字抄本。抄者为抄本刻制了四方边栏、行间夹线和书口标"金瓶梅"的木版。吴先生云："从字体风格来看，应属乾隆前期。"书中将秽语删除，无眉批、夹批。在崇祯诸本的异文处，此本多与北大本相同，但也有个别地方与北大本不同。由此看来，此本可能据崇祯系统原刊本抄录，在研究崇祯本流变

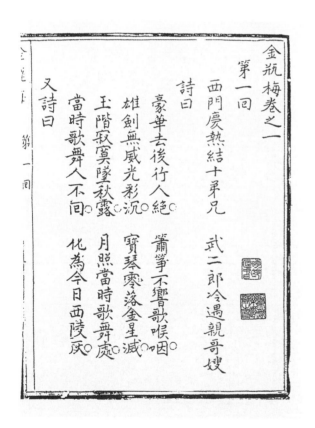

吴晓铃藏《金瓶梅》乾隆年间抄本第一回首半叶书影

及版本校勘上，颇有价值。

（四）《绣刻古本八才子词话》。吴晓铃先生云："顺治间坊刊《绣像八才子词话》，大兴傅氏碧蕖馆旧藏。今不悉散佚何许。"（《〈金瓶梅词话〉最初刊本问题》，见《〈金瓶梅〉艺术世界》，吉林大学出版社1991年版）吴先生把这一种本子视为清代坊刊词话本。美国韩南教授著录："扉页题《绣刻古本八才子词话》，其下有'本衙藏板'等字。现存五册：序文一篇、目录，第一、二回，第十一至十五回，第三十一至三十五回，第六十五至六十八回。序文年代顺治二年（1645），序者不详。十卷百回。无插图。"（《〈金瓶梅〉的版本及其他》）韩南把它列入崇祯本系统。因韩南曾借阅傅惜华藏书，笔者采纳韩南意见，把此版本列入崇祯本系统。

（五）周越然旧藏本。周越然著录：

> 新刻绣像批评金瓶梅二十卷百回。明崇祯间刊本，白口，不用上下鱼尾，四周单栏，每半叶十行，每行二十二字，眉上有批评，行间有圈点。卷首有《东吴弄珠客序》三叶，目录十叶，精图一百叶。此书版刻、文字均佳。

据版式特征应属北大本一类，与天图本、上图乙本相近或同版。把周越然旧藏本第二回图"俏潘娘帘下勾情"影印件与北大本图对勘，北大本图左下有"黄子立刊"四字，周越然旧藏本无（右下有周越然章）。

根据上述稀见版本的著录情况和对现存崇祯诸本的考查，我们大体上可以判定，崇祯系统内部各本之间的关系是这样的：目前仅存插图的通州王孝慈旧藏本为原刊本或原版后印本。北大本是以原刊本为底本翻刻的，为现存较完整的崇祯本。以北大本为底本翻刻或再翻

王孝慈旧藏本第二回第一幅图题署"黄子立刻"

周越然旧藏本第二回第一幅图没有题署"黄子立刻"

刻，产生出天理本、天图本、上图甲乙本、周越然旧藏本。对北大本一类版本稍作改动并重新刊印的，有内阁本、东洋文化研究所本、首图本。后一类版本卷题做了统一，正文文字有改动，所改之处多数是恢复了词话本原字词。在上述两类崇祯本流传之后，又刊刻了残存四十七回本，此本兼有两类版本的特征。

二、崇祯本和万历词话本的关系

崇祯本与万历词话本相异而又相关。兹就崇祯本与万历词话本明显的相异之处，考查一下二者之间的关系。

（一）改写第一回及不收《欣欣子序》。崇祯本把第一回"景阳岗武松打虎"改为"西门庆热结十弟兄"。从开首到"知县升堂，武松下马进去"是改写者手笔,以"财色"论做引子,写至十弟兄在玉皇庙结拜。文句中有"打选衣帽光鲜""看饭来""哥子""千百斛水牛般力气"等江浙习惯用语。"武松下马进去"以后,文字大体与词话本同,删减了"看顾""攱儿难"等词语。改写后,西门庆先出场,然后是潘金莲嫌夫卖风月,把原以武松为主、潘金莲为宾,改成了西门庆和潘金莲为主、武松为宾。改写者对《金瓶梅》有自己的看法,他反对欣欣子的观点,因此把词话本中与《欣欣子序》思想一致的四季词、四贪词、引子统统删去了。

《欣欣子序》阐述了三个重要观点:第一,《金瓶梅传》作者是"寄意于时俗,盖有谓也";第二,《金瓶梅传》是发愤之作,作者"爰罄平日所蕴者,著斯传";第三,《金瓶梅传》虽"语涉俚俗,气含脂粉",但不是淫书。欣欣子冲破儒家诗教传统,提出不要压抑哀乐之情的进步观点。他说:"富与贵,人之所慕也,鲜有不至于淫者;哀与怨,人之所恶也,鲜有不至于伤者。"这种观点与李贽反对"矫强"、主张"自然发于性情"的反礼教的思想是一致的。崇祯本改写者反对这种观点,想用"财色"论、"惩戒"说再造《金瓶梅》,因此他不收《欣欣子序》。而《东吴弄珠客序》因观点与改写者合拍,遂被刊为崇祯本卷首。

(二)改写第五十三、五十四回。崇祯本第五十三、五十四回与词话本大异小同。词话本第五十三回"吴月娘承欢求子息,李瓶儿酬愿保官哥",把月娘求子息和瓶儿保官哥两事联系起来,围绕西门庆"子嗣"这一中心展开情节,中间穿插潘金莲与陈经济行淫,应伯爵为李三、黄四借银。崇祯本第五十三回"潘金莲惊散幽欢,吴月娘拜求子息",把潘金莲与陈经济行淫描写加浓,并标为回目;把李瓶儿酬愿保官哥的情节做了大幅度删减。改写者可能认为西门庆不信鬼神,所以把灼龟、刘婆子受惊、钱痰火拜佛、西门庆谢土地、陈经济送纸马等文字都删去了。崇祯本第五十四回把词话本刘太监庄上河边郊园会诸友，改为内相陆地花园会诸友；把瓶儿胃虚血少之病，改为下淋不止之病。瓶儿死于血山崩，改写者可能认为血少之症与结局不相符，所以进行了修改。上述两回，尽管文字差异较大，内容亦有增有减，但基本情节并没有改变，仍可以看出崇祯本是据万历词话本改写而成，并非另有一种底本。

值得注意的是，词话本第五十三、五十四回与前后文脉络贯通，风格也较一致，而崇祯本这两回却描写粗疏，与前后文风格不太一致。例如，应伯爵当西门庆面说"只大爹他是有名的'潘驴邓小闲'不少一件"，陈经济偷情时扯断潘金莲裤带，这些显然都不符合人物性格，手法拙劣。

（三）崇祯诸本均避崇祯帝朱由检讳，词话本不避。如词话本第十七回"则虏患何由而至哉""皆由京之不职也"，崇祯本改"由"为"繇"；第九十五回"巡检司""吴巡检"，崇祯本改"检"为"简"。此一现象亦说明崇祯本刊刻在后，并系据词话本而改。

（四）崇祯本在版刻上保留了词话本的残存因素。北大本第九卷题作"新刻绣像批点金瓶梅词话卷之九"，天理本、天图本、上图甲乙

新刻繡像批點金瓶梅詞話卷之九

第四十一回

兩孩兒聯姻共笑嬉　　二佳人憤深同氣苦

詞曰

瀟灑佳人風流才子天然分付成雙蘭堂綺席燭影耀熒煌數幅紅羅錦繡寶粧象金鴨焚香分明

足芙蕖浪程一對鴛鴦

右調滿庭芳前

話說西門慶在家中裁縫儹造衣服那消兩日就完了到十二日喬家使人邀請早辰西門慶先送了禮去那日月

第四十一回

一

北大本第九卷题"新刻绣像批点金瓶梅词话卷之九"

本第七卷题作"新刻金瓶梅词话卷之七"，这是崇祯本据词话本改写的直接证明。此外，词话本误刻之字，崇祯本亦往往相沿而误。如词话本第五十七回"我前日因往西京"，"西京"为"东京"之误刻，崇祯本相沿。上述残存因素，可以看作是崇祯本与其母体《新刻金瓶梅词话》之间的脐带。

（五）其他相异之处：崇祯本删去了词话本第八十四回吴月娘为宋江所救一段文字，崇祯本改动了词话本中部分情节，崇祯本删去了词话本中大量词曲，崇祯本删减或改动了词话本中的方言词语，崇祯本改换了词话本的回首诗词，崇祯本比词话本回目对仗工整，等等。

大量版本资料说明：崇祯本是以万历词话本为底本进行改写的，词话本刊印在前，崇祯本刊印在后。崇祯本与词话本是母子关系，而不是兄弟关系。

崇祯本刊印前，也经过一段传抄时间。谢肇淛就提到二十卷抄本问题。他在《金瓶梅跋》中说："书凡数百万言，为卷二十，始末不过数年事耳。"这篇跋，一般认为写于万历四十四年至四十六年（1616—1618）。这时谢肇淛看到的是不全抄本，于袁宏道得其十三，于丘诸城得其十五。看到不全抄本，又云"为卷二十"，说明谢肇淛已见到回次目录。二十卷本目录是分卷次排列的，这种抄本是崇祯本的前身。设计刊刻十卷词话本与筹划改写二十卷本，大约是同步进行的。可能在刊印词话本之时即进行改写，在词话本刊印之后，以刊印的词话本为底本完成改写本定稿工作，于崇祯初年刊印《新刻绣像批评金瓶梅》。绣像评改本的改写比我们原来想象的时间要早些，但是崇祯本稿本也不会早过十卷本的定型本。浦安迪教授认为，崇祯本的成书时间应"提前到小说最早流传的朦胧岁月中。也许甚至追溯到小说的写作年代"（《论崇祯本〈金瓶梅〉的评注》），显然是不妥当的。从崇祯本的种种特征来看，它不可能与其母本词话本同时，更不可能早于母本而问世。

三、吴晓铃先生藏乾隆抄本《金瓶梅》

《金瓶梅》四函四十册，二十卷百回，是一部书品阔大的乌丝栏大字抄本，抄者为抄本刻制了四方边栏、行间夹线和书口标"金瓶梅"的木板。正文半叶九行，行二十二字。吴晓铃先生鉴定为乾隆前期抄本，书中秽语被删除，无眉批、夹批。

在崇祯本各版本的异文处，此本多与北大本相同，但也有个别地方与北大本不同。

第十回"好个温克性儿"，吴藏抄本与其他崇祯本同，均同词话本。"克"读音 kēi，与"恳"意相近，"温恳"即温柔、亲切。张评本改作"温存性儿"。

"走来毛厮里净手"，天图本、北大本、内阁本、张评本同，词话本"毛厮"作"毛厕"。

第十三回"李瓶姐墙头密约，迎春儿隙底私窥"，同北大本。王孝慈旧藏本图题"李瓶姐隔墙密约，迎春儿隙底私窥"，词话本作"李瓶姐隔墙密约"。

第十五回第三叶 A 面"四下围列诸门买卖"，吴藏抄本、天图本、内阁本、张评本均作"诸门"，同词话本。北大本作"诸般"与词话本不同。据此推测，王孝慈旧藏本此处应作"诸门"，北大本翻刻天图本时做了改动。据此一例看，张评本以天图本为底本。

"蹴鞠齐眉"，崇祯诸刊本、吴藏抄本、张评本同。词话本作"蹴鞠齐云"，"齐云"为球社名。

"两个唱的董娇儿、韩金钏儿"，天图本、内阁本、词话本同。北大本误作"金训"。

第二十回回目"痴子弟争风毁花院"，北大本、天图本、王孝慈

第二回

词曰

芙蓉面冰雪肌生来娉婷年已笄娘三倚门

餘梅花半含蓋似开还闭初见簾邊蓋澀還

曲住再过楼頭款接多歡喜行也宜立也宜

坐又宜偎傍更相宜

右調孝順歌

话说当日武松来到縣前客店内收拾行李鋪蓋交

俏潘娘簾下勾情　老王婆茶坊説枝

吴晓铃藏乾隆《金瓶梅》乌丝栏大字抄本书影（一）

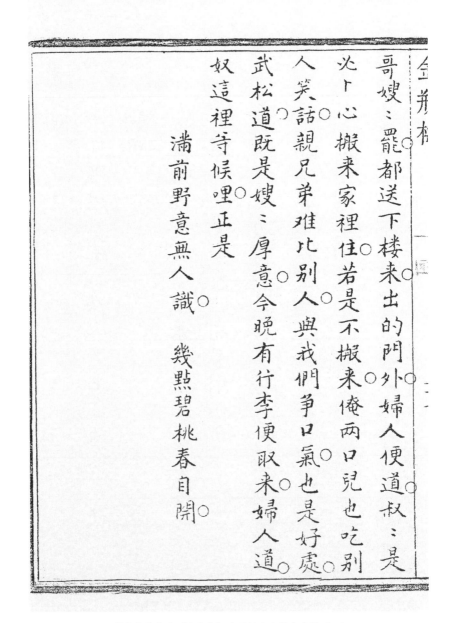

哥嫂三罢都送下楼来出的门外婦人便道叔三是
必卜心搬来家裡住若是不搬来俺两口兒也吃别
人笑話親兄弟难比别人與我們争口氣也是好處
武松道既是嫂三厚意今晚有行李便取来婦人道
奴這裡寺候哩正是

滿前野意無人識　　幾點碧桃春自開

吴晓铃藏乾隆《金瓶梅》乌丝栏大字抄本书影（二）

056

旧藏本图题"争风"作"争锋"。

第二十六回回首"诗曰",与北大本同。内阁本、首图本第二十六至三十回回首诗题词题刻印格式与北大本同,其他回则无"诗曰""词曰"。由此可知内阁本翻刻北大本之痕迹。

第二十一回回目前有卷题"新刻绣像批评金瓶梅卷之五",同北大本。

第三十九回"河中漂过一个大鲜桃来",天图本、北大本作"大鳞桃"。

第四十一回回目前无卷题,应为漏抄卷题。

第四十三回回目"争宠爱金莲惹气",同天图本、北大本。王孝慈旧藏本图题"争宠爱金莲斗气"。

第四十六回起,抄手换人,字迹与前不同。

第五十一回回目前有卷题"新刻绣像批评金瓶梅卷之十一",同天图本、北大本。

第五十二回"敬济便叫妇人进去瞧蘑茹",同天图本、北大本。张评本"蘑茹"改作"蘑菇"。

第五十六回回目前卷题"金瓶梅卷之十二",第六十一回回目前卷题"金瓶梅卷之十三",可知吴藏抄本卷题不统一,有抄手将卷题简缩的情况。另外,第七十一回回目前缺卷题。

第七十六回回目前卷题"新刻绣像批评金瓶梅卷之十五",天图本、北大本、内阁本"批评"作"批点"。

第三十回回首词词牌"浣沙溪"(应作"浣溪沙"),天图本、北大本、内阁本同。

从"温克性儿""诸门买卖"等词语与词话本相同可知,崇祯本保留有词话本基因。从"卷题"、回首"诗曰""词曰"及"浣沙溪"等,可知吴藏抄本与北大本一致,大约可判定吴藏抄本是以北大本为底本抄写的。

张评本刊印在康熙年间，在清代广为流传，此时，词话本与崇祯本稀见，社会上视为珍品，才有乾隆年间吴藏抄本（属崇祯本系统）的出现。吴藏抄本在《金瓶梅》传播史上占有重要地位，且有了解清代前期馆阁体书法艺术的价值，值得加以珍视。

四、《金瓶梅》崇祯本评改者

（一）评点者对《金瓶梅》艺术美的发现

《新刻绣像批评金瓶梅》，二十卷百回，每回均有眉批、夹批，无回评。在《金瓶梅》问世之后，这种版本评语对《金瓶梅》做了全面深入评价，集中表达了晚明作家对《金瓶梅》的审美感受。评点者经过多年潜心细读，从微观入手，对《金瓶梅》又做总体把握，晶莹剔透，熠熠发光。与书商为销售做宣传的评点不同，该评语无套语、肤浅语，更无迂腐之谈，可以说是对《金瓶梅》艺术美的全方位发现。

第一，突破传统观念，以新的审美视角欣赏、肯定《金瓶梅》，认为《金瓶梅》是一部世情书，而非淫书。评点者认为书中所写人事天理，全为"太史公笔法来"，"纯是史迁之妙"。评点者大胆肯定《金瓶梅》性描写的艺术价值，"分明秽语，阅来但见其风骚，不见其秽，可谓化腐臭为神奇矣"（第二十八回眉批）。这种评价，针对"决定焚之"的淫书论，简直是石破天惊之语。

第二，对潘金莲、西门庆、李瓶儿、应伯爵等人物形象的复杂性格有准确把握，对人物形象的艺术美有高度评价。评点者同情潘金莲，欣赏潘金莲形象，认为潘金莲有诸多可爱之处。第四十三回眉批："数语崛强中实含软媚，认真处微带戏谑，非有二十分奇妒，二十分呆胆，二十分灵心利口，不能当机圆活如此。金莲真可人也。"第六十七回眉批："金莲心眼俱慧，开口便着人痛痒，无论讽笑，虽毒骂，亦胜于不痛不痒而一味奉承者也。"对金莲评价强调人物性格的多面复杂，既指出了她的"出语狠辣""俏心毒口"，惯于"听篱察壁""爱小便宜"等弱点，又赞美她"慧心巧舌""韵趣动人"等可爱之处。在潘金莲被杀后，评点者道："读至此，不敢生悲，不忍称快，然而心实恻恻难言哉！"（第八十七回眉批）表达了对这一复杂形象充满同情的审美感受。评西门庆"以生意为本"，认定其商人身份。评应伯爵"是古今清客之祖"，"诔则似庄，谑便带韵"。评李瓶儿时，既说她"愚""浅"，又指出她"醇厚""情深"。对《金瓶梅》人物形象的艺术美，评点者多有新发现、新评价。

第三，评点者在品赏刻画人物的传神艺术时，运用了带有理论潜能的评语，表现了评点者的理性之光。如"德不胜色""针工匠斧""潜心细读""用方言不减引经""简透""化工""笔墨有生气""有形有心""芳香自吐"等。第九十一回写孟玉楼改嫁李衙内后身边女婢玉簪时，眉批道："写怪奴怪态，不独言语怪，衣裳怪，形貌举止怪，并声影、气味、心思、胎骨之怪，俱为摹出，真炉锤造物之手。"第六十回眉批评作者"写笑则有声，写想则有形，写举止语默则俱有心"。这些评语给《金瓶梅》叙事艺术以极高评价，赞赏其为"高文"即高超、高妙之小说作品。

第四，评点打破重教化而不重审美、重史实而不重真趣、重情节而不重性格的传统，显示新的审美视角，表现了近代美学追求。在小说由英雄传奇向世情小说蜕变的转型时期，在"童心""性灵""真趣""自然"的审美新意识启示下，评点者对《金瓶梅》进行了开拓性评价。评点者注重写实，注重写日常生活，注重人物性格心理的品鉴，这达到了中国小说美学史的新高度，开创了新阶段，具有里程碑意义。冯梦龙的"事赝而理真"论、金圣叹的性格论、李渔的幻境论、张竹坡的情理论、脂砚斋的"情不情"论，使古代小说美学达到成熟与繁荣的高峰，而早于他们的《金瓶梅》崇祯本评点，对明清小说美学的发展，可以说起了奠基与开拓的作用。

（二）改写者对词话本的加工修改

《新刻绣像批评金瓶梅》刊印在杭州，被郑振铎先生称之为"武林版《金瓶梅》"。郑振铎有武林版《金瓶梅》插图的初印本。北平古佚小说刊行会影印《金瓶梅词话》时，卷首所附二册插图，即用此初印本为底本影印的。

评改本对词话本的改写可归纳如下几种情况：

第一，改换方言词语为通语。有改得合理之处，便于广大地区读者读懂；也有因不懂方言词语发音与本义而改得不通之处。

第二，改换回首诗词。词话本回首诗词说教味较浓。改写者选用唐宋诗词或明代传奇小说《钟情丽集》中的诗词，使文意较为含蓄。

第三，增添文字。如第四回写西门庆与潘金莲在王婆茶坊约会，改写者添一段"这妇人见王婆去了，倒把椅儿扯开一边坐着，却只偷眼睃看。……却说西门庆口里娘子长、娘子短，只顾白嘈"。加强两个人物之间的情感交流。眉批曰："媚极。"

第四，删除文本中镶嵌的大量词曲，使文本更加简练流畅，便于阅读。

第五，评改本回目比词话本对仗工整。

第六，情节调整。第一回，改武松打虎、金莲嫌夫为西门庆热结十弟兄，减弱了与《水浒传》的联系，让主角一开始就登场。删去词话本第八十四回吴月娘为宋江所救一段文字。第二十六回写来旺中拖刀之计，夜间醒来主动为家主赶贼，评改者改为来旺睡梦里听有人叫"你的媳妇子又被那没廉耻的勾引到花园后边，干那营生去了"，猛可惊醒，不见老婆在家里，怒从心起，径扑到花园，结果中了施刀之计。加强了人物心理描写，这比词话本情节更合情理。改写者在改写过程中，贯穿了他的改写宗旨：为精练而删减，为便于阅读而改方言，改动他认为不合情理之处，体现改写者的小说思想观念。

（三）评点者与改写者应为一人

经过细读文本，对照研究评语，反复体会评与改的关联，笔者认为评点者与改写者为一人，姑且称之为"评改者"。他边改写边写评语，不少评语我们可以体味为改写者的自评。有些评语既赞赏原作者，也有自我欣赏之处。

第七十三回，写李瓶儿死后，金莲不顾为其戴孝，评改者删词话本八十六个字，改第二个"杨姑娘道"为"大妗子道"。此处眉批："淡淡接去，天衣无缝。"即为评改者自我肯定。

第八十回，水秀才在西门庆死后，写了一篇含讽刺意味的祭文，把西门庆描绘为阴茎的化身。此处眉批："祭文大属可笑。惟其可笑，故存之。""故存之"即不予删除，显系改写者自评。

第四回，"一物从来六寸长"八句诗把男根描写为有灵性的、美而不丑的生命个体。此处眉批："俗语，然留之可入俗眼。"说明不删此诗的理由，也显系改写者评语。

评改者对《金瓶梅词话》使用方言，总体上是给予赞赏和肯定的。第三十九回写潘金莲与月娘对话时一连用了地域性很浓的三个歇后语。此处眉批："用方言处，不减引经。"第三十二回眉批："方言隐语，含讥带讽，如枝头小鸟啾啾，虽不解其奇，娇婉自可听也。"评改者所改动的方言词语，仅限于不易读懂者。尽管有误改之处，但总体看应是一种给予肯定的加工。其特点是减弱了词话本原有的鲁地乡音乡俗的原生态，但便于作品的阅读传播。不能认为评改本"强奸"了词话本的潜力，使原作个性弱化。[1]总体来看，评改

---

① 傅憎享：《词话本·崇祯本两个版本两种文化：〈金瓶梅〉词语俗与文的异向分化》，载《社会科学辑刊》1992 年第 3 期。

者对词话本的修改在尊重原作基础上做了进一步艺术加工修饰，对原作没有伤筋动骨。改写者的高水平的加工，使《金瓶梅》成为一种便于阅读的定型文本，使词话本的美的存在成为美的长存，其功绩是主要的。

20世纪20年代，《金瓶梅词话》尚未在山西介休县发现。现代作家学者均据《金瓶梅》评改本或张评本（以评改本为底本）来研究。鲁迅在《中国小说史略》中评道："诸世情书中，《金瓶梅》最有名"，"同时说部，无以上之"。鲁迅以敏锐的艺术眼光，进一步发现了《金瓶梅》之美，他说："然《金瓶梅》作者能文，故虽间杂猥词，而其他佳处自在。"这种高度的评价包括了原作者与评改者的共同艺术成就。评改者是词话本的加工修改者，也是兰陵笑笑生身后的合作者，为《金瓶梅》最后定型与传播作出了重大贡献。说他是《金瓶梅》第二作者，也当之无愧。

（四）李渔不是《金瓶梅》崇祯本的评改者

《金瓶梅》崇祯本的评点者、改写者究竟是谁？这是"金学"中有分歧意见的疑难问题之一。1985年，有学者曾提出"李渔评改《金瓶梅》"之说，在学术界产生了一定影响。笔者在校点《新刻绣像批评金瓶梅》（崇祯本）的工作中，曾思考过这一问题，搜集、分析了有关的材料。笔者认为此一说不能成立。

有学者提出李渔是崇祯本"评改"者之说。其根据有这样几个方面：

第一，首都图书馆藏《新镌绣像批评原本金瓶梅》有一百零一幅插图，在第一百零一幅图像背面有两首词，后署"回道人题"。有学者认为回道人是李渔的化名，还说李渔《十二楼·归正楼》第四回用了"回道人评"。

第二，署"湖上笠翁李渔题"的两衡堂刊本《三国演义序》中论《金瓶梅》"讽刺豪华淫侈，兴败无常"，与崇祯本第九十回眉批所云合拍。

第三，张竹坡评点第一奇书《金瓶梅》在兹堂刊本扉页上署"李笠翁先生著"。在署名"李笠翁先生著"的《合锦回文传》里也有回道人的题赞。①

有学者由以上所据做出判断："李渔不仅是《新刻绣像批评金瓶梅》一书的写定者，同时也是作评者。"② 笔者的考证，与上述结论不同。

（1）回道人不是李渔的化名，而是吕洞宾诡称的别名。李渔原名仙侣，字谪凡，号天徒，后改字笠翁，别署随庵主人、觉道人、觉世稗官、笠道人、伊园主人、湖上笠翁、新亭客樵，族中后人尊称"佳九公"，人称"李十郎"。就已知李渔著作和编纂的书，从未见有署"回道人"者。

吕洞宾，五代、北宋初年人（或谓唐人，生于唐贞元十四年），名岩，字洞宾，别号纯阳，关中京兆人（或传为河中永乐人）。吕洞宾善写诗，民间流传他的诗歌，多达一百多篇。《全唐诗》收吕洞宾诗四卷。他本为隐士，死后被附会为举世闻名的神仙和道士。明末邓志谟据吕洞宾的传说写神怪小说《吕祖飞剑记》十三回，其中多次写到吕洞宾诡称回道人，如第六回写道：

> 一日，纯阳子又向长沙府，诡为一个回道人。……回道人者，以回字抽出小口，乃吕字，此是吕神仙也。

首都图书馆藏《新镌绣像批评原本金瓶梅》第一百零一幅插图后

---

① 《合锦回文传》，清嘉庆三年刊本，道光六年重印本，图像九叶九幅，前图后文。九位题赞者中，未见回道人题赞。笔者按：实际情况是题署"笠翁先生原本，铁华山人重辑"。

② 刘辉：《〈金瓶梅〉成书与版本研究》，辽宁人民出版社1986年版，第77页。

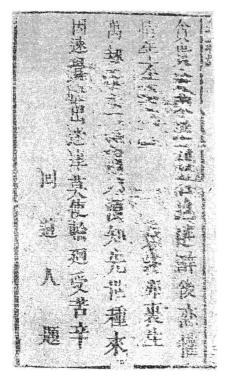

《新镌绣像批评原本金瓶梅》首都图书馆藏本第一百零一幅插图背面刻印吕洞宾（回道人）词二首

回道人题词漫漶不清：

贪贵□□□□□□□醉后恋欢

情年不□□□□□□□那里生

万劫□□□□□须知先世种来

因速觉□出迷津莫使轮回受苦辛

回道人题

查《全唐诗》卷八五九，收吕洞宾《渔父词》十八首，其第十六、十七两首为：

作甚物

贪贵贪荣逐利名，追游醉后恋欢情。

年不永，代君惊，一报身终那里生。

疾瞥地

万劫千生得个人，须知先世种来因。

速觉悟，出迷津，莫使轮回受苦辛。

首图藏本刊印者在翻刻崇祯本时，把原刊本二百幅插图减为每回刊用一幅，应为一百幅（均采用每回的第一幅图），第一百回第一幅为"韩爱姐路遇二捣鬼"①，这样不能表明全书的结局。所以，刊印者又刊印了第一百回的第二幅图"普静师幻度孝哥儿"②，并在背面刻印吕洞宾词二首，取其报应轮回的思想，以便与《金瓶梅》中的因果报应思想相呼应。

李渔是一位通俗文化大师，他特别重视小说戏曲创作，不以稗官为末技，在小说戏曲创作与理论上有卓越的成就。他有渊博的知识、广泛的生活情趣，不可能把吕洞宾的词作为自己的作品题写在《金瓶梅》刊本上，更不会以吕洞宾的别号作为自己的署名。而且，李渔特别熟悉吕洞宾的神怪故事，在他的作品中至少有两处直接引述过。

《十二楼·归正楼》第四回"侥天幸拐子成功，堕人谋檀那得福"，叙一盗贼儿改邪归正后出家为归正道人，为造殿堂，费用无所出，遂设诡计劝募，令其徒弟乔扮为神仙吕洞宾到仕宦之家化缘。仕宦向富商说他见到的情景：

> 他头一日来拜……就在大门之上写了四个字，云"回道人拜"。……小价等他去后，舀一盆热水洗刷大门，谁想费尽气力，只是洗刷不去，方才说与下官知道。下官不信，及至看他洗刷，果如是言。只得唤个木匠，叫他用推刨刨去。谁想刨去一层，也是如此；刨去两层，也是如此。把两扇大门都刨穿了，那几个字迹依然还在。下官心上才有一二分信他。晓得"回道人"三字，是吕纯阳的别号……

---

① 笔者按：图极粗劣，左上方漏刻篱笆门。
② 笔者按：书口无此标题。

此处化用吕洞宾赴青城山鹤会的故事。吕洞宾浓墨大书诗一章于门之大木上，仕宦令人取刀削之，发现墨迹深透木背。杜浚在《连城璧》评语中说李渔的小说"更妙在忽而说神忽而说鬼，看到后来，依旧说的是人，并不曾说神说鬼，幻而能真"。李渔化用这一故事时，对"取刀削之，深透木背"的现象做了现实的解释："原来门上所题之字，是龟溺写的。龟尿入木，直钻到底，随你水洗刀削，再弄他不去。"《十二楼》中未见"回道人评"字样，只有《归正楼》中的"回道人拜"。《十二楼》评者为杜浚，而非李渔化名回道人自评。

李渔的《肉蒲团》第三回"道学翁错配风流婿，端庄女情移轻薄郎"也出现过"回道人题"。小说此回叙写未央生经媒人介绍，想娶铁扉道人之女玉香为妻，但不知玉香姿容怎样，其父又不允许相见，只好祈求神仙。小说写道：

　　未央生斋戒沐浴，把请仙的朋友延至家中焚香稽首，低声祝道："弟子不为别事，止因铁扉道人之女名唤玉香，闻得他姿容绝世，弟子就与他联姻，稍有不然，即行谢绝。望大仙明白指示，勿为模糊之言，使弟子参详不出。"祝完，又拜四拜，起来，扶住仙鸾，听其挥写。果然写出一首诗道：

　　红粉丛中第一人，不须疑鬼复疑神。

　　已愁艳冶将淫诲，邪正关头好问津。

　　　　右其一

　　未央生见了这一首，心上思量道，这等看来，姿色是好的了。只后一句，明白说他冶容淫诲，难道这女子已被人破了瓜不成？诗后既有"其一"二字，毕竟还有一首，且看后作如何？只见仙鸾停了一会，又写出四句说：

　　妇女贞淫挽不差，但须男子善齐家。

闭门不使青蝇入，何处飞来玉上瑕。

右其二 回道人题

未央生见了"回道人"三字，知是吕纯阳的别号，心上大喜道，此公于"酒""色"二字极是在行，他说好毕竟是好的了。后面一首是释我心中之疑，不过要我提防的意思。

李渔在小说中引进吕洞宾，并引录其诗作，明确标写"回道人题"。李渔不可能用"回道人"作为自己的别号，这是千真万确的事实。因此，首图藏本《金瓶梅》第一百零一幅后的回道人题词，不能作为李渔是评点者和改写者的根据。《李渔全集》第十二卷《点校说明》说"李渔确实用过回道人的化名"，也是根据首图藏本第一百零一幅图像后题署。基于上述材料，这一立论同样不能成立。《点校说明》很谨慎地说："仅于首图本见有回道人题诗来说明李渔是崇祯本改定者的理由尚嫌不足。"这说明点校者对"李渔评改《金瓶梅》"之说持有保留意见，不因崇祯本《金瓶梅》辑入《李渔全集》而附加呐喊，不做定论的判断，这种科学态度是值得称赞的。

（2）李渔《三国演义序》，今存两篇：清康熙醉畊堂刊本《四大奇书第一种》李序、清两衡堂刊本《笠翁评阅绘像三国志第一才子书》李序。两篇在内容上有同有异。两篇序文有真伪问题，需加辨析。我们曾把两衡堂刊本李渔序辑入《〈金瓶梅〉资料汇编》（北京大学出版社 1985 年版）。现在看来，两衡堂木李序中关于《金瓶梅》的一段评论不足为据，更不能据以说明李渔是《金瓶梅》评改者。对两篇序文加以比较分析之后，笔者认为醉畊堂本李序是真的，两衡堂本李序虽有原李序中的一些文句，但已被篡改，是一篇真假参半的序文。

首先，醉畊堂本毛评《三国演义》成书在李渔生前。序署"康熙岁次己未十有二月，李渔笠翁氏题于吴山之层园"，时在康熙十八年

（1679）十二月。同年，李渔还写有《芥子园画传序》，署"时在康熙十有八年岁次己未年夏后三日，湖上笠翁李渔题于吴山之层园"。有《千古奇闻序》，署"康熙己未仲冬朔，湖上笠翁题于吴山之层园"。以上三篇序均题署有年月。写此三篇序的翌年，即康熙十九年（1680），正月十三日李渔病逝。从为毛评本作序到逝世仅一个月时间，他没能看到为之写序的毛评本出版。而两衡堂本的成书与刊刻均在李渔逝世之后，序署"湖上笠翁李渔题于吴山之层园"，刊印者有意删去原序文所署的年月。

据陈翔华先生考证，毛纶、毛宗岗父子在康熙初年评改《三国演义》。李渔为毛评本《三国演义》作序时，毛宗岗四十八岁，此本由醉畊堂刊刻，书名《四大奇书第一种》，为今存最早之毛评刻本。[①]李渔在序中给毛评很高评价："观其笔墨之快，心思之灵，堪与圣叹《水浒》相颉颃，极恢心抉髓之谈，而更无靡漫沓拖之病，则又似过之，因称快者再。"并说明自己曾有志于评《三国》，因应酬日烦，因多出游不暇，又因病，"其志""未果"。

两衡堂刊本无回评，有眉批，大部分眉批是在毛氏回评与眉批基础上抄录、改写而成，肯定成书于醉畊堂本之后。李渔终其一生，不管创作或立论，都坚决主张自成一家之言，不拾名流一唾，不效美妇一颦，主张独创有我。他自己绝不会把他的晚辈毛宗岗评过的书加以抄录、改写作为自己"评阅"的成果。因此，两衡堂本是否经过李渔评阅，其中的部分评语是否出自李渔之手，很值得怀疑。此书评语为书商假托李渔评的可能性大，而且对李渔序文进行了低水平的篡改。

其次，醉畊堂本李渔序与两衡堂本李渔序相比较，有真假、高

---

① 陈翔华：《毛宗岗的生平与〈三国志演义〉毛评本的金圣叹序问题》，载《文献》1989 年第 3 期。

低、前后之不同。前序结构严谨，句句珠玑，语句流畅。开头引冯梦龙四大奇书之说，没有后序中"余亦喜其赏称"文句，未涉及对三书评论的文字。前序引出"奇"字，引出《三国》，认为"奇莫奇于《三国》"，极自然顺畅。

后序否定《水浒》，贬低《西游》，评《金瓶梅》"差足淡人情欲"，不符合李渔在《闲情偶寄》中对《水浒》的肯定评价，也不符合他自己阐明的情欲论。

对《三国》评论时，妄改前序"据实指陈，非属臆造，堪与经史相表里"为"事有吻合而不雷同，指归据实非臆造"，显得不通。

原序文核心一段，论三国乃古今争天下之一大奇局，演三国又古今为小说之一大奇手。然后紧扣这两句展开论述，贯穿"以文章之奇而传其事之奇"的论点，这是李渔"有奇事方有奇文"文学观点的体现。由事奇文奇又说到书评，引出《三国》毛评。最后点明"知第一奇书之目，果在《三国》"。

再次，两衡堂本李序删去了原序文评毛氏评语的一段文字，删去了"六种人读之六快"的一段文字，把"第一奇书"改称为"第一才子书"，把原序"前后梁"误作"前后汉"，最后声称"余于声山所评传首，已僭为之序矣"，"余兹阅评是传"，"是为序"，似乎说以前写有一篇毛评本序，今为"余兹阅评"的本子再写一序。然而两序框架、部分语句相同，而又有删改、添加的文句，移毛评本序为"余兹阅评"本子的序，露出了篡改、假托的痕迹。

两衡堂本李序中评《金瓶梅》说："夫《金瓶梅》，不过讥刺豪华淫侈，兴败无常，差足淡人情欲，资人谈柄已耳，何足多读？"为原序所无，不能看作是李渔对《金瓶梅》的评论文字。这段评论不但不能说与崇祯本评语合拍，而且与崇祯本评语肯定《金瓶梅》为世情书，非淫书，评人物"情深""韵趣动人"，赞扬作者为"写生手"，相去甚远。这不能成为"李渔评改《金瓶梅》"之根据。

至于说，认为崇祯本第三十八回有一条眉批是李渔"声称《新刻绣像批评金瓶梅》为予书"[①]，是由于未做校勘而产生的误解。所引眉批刊刻有误：

> 老婆偷人，难得道国不气。若谓予书好色亦甚于好财，观此，则好财又甚于好色也。

然而，北大本、日本内阁文库本上眉批均作：

> 老婆偷人，难得道国亦不气苦。予尝谓好色甚于好财，观此，则好财又甚于好色矣。

"予书"显系误刻或误引，"予尝"为正。

（3）张竹坡评《金瓶梅》康熙年间原刊本扉页右上方题"彭城张竹坡批评金瓶梅"，中间"第一奇书"，左下方"本衙藏板翻刻必究"。后来出现很多种翻刻本，其中有一种扉页上端题"康熙乙亥年"，框内右上方"李笠翁先生著"，中间"第一奇书"，左下方"在兹堂"，这种本子无回前评语。张竹坡评点《金瓶梅》在康熙三十四年（乙亥，1695），此时李渔已去世十五年。翻刻张评本的书贾慕其盛名，伪托"李笠翁先生著"。查阅全部张竹坡评语，没有一处提到《金瓶梅》与李渔有关，而原刊本明确标明"彭城张竹坡批评《金瓶梅》"，没有任何伪托。张竹坡主张不要无根据地去猜测作者姓名，他在《读

---

① 见刘辉、杨扬主编《〈金瓶梅〉之谜》，书目文献出版社 1989 年版，第 85 页。

法》第三十六则中说：

> 作小说者，概不留名，以其各有寓意，或暗指某人而作。夫
> 作者既用隐恶扬善之笔，不存其人之姓名，并不露自己之姓名，
> 乃后人必欲为之寻端竟委，说出姓名何哉？何其刻薄为怀也！且
> 传闻之说，大都穿凿，不可深信。

崇祯本至晚在崇祯初年即刊印。刊印于崇祯元年（1628）的《魏忠贤小说斥奸书》凡例中提到"不习《金瓶梅》之闺情"，编纂于崇祯二年（1629）的《〈幽怪诗谭〉小引》将《金瓶梅词话》与《金瓶梅》同时提出。崇祯五年（1632）刊本《龙阳逸史》首有月光形圆图，刻工为洪国良，他也是《金瓶梅》崇祯本插图刻工之一。以上这些材料，可以进一步补充说明《新刻绣像批评金瓶梅》在崇祯初年已刊印流传。此时李渔十八岁左右，可能在如皋或兰溪，尚未开始其创作生涯，尚不具备评改《金瓶梅》的环境与条件，甚至尚没有读到《金瓶梅词话》。

（五）评改者的隐约身影

反复研阅《金瓶梅》绣像评改本的评语，联系《五杂组》《小草斋文集·金瓶梅跋》，便隐约呈现出谢肇淛的身影。谢肇淛（1567—1624），字在杭，号武林，长乐（今属福建）人，祖籍杭州。万历二十年（1592）进士，袁宏道同年。除湖州推官，量移东昌，累迁工部郎中，督理北河，驻节张秋，著有《北河纪余》，后官至广西左布政使。万历二十六年（1598），调为东昌司理，在东昌居住六年，著有《东昌杂纂》《居东集》。此时《金瓶梅》抄本已传播。谢肇淛从袁宏道那里抄录十之三，从邱诸城那里抄录十之五。万历三十四年（1606），父亲辞世，谢肇淛居家丁父忧，闭门著述。此时谢肇淛已藏

鑑卿其寶藏之

金瓶梅跋

金瓶梅一書不著作者名代相傳　永陵中有

金吾戚里憑怙奢汰淫縱無度而其門客病之

樣攄日逐行事彙以成編而托之西門慶也書

此數百萬言爲卷二十始末不過數年事耳其
中朝埜之政務官私之晉接閨闥之媟語市里
之猥談與夫勢交利合之態心輸背笑之局桑
中潅上之期算鹽椠桃席之語齟齬之機械意智
粉黛之自媚爭妍狎客之從臾逢迎奴僮之稽
唇淬語窮極境象詼諧之范工博泥妍
娼老少人鬼萬殊不徒肖其貌且并其神傳之
信稗官之上乘鑪錘之妙手也其不及水滸傳
者以其猥瑣婬媟無關名理而或以爲過之者

似漫士而神氣過之雲蒸蔚起煙雨黯淡張之
壁間淋漓猶濕何必攢青削翠窮極毫芒哉汝
鑑能文章詩法書法皆入妙品且當號號四方
而能留心滲繪所謂分其所長足了數人者耶

谢肇淛《金瓶梅跋》载于《小草斋文集》卷二四

有《金瓶梅》抄本。

　　《金瓶梅跋》载于《小草斋文集》卷二四。该卷计有跋文七十四篇，《王百谷尺牍跋》《董太史书跋》《莫云卿书卷跋》等，都是所藏字画、图书之跋文。《金瓶梅跋》也是与《金瓶梅》一体，跋于抄本的。袁宏道也藏有《金瓶梅》抄本，但仅有《与董思白》信札，传递了《金瓶梅》问世信息，只有"云霞满纸，胜于枚乘《七发》多矣"这句概括性评语。而谢肇淛《金瓶梅跋》是一篇最早全面评价《金瓶梅》的专论，既具有重要理论价值，又有重要文献价值。谢肇淛在全面把握《金瓶梅》形象体系基础上，发现了《金瓶梅》之美与艺术独创特点，达到了时代的最高水平。在理论上，谢肇淛评价了《金瓶梅》的素材来源、生活基础，充分评价《金瓶梅》直面人生、描绘世态人情的写实成就，作品是"稗官之上乘"，作者是"炉锤之妙手"，塑造人物具有肖貌传神、形神兼备的特点。他认为《金瓶梅》超过《水浒传》，因为《水浒传》写人物走的是老路，有框框，人物、情节前后有重复之处，而《金瓶梅》写人物则各有各的面目，情节上让读者意想不到。他肯定《金瓶梅》性描写的存在意义，抄录厘正《金瓶梅》，并不怕有人嗤之"诲淫"。而谢肇淛珍藏的《金瓶梅》抄本的百分之八十，已是全书的主体。至少已至第七十九回西门庆之死，或第八

彼狙機軸相放而此之面目各刖聚有自來散
有自去讀者意想不到唯恐易於鈔寫參差散
儒俗士見哉向無覽權鈔寫流傳參差散
失雅余州家藏者最爲完好余於袁中郎得其
十三於丘諸城得其十五稍爲釐正而闕所未
備以俟他日有嘆余誨淫者余不敢知然瀒洧
之音聖人不刪則亦中郎帳中必不可無之物
也做此者有王嬌麗然而乖葵敗度君子無取
爲

谢肇淛《金瓶梅跋》载于《小草斋文集》卷二四

十七回潘金莲被杀，"始末不过数年事耳"正符合两个主要人物之"始末"。此时还没有形成评改本的文本，所谓"为卷二十"，可理解为二十册。在明清文人笔下，卷、帙、目、册常常是混用的。所谓"厘正"，即整理而考正之，既做艺术的品赏，又做学术上的研究。待《金瓶梅词话》刊本印出后，谢肇淛才以词话本刊本为底本，在以前多年研究基础上对词话本边改写边评点，完成了评改这一具有历史意义的巨大工程。

第一，潜心细读，多年把玩，藏有抄本，关注全本。谢肇淛自己对《金瓶梅》"潜心细读数遍"（第四十九回眉批），"玩之不能释手，掩卷不能去心"（第二十七回眉批），达到爱不释手、时时在心的程度。他在得到不全抄本时，了解到"王弇州家藏最为完好"，他会联络袁宏道等友人，千方百计搜求所缺的部分，"阙所未备，以俟

他日"（《金瓶梅跋》）。从得到抄本，加以厘正潜心细读，全面研究到写出跋文，到进行修改与评点，应该是水到渠成、自然而然的过程。

第二，任职东昌，督理北河，驻节张秋，走访诸城，游览峄山，对《金瓶梅》故事背景地较为熟悉。万历二十六年（1598），谢肇淛始任东昌司理，任职六年，著《居东杂纂》《居东集》，撰《东昌府志序》《登峄山记》等。《小草斋文集》卷二一有《密州同王荩伯明府登超然台怀古》：

一片秋光爽气开，况逢仙令共登台。

城连平楚天边去，云拥群山海上来。

潍水尚寒高鸟尽，穆陵无恙夜乌哀。

尊前欲洒羊公泪，往事残碑半绿苔。

明万历《诸城县志》收录此诗。张清吉考证此诗写于万历三十一年（1603），此时谢肇淛到诸城访友，他的"于邱诸城得其十五"，可能即此时所抄。

第三，提倡"博览稗官诸家"，这有助"多识畜德"，提高素养。谢肇淛在《金瓶梅跋》，《虞初志序》，《五杂组》卷一三、卷一五，《文海披沙》卷七等论著中，对小说艺术真实性、虚实关系、艺术想象、艺术独创及小说发展史进行了精辟论述。他在《五杂组》卷一三中提倡读小说："故读书者，不博览稗官诸家，如啖粱肉而弃海错，会堂皇而废台沼也。"小说具有认识价值、审美意义，"多识畜德之助，君子不废焉"。

谢肇淛不但是小说理论家，还是小说作家，著有笔记小说《麈余》四卷，其中有《新安商人妻之冤》，写商人外出经商，远离家乡，以同情笔调记叙商人夫妻之悲剧，对商人的生活思想给予关注。他还写有传奇小说《江妃传》（《小草斋文集》卷一一），虚构了唐玄宗侍妃江绿玉入宫、受宠，被杨贵妃、梅妃（江妃之姐）嫉妒，烈日下受曝晒、炮烙，被摧残致死的故事。立意在暴露讽刺皇帝"怠于政务，日事游宴"奢靡荒政的政治现实，反驳"女人祸国"的谬见，同情江妃的不幸处境。同时赞颂女性美，江妃死后，"香名犹脍炙人口"，其子孙犹美丽。江妃虽死，但其美永驻人间。这一篇传奇小说，可以说是一部"小金瓶梅"。

第四，《金瓶梅跋》和评改本的评语是互补的，似应出自一人之手。从总体上肯定《金瓶梅》是一部世情书，而不是淫书；肯定性描写的意义；《金瓶梅》艺术上超过《水浒传》等基本评价，《金瓶梅跋》和评语是完全一致的。《金瓶梅跋》评作品为"稗官之上乘"，作者是"炉锤之妙手"；评语也说是"语语灵颖""的是针工匠斧"（第五十八回眉批），写人物"并声影、气味、心思、胎骨之怪，俱为摹出，真炉锤造物之手"（第九十一回眉批）。《金瓶梅跋》评写人物"不徒肖其貌，且并其神传之"；评语多处评写人物"神情""生气""千古如生"。

《金瓶梅》词话本第一回写武松打虎之后，众人迎送武松到县衙，"武松到厅上下了轿"。《金瓶梅》评改本第一回为"这时正值知县升堂，武松下马进去"，改乘轿为骑马。《五杂组》卷一四"事部二"：

> 唐宋百官入朝皆乘马，宰相亦然。政和间以雨雪泥滑，特许暂乘轿，自渡江后俱乘轿矣。盖江南轿多马少故也。国朝京官，三品以上方许乘轿，三五十年前，郎曹皆骑也，其后因马不便，以小肩舆代之，至近日遂无复乘马者矣。

谢肇淛手迹（藏上海图书馆）

对骑马与乘轿之改易，是一个历史事实细节，谢肇淛也给予重视。

谢肇淛对皇室贵族穷奢极欲、压榨百姓甚为不满。《五杂组》卷四"地部二"指出"富者日富，而贫者日贫"的社会现实。评改本第六十七回眉批："贫者争一钱不可得，而富家狠戾若此。作者其有感愤乎?"评者与作者对待贫富悬殊有共同的感愤。

谢肇淛卒于天启四年（1624），评改本应完稿在他的晚年，由他的友人、后辈学人组织刊印在崇祯初年。《〈幽怪诗谭〉小引》写到"汤临川赏《金瓶梅词话》"，传递的还是词话本信息。听石居士的《〈幽怪诗谭〉小引》写于崇祯二年己巳（1629）。此后不久，《金瓶梅》评改本即出版问世。

第六章

天津图书馆藏《金瓶梅》崇祯本特征

　　《新刻绣像批评金瓶梅》崇祯本据现存词话本改写加评语而成，又是张竹坡据以评点的底本，处于《金瓶梅》版本流变的中间环节，承上启下，至关重要。初刻本刊刻于明代崇祯初年（约崇祯二至五年）①，有精美绣像二百幅，评语有眉批一千四百多条及众多行间夹批（无回评），为一部综合的艺术文本，是古代小说艺术传媒史上的里程碑。

　　《新刻绣像批评金瓶梅》崇祯本会校本经国家新闻出版署〔88〕602号文件批准，由齐鲁书社于1989年6月出版，向学术界发行。1990年2月，由三联书店（香港）有限公司与齐鲁书社联合重印，在海外发行。该书是新中国成立后第一次繁体直排崇祯本足本，每回后附据现存崇祯本主要版本的会校校记。是书的整理工作为笔者与齐鲁书社的三位同志合作完成。整理工作得到了吴晓铃先生、朱一玄先生的支持指导，得到北京大学图书馆、天津图书馆、上海图书馆、吉林大学图书馆、首都图书馆、大连图书馆的支持。在考察阅读北大本、天图本、上图藏甲乙本、首图藏本、吴藏抄本、残存四十七回本等版

---

　　① 吴晓铃据洪国良刻《禅真后史》《龙阳逸史》，认为崇祯间刻本《金瓶梅》的上版应该在二年和五年之间。见《记有关〈金瓶梅〉的一二事》，《吴晓铃论〈金瓶梅〉》，齐鲁书社2022年版。

本，思考研究崇祯本特征类别关系、崇祯本与万历词话本关系、崇祯本评语在小说批评史上的地位等学术问题时，吸取了前辈专家及当代学者吴晓铃、朱一玄、梅节、黄霖、刘辉、吴敢等的研究成果。该书在前言中初步梳理了以上三个问题。

《新刻绣像批评金瓶梅》崇祯本会校本初版至今已二十多年。在这二十多年里，学界同仁对崇祯本的研究取得了新的成果，把若干学术难题的探索往前推进了一步。黄霖《关于〈金瓶梅〉崇祯

《新刻绣像批评金瓶梅·东吴弄珠客序》首半叶书影

本的若干问题》、梅节《瓶梅闲笔砚——梅节金学文存》、王汝梅《〈金瓶梅〉绣像评改本：华夏小说史上的里程碑》、杨彬《崇祯本〈金瓶梅〉研究》、周文业《〈金瓶梅〉崇祯本系统东大本研究——台版金瓶梅后记》、赵兴勤《王孝慈藏本〈金瓶梅〉木刻插图研究》等文，都对崇祯本做了新探索。笔者学习吸取研究新成果的同时，重阅天津图书馆藏本，有了些新的感受。

一、从款式、版片看天图本在崇祯本版系中的位置

行款、圈点、夹批同北大本。眉批少，二字行或四字行，残存不完整。

每半叶十行，行二十二字，单线版框。书口上刻"金瓶梅"，中刻回数，下刻本回叶数，无鱼尾。

第一回第一、二叶三条眉批为两字一行，后有四条眉批为四字一行。第六叶B面眉批"如此贤妇世能有几"，四字一行，共两行，首二字为墨块。第十叶B面眉批"只恐携带二爹便要插戴二娘"，应为三行，残存两行，行末二字压框线刻印（因天头窄而写不下）。与北

天图本第一回第十叶B面眉批四字一行

大本比较，少十二条眉批。

天图本第二回第八叶 B 页眉批一条四行，残存每行末一字。第九叶 A 面眉批残存四字。第五回两处残存眉批。第六回两处残存眉批。第十五回有一处残存眉批。第十九回眉批残存两处。第二十回有眉批两条，二字行。第二十一回眉批三条，二字行。第二十三回眉批残存四字，在行末。第二十六回眉批残存一条，三行每行末一字。第三十四回存眉批两条，每行末二字。第三十六回第四叶 A 面残存眉批一条，行末二字。B 面残存眉批一条，行末二字。第五十一回第一叶 B 面，第二叶 A 面残存眉批。

据以上情况看，天图本约 80% 的章回无眉批。有眉批处多为残存，缺每行首二字，残存末一或二字，几乎每回版片都有断版。版片天头处眉批字小笔画细，由于经受磨损，存放时间长，所以字迹模糊。天图本据残损的版片刷印时，将多数眉批删除，存留的眉批多为残存。

天图本有缺叶。第四十八回第八叶书口下部刻叶数"八至十"，标明缺第九、十叶版片，未补刻。

第四十九回第十八叶 A 面回末诗后刻有"金瓶梅第四十九回十八"，应刻在书口的这一行，刷印在 A 面，这一款式在崇祯本版系中的其他诸本未见。

天图本与北大本相比较有缩版之处。天图本卷首《金瓶梅序》序尾"东吴弄珠客题"，在"也"字下刻印，未另起行。北大本此六字另行刻印，单独占半叶版片。

天图本卷首目录"第一百回"目序下接刊"韩爱姐路遇二捣鬼，普静师幻度孝哥（儿）"（"儿"字缺）。北大本"第一百回"目序单刻一行，另起一行印回目，回目单独占半叶版片。

天图本用横轻竖重的方体明体字（刻工易于施刀）。北大本同。

如意儿见惟顾的话連忙把情哥见、接過来抱着、金蓮與

按兩個還戯罐饿一處、金蓮將那一枝桃花兒飲了一

倘囵見情情奪在鬓济帽子上走出去正值孟玉楼和大

姐、雜玑三個從那邊来大觐着見便問是誰扮的芑生齦

济跛下来去了、一觧见也麿言講堂着前戯支扮了四大

拆瓶见

拿细日光澤指過　　靡前花影座閒我

看看天色晚来西門慶分付賁四先把棒輔子的舞人二

碗眉四個桃侭、一鍾子熱隔分散停、當然後纔把堂客盤

千起身、官家婦馬在後来與見與厨、後慢慢的撞食盒盤

天图本第四十八回缺第九至十叶，第八叶书口下刻叶数"八至十"。

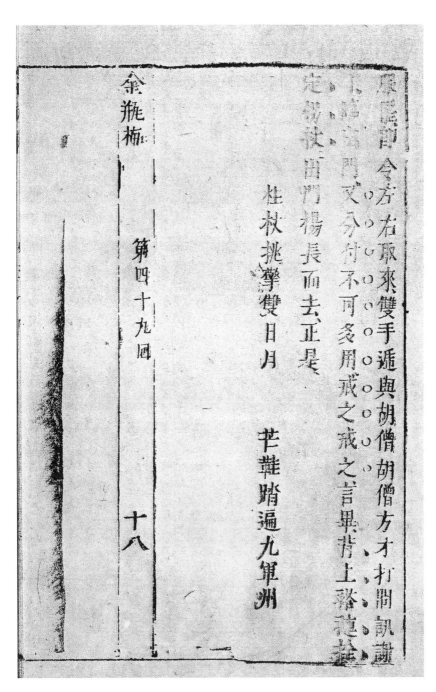

天图本应早于北大本，更接近王孝慈旧藏本。北大本据天图本翻刻重印，眉批调整为四字一行。缩版之处修为正版。天图本、北大本都是崇祯本系之第二代本。天图本版刻在前，而刷印较晚。

二、从卷题、正文看天图本之底本

　　天图本卷一至卷五，卷题均为"新刻绣像批评金瓶梅卷之×"。卷六题"新刻绣像批评金瓶梅卷之六"。卷七题"新刻金瓶梅词话卷之七"，北大本作"新刻绣像批评金瓶梅卷之七"。第三十一回回目前，正是分十卷之词话本卷题"新刻金瓶梅词话卷之四"位置，天图本刊刻时沿用了词话本卷题。卷八题"新刻金瓶梅评点卷之八"，北大本也题"评点"。卷九题"新刻绣像批点金瓶梅词话卷之九"，北大本同。卷十题"新刻绣像批评金瓶梅卷之九"，误"十"为"九"，北大本同。卷十四题"新刻金瓶梅批点卷之十四"，北大本同，也题"批点"。

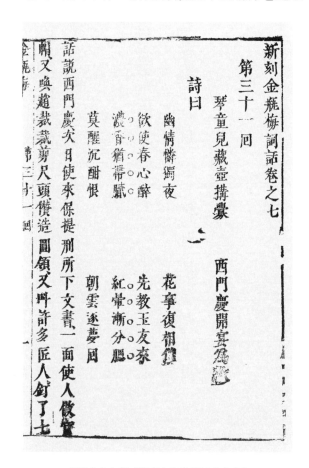

天图本卷七题"新刻金瓶梅词话卷之七"

北大本卷题与天

图本基本相同。天图本卷之七、卷之九两处遗留有"金瓶梅词话"之书名。北大本只有卷之九有这一书名遗留。

天图本第二十一回回目，总目为"簪花"，正文回目为"替花"，北大本、内阁本同。词话本总目、回目均作"替花"，不误。

天图本第二十六回第五叶 B 面"俺门"，北大本同，不作"俺每"。

天图本第三十四回第十八叶 A 面"情知语是针和线，就地引起是非来"，词话本作"线"，北大本作"丝"。

天图本第四十一回第四叶 B 面"四个蝶甸大果盒"，北大本同，吴藏抄本作"螺甸"。

天图本第四十四回第七叶 B 面"曰湛湛"，北大本、内阁本、词话本作"白湛湛"。

天图本第五十一回第二十一叶 A 面"门于"，北大本作"门子"。

天图本第六十一回回末诗"腹内包藏一肚愁"，北大本同。

天图本第六十三回第十四叶 A 面"天色已将晓"，北大本同。内阁本误"晓"作"晚"。

天图本第六十六回第二叶 B 面"悬挂齐题二十六字"，北大本作"斋题"，内阁本、首图本、吴藏抄本均作"齐题"。

天图本第七十一回第十四叶 A 面"旋吹火煮茶"，北大本同。词话本作"炊火"。

天图本第七十四回第三叶 A 面末六行补版新刻，结尾诗末句"十二时中自着迷"，北大本作"自着迷"，内阁本作"自着研"，首图本作"自着斫"。第十三叶 A 面"常听诗书金玉，故生子女端正聪明"，北大本作"常玩诗书金玉，故生子女端正聪慧"。

天图本第七十五回第二叶 B 面"为冤结仇"，北大本残缺，内阁本、首图本不缺。吴藏抄本作"为冤结冤"。

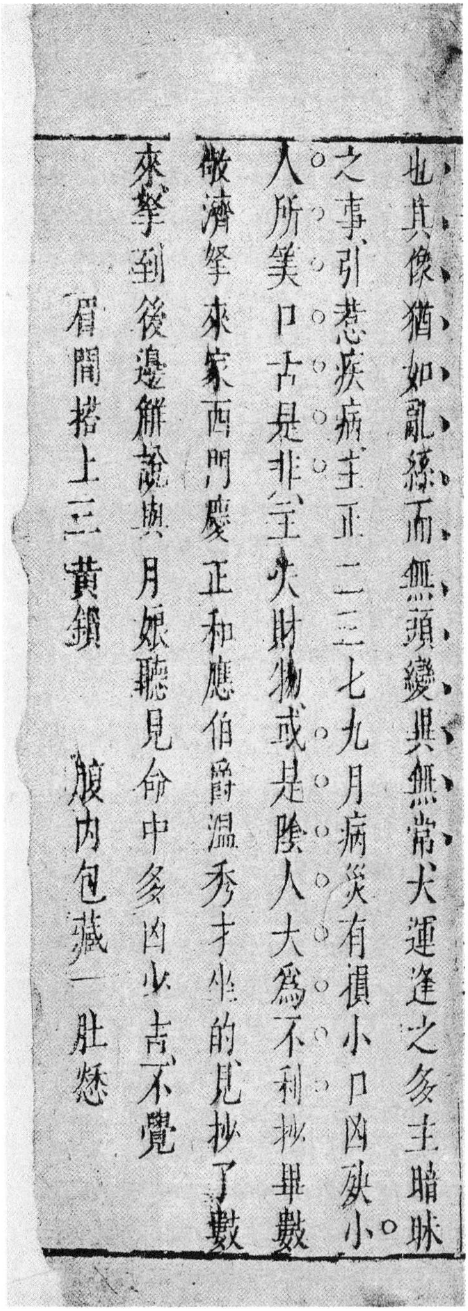
也其像猶如亂絲而無頭變異無常大運逢之多主暗昧
之事引惹疾病主正二三七九月病災有損小口凶殃小
人所笑口舌是非全失財物或是陰人大爲不利抄畢數
敬濟拏來家西門慶正和應伯爵溫秀才坐的見抄了數
來拏到後邊解說與月娘聽見命中多凶少吉不覺
眉間搭上三黄鎖　腹內包藏一肚愁

天图本第六十一回回末诗

天图本第七十八回第二十九叶B面“大厅格子外”，北大本同。内阁本、首图本作“炕厅格子外”。

天图本第七十八回第三十叶A面“族拥”，北大本同，词话本作“簇拥”。第八叶B面“向西门庆一扑”，北大本同，词话本“一扑”作“一拾”。第十一叶A面“嗜欲深者其生机浅”，崇祯诸本同，词话本“生机”作“天机”。

天图本第八十回第十二叶B页“纷纷谋妾伴人眠”，北大本“伴人眠”作“字人眠”，内阁本、首图本作“伴人眠”。

天图本第八十三回第八叶A面“娇眼拖斜”，崇祯诸本沿词话本误“乜”为“拖”。

天图本第一百回结尾诗“阀阅”，崇祯诸本同。词话本作“闲阅”。

第七回“都来做生日”，

据上下文应作"都来做三日"。天图本等崇祯本沿词话本误。

第十一回末叶"常时节"，天图本、北大本同词话本。崇祯本、张评本已改"常时节"为"常峙节"。

第七十三回"胡乱带过断断罢了"，天图本沿词话本误"断七"为"断断"。张评本作"断七"，是。

第七十九回"失脱人家逢五鬼，滨泠恶鬼撞钟馗"，天图本沿词话本误"失晓"为"失脱"，误"溟泠"为"滨泠"。

天图本、北大本等崇祯本以现存词话本为底本，在版刻上保留了词话本的元素，还可以举出更多例证。

从卷题的一致与差异，正文二十多例文字上的一致与差异来看，可以判断天图本版刻在前，北大本据天图本版刻修订翻印。天图本与北大本都留有词话本的基因，它们与词话本为母子关系而不是兄弟关系。

三、天图本与王孝慈旧藏本插图之比较

王孝慈旧藏本存插图二百幅，每回两幅，集中装订。插图分署新安徽派刻工名家刘应祖、黄子立、刘启先、洪国良、黄汝耀等，共三十三幅有刻工姓名。

王孝慈旧藏本、北大本、残存四十七回本第二十二回图一相同位置署刻工"新安刘启先刻"。天图本此回图有此刻工署名，同王孝慈旧藏本、北大本。

黄子立等徽派刻工居住在杭州。金陵人瑞堂本《隋炀帝艳史》，崇祯四年（1631）刊，插图纤丽细致，穷工极巧，精美绝伦，出黄子立之手。黄子立，名建中，子立是他的号，刻《青楼韵语》［万历丙辰（1616）刊本］的黄应瑞的侄孙，刻《水浒传》（万历间容与堂刊）、《李卓吾先生批评琵琶记》（万历间容与堂刊本）、《西厢记》

天图本第二十二回图一署刻工"新安刘启先刻"

(约天启间凌氏即空观印本）的黄应先之孙，刻《四声猿》的黄一彬之子。洪国良刻过崇祯二年己巳（1629）刊本《禅真后史》和崇祯五年壬申（1632）刊本《龙阳逸史》。《禅真后史》《隋炀帝艳史》《龙阳逸史》之插图均为一人独立雕刻，而崇祯本插图则聚集了五名徽派刻工名家，可见当时出版者对《金瓶梅》插图的重视程度。

崇祯本刊印在杭州。被郑振铎先生称为"武林版《金瓶梅》"。郑振铎先生藏武林版《金瓶梅》插图的初印本（王孝慈原藏）。北平古佚小说刊行会影印《金瓶梅词话》时，卷首所附两册插图，即是用此初印本为底本影印的。郑振铎说：

> 这些插图，把明帝国没落期的社会生活的各方面无不接触到。是他们自己生活于其中的，故体验得十分深刻，表现得也"异常"现实。……像这样涉及面如此广泛的大创作，在美术史上是罕见的。不要说，这些木刻画家们技术如何的成熟，绘刻得如何精工，单就所表现的题材一点讲来，就足以震撼古今作者们了。①

这二百幅插图，极大地丰富了崇祯本的美学价值。

王孝慈旧藏本正文佚失，存留的二百幅插图，成为我们了解崇祯初刻本信息的重要载体，也是了解翻刻本插图并与初印本比较的唯一对象。

王孝慈旧藏本第一回图一题"西门庆热结十弟兄"，天图本、北大本作"十兄弟"。原图绘十弟兄，另有端盘的小童为十一人，人物长袍拖地不露脚。天图本、北大本增加吴道官，连小童为十二人，桌

---

① 郑振铎：《中国古代木刻画史略》，上海书店出版社 2011 年版，第 120 页。

天图本第一回图一绘有十二人

天图本第十三回图一题"李瓶姐隔墙密约",回目作"墙头"。

上疏纸增加三行字(原图空白),人物长袍下露脚。

王孝慈旧藏本第十三回图一题"李瓶姐隔墙密约",同词话本。天图本、北大本回目作"李瓶姐墙头密约",崇祯本评改者可能认为"隔墙密约"不合情理而修改为"墙头密约",图绘西门庆在墙头之上正往李瓶儿这边跨越。

王孝慈旧藏本第五十四回图二题"任医官垂帐诊瓶儿",北大本同。天图本作"任医官垂帐李瓶儿",正文回目作"任医官垂帐诊瓶儿",可以认为天图本图题误"诊"为"李"。估计王孝慈旧藏本正文回目也应为"任医官垂帐诊瓶儿",北大本同,图题、回目一致。

天图本第十二回图题"刘理星压胜求财"。王孝慈旧藏本图题、北大本图题均误"魇"为"压"。天图本、北大本正文回目作"魇",估计王孝慈旧藏本正文回目也作"魇",只是图题误。

天图本第四十八回图题"走捷径操归七件事",沿王孝慈旧藏本图题误"探"为"操"，正文回目为"探"。北大本同。估计王孝慈旧藏本正文回目为"探"。

天图本第六十三回图题"西门庆观戏动柴悲"，误"深"为"柴"，正文回目作"动深悲"。北大本图题、正文回目不误。王孝慈旧藏本回目也应作"动深悲"。

天图本第七十回图题"两提刑枢府庭参"，正文回目作"二提刑庭参太尉"，北大本同。天图本、北大本图题同王孝慈旧藏本。王孝慈旧藏本正文回目应作"两提刑枢府庭参"（第一代崇祯本回目）。

天图本第七十一回图题"朱太尉引奏朝仪"，正文回目作"提刑官引奏朝仪"，北大本同。天图本、北大本图题同王孝慈旧藏本。王孝慈旧藏本回目应作"朱太尉引奏朝仪"。

天图本第七十六回图题"画童哭躲盖葵轩"，误"温"为"盖"，王孝慈旧藏本、北大本不误。天图本正文回目不误。

天图本第七十九回图题"吴月娘失偶生儿"，王孝慈旧藏本、北大本同。天图本、北大本正文回目作"吴月娘丧偶生儿"，"丧偶"更准确。王藏本回目可能作"吴月娘失偶生儿"。

天图本第九十四回图题"洒家店雪娥为娼"，王孝慈旧藏本、北大本同。天图本、北大本回目作"酒家店雪娥为娼"，刻工沿上"大酒楼"之"酒"，误"洒"为"酒"。王孝慈旧藏本回目应作"洒家店雪娥为娼"。

据以上资料说明，天图本有误刻之处，北大本做了修订，有的沿天图本而误。天图本、北大本对王孝慈旧藏本有改动之处。

据上述三个方面的版本资料、书皮信息，崇祯本的流变过程十分清晰。

第一代：

　　王孝慈旧藏本

第二代：

　　天图本（上图乙本）①

　　北大本（上图甲本）

　　吴藏抄本

　　残存四十七回本②

第三代：

　　内阁本（东洋文化研究所本）③

　　首图本

　　天图本之版片断版多，磨损严重，眉批大部分磨损，残存少量二字行、四字行眉批。版刻显示出明版的鲜明特点。插图据王孝慈旧藏本版翻刻，保持了徽派刻工的风格，线条细若毛发，纤丽精致，眉目传神，有丰富多彩的背景描绘。天图本虽有残损，仍不失其美学价值，可以说是一座断臂的维纳斯雕像，极为珍贵，可供后人永久欣赏。

---

　　①　杨彬认为上图甲本与北大本同版，上图乙本与天图本同版，见《〈崇祯本金瓶梅〉研究》，文物出版社 2011 年版。

　　②　残存四十七回本有书名页，右上题"新镌绣像批评原本"，中间大字"金瓶梅"，左题"本衙藏板"。插图九十幅，第五回"饮鸩药武大遭殃"及第二十二回"蕙莲儿偷期蒙爱"，俱署刻工刘启先。卷题、眉批、行款同北大本。

　　③　内阁本卷题较统一，卷一至七作"批点"，同北大本；卷八作"评点"，同北大本；卷十四至十五作"批点"，同北大本；卷十六至二十作"批评"，同北大本。排序不错乱。每回起始，不另面刻，而是接前回结尾连排。第二十六至三十一回回首诗题、词题刻印款与北大本同，其他回回首诗词无"诗曰""词曰"，插图缩减为百幅。内阁本据北大本翻刻，系为降低印制成本而缩版。

第七章

《新镌绣像批评原本金瓶梅》
首都图书馆藏本、内阁文库藏本、
东洋文化研究所藏本之比较

本章所述三种藏本均失去扉页，大冢秀高教授提供在日本的杂志上刊载的《新镌绣像批评原本金瓶梅》扉页书影，原为内阁文库藏本

《新镌绣像批评原本金瓶梅》扉页、序书影（内阁本、残存四十七回本同）

扉页。残存四十七回本（崇祯本、张评本的混合本）有书名页；右上题"新镌绣像批评原本"，中间大字"金瓶梅"，左题"本衙藏板"。此应为崇祯本系统第三代刊本的共有书名。

首都图书馆藏本，每半叶十一行，行二十八字，有圈点，无回前评，无眉批，有行间夹批。插图一百零一幅：

第一回　西门庆热结十弟兄[①]

第二回　潘金莲帘下勾情

第三回　定挨光虔婆受贿

第四回　赴巫山潘氏幽欢

第五回　捉奸情郓哥设计

第六回　何九受贿瞒天

第七回　薛媒婆说娶孟三姐

第八回　盼情郎佳人占鬼卦

第九回　西门庆偷娶潘金莲

第十回　义士充配孟州道

第十一回　潘金莲激打孙雪娥

第十二回　潘金莲私仆受辱

第十三回　李瓶儿隔墙密约[②]

第十四回　花子虚因气丧身

第十五回　佳人笑赏玩灯楼

第十六回　西门庆择吉佳期

第十七回　宇给事劾倒杨提督

---

①　按：比王孝慈旧藏本图多一人，连侍童为十二人，桌后提笔者身后站立两人（王孝慈旧藏本图为一人）。

②　按：王孝慈旧藏本图作"李瓶姐隔墙密约"，北大本作"李瓶姐墙头密约"。

首都图书馆藏本第十二、十三回插图

首都图书馆藏本第十四、十五回插图

第十八回　赂相府西门脱祸

第十九回　草里蛇逻打蒋竹山

第二十回　傻帮闲趋奉闹华筵

第二十一回　吴月娘扫雪烹茶①

第二十二回　蕙莲儿偷期蒙爱②

第二十三回　赌棋枰瓶儿输钞

第二十四回　敬济元夜戏娇姿③

第二十五回　吴月娘春昼秋千

第二十六回　来旺递解徐州

第二十七回　李瓶儿私语翡翠轩

第二十八回　陈敬济徼幸得金莲

第二十九回　吴神仙冰鉴定终身

第三十回　蔡太师擅恩锡爵

第三十一回　琴童藏壶构衅

第三十二回　李桂姐趋炎认女

第三十三回　陈敬济失钥罚唱

第三十四回　献芳樽内室乞恩

第三十五回　西门庆为男宠报仇

第三十六回　翟管家寄书寻女子

第三十七回　冯妈妈说嫁韩爱姐

第三十八回　王六儿棒槌打捣鬼

第三十九回　寄法名官哥穿道服

第四十回　抱孩童瓶儿希宠

---

① 按：插图为第二十三回"赌棋枰瓶儿输钞"。

② 按：插图为第二十四回"敬济元夜戏娇姿"。

③ 按：插图为第二十二回"蕙莲儿偷期蒙爱"。

首都图书馆藏本第十八、十九回插图

首都图书馆藏本第二十、二十一回插图

首都图书馆藏本第二十二、二十三回插图

首都图书馆藏本第二十四、二十五回插图

首都图书馆藏本第二十八、二十九回插图

103

首都图书馆藏本第三十、三十一回插图

第四十一回　两孩儿联姻共笑嬉

第四十二回　逞豪华门前放烟火

第四十三回　争宠爱金莲斗气

第四十四回　避马房侍女偷金

第四十五回　应伯爵劝当铜锣

第四十六回　元夜游行遇雨雪

第四十七回　苗青谋财害主

第四十八回　弄私情戏赠一枝桃

第四十九回　请巡按屈体求荣

第五十回　琴童潜听燕莺欢

第五十一回　打猫儿金莲品玉

(以下图题从略，每回均取该回两幅图之第一幅)

第八十一回　韩道国拐财远遁①

第九十一回　孟玉楼思嫁李衙内②

第九十八回　陈敬济临清逢旧识③

第一百回　韩爱姐路遇二捣鬼④

第一百零一幅图为"普静师幻度孝哥儿"，书口无题。

内阁本、东洋文化研究所本图都已佚，无法与首图本图对照。这三种本的插图是据崇祯本第二代北大本等二百幅中选百幅或一百零一幅仿刻的，而且比北大本图有漏刻或偷工减料之处。

三种本子的夹批位置同北大本，首图本多数模糊不清。三种本子

---

① 按：此幅漏刻骑马、推车的人物，自此幅以后，刀法极粗略。

② 按：王孝慈旧藏本作"孟玉楼思嫁李衙内"。北大本作"孟玉楼爱嫁李衙内"，内阁本、东洋文化研究所本同。

③ 按：插图漏刻船只与船上人物。

④ 按：插图漏刻篱笆门。

首都图书馆藏本第四十二、四十三回插图

首都图书馆藏本第四十四、四十五回插图

首图本第一百回第一百幅图"韩爱姐路遇二捣鬼"（右）左上漏刻篱笆门，第一百零一幅
插图"普静师幻度孝哥儿"（左）。

第二十六至三十回回首诗题词题刻印格式与北大本同。

首图本、内阁本、东洋文化研究所本都分二十卷，卷前有卷题：

新刻绣像批评金瓶梅卷之一（第一至五回）、卷之二（第六至十回）、卷之三（第十一至十五回）、卷之四（第十六至二十回）、卷之五（第二十一至二十五回）、卷之六（第二十六至三十回）、卷之七（第三十一至三十五回）。

新刻绣像评点金瓶梅卷之八（第三十六至四十回）、卷之九（第四十一至四十五回）。

新刻绣像批评金瓶梅卷之十（第四十六至五十回）、卷之十一（第五十一至五十五回）、卷之十二（第五十六至六十回）。

新刻绣像评点金瓶梅卷之十三（第六十一至六十五回）。

新刻绣像批点金瓶梅卷之十四（第六十六至七十回）、卷之十五（第七十一至七十五回）。

新刻绣像批评金瓶梅卷之十六（第七十六至八十回）、卷

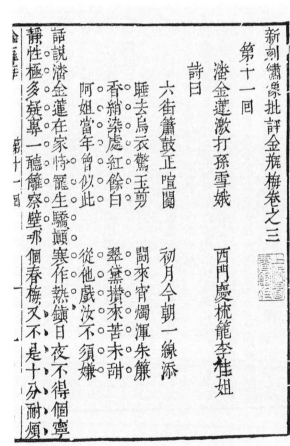

上图乙本第十一回卷题作"新刻绣像批评金瓶梅卷之三"

之十七（第八十一至八十五回）、卷之十八（第八十六至九十回）、卷之十九（第九十一至九十五回）、卷之二十（第九十六至一百回）。

三个卷题作"评点"，两个卷题作"批点"，十五个卷题作"批评"，排序不错乱。

卷一至七作"批评"，同北大本。卷八作"评点"，同北大本。卷十四至十五作"批点"，同北大本。卷十六至二十题"批评"，同北大本。天图本、北大本卷题"新刻绣像批点金瓶梅词话卷之九"被改为与其他卷题统一。

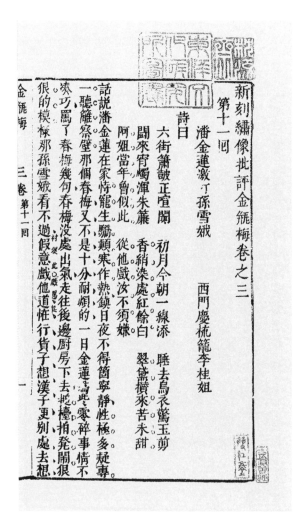

东洋文化研究所本第十一回首半叶行间夹批，三种版均把"祸"误刻为"衬"。

内阁本、东洋文化研究所本有眉批，三字一行。首图本无眉批。三种版本行款版式一致，卷题另起一叶刻印，回目开始不另起叶，接上回结尾连排。第十一回正文开始处有行间夹批"祸从此戏骂起"，三种版本均把"祸"误刻为"衬"。但是，三种版本圈点不同。同为崇祯本第三代，而又不是同版。首图本无眉批，显系书商偷工删去，插图仿刻粗糙。

内阁本、东洋文化研究所本第五十回结尾叶左下处有"金瓶梅十卷终"六字。

东洋文化研究所本第五十九回第四十二至四十三叶之间缺一叶，共六百一十六字。内阁本、首图本同东洋文化研究所本。

东洋文化研究所本原是长泽规矩也教授双红堂文库藏书，1951年入藏东京大学东洋文化研究所。

此 三 种 本 卷 题 同 北 大 本，为崇祯本之正题。书名

第五十回结尾叶左下有"金瓶梅十卷终"，三种版本同。

页题《新镌绣像批评原本金瓶梅》显系书商的伪作。前有词话本，崇祯本的北大本、天图本等，此三种本不可能是"原本"。

荒木猛在《关于〈新刻绣像批评金瓶梅〉（内阁文库藏本）的出版书肆》一文中认为，内阁文库藏本是杭州书贾鲁重民刊刻，在崇祯十三年（1640）后的不远时间。此一说可供参考。

第八章

东北师范大学图书馆藏《新镌绣像
批评原本金瓶梅》

1989年，遵照国家新闻出版署要求，齐鲁书社出版《金瓶梅》崇祯本的会校本。会校工作中，整理者在东北师范大学图书馆发现一部《金瓶梅》崇祯本与张竹坡评本的《四大奇书第四种》相配补的混合本，并在《新刻绣像批评金瓶梅》会校本前言中曾作简要介绍。

混合本共二十册，前半九册为崇祯本。《金瓶梅序》三叶，末叶"东吴弄珠客题"六字在"也"字下，未另起行，与天津图书馆藏本同。《新刻绣像批评金瓶梅》目录卷一至卷二十，目录完整，书口刻"金瓶梅"。第一百回目录在叶末最后一行，与目次连接，未另起行，与天津图书馆藏本同。

卷之一与卷之二存第五至十回，为一册。

卷之四存第十六至二十回，卷之五存第二十一、二十二回，为一册。

卷之六存第二十六至二十九回半册（本卷缺第三十回）。

卷之十三存第六十三、六十四、六十五回（本卷缺第六十一、六十二回），卷之十四存第六十六、六十七、六十八回，为一册。

卷之十四与卷之十五存第七十、七十一、七十二、七十三、七十四回，为一册。

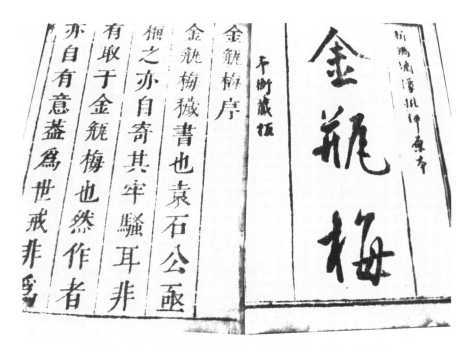

东北师范大学图书馆藏《新镌绣像批评原本金瓶梅》扉页、序首半叶

卷之十六存第八十回，卷之十七存第八十一至八十五回，为一册。

卷之十八存第八十六回至第九十回，为一册。

卷之二十存第九十六回至一百回，为一册。

共存四十四回。插图一册，第一回至第四十五回每回两幅，计九十幅。

扉页存，右上"新镌绣像批评原本"，中间"金瓶梅"，左中"本衙藏板"。现存首都图书馆藏本、内阁文库藏本、东洋文化研究所藏本扉页均失去。

第二十二回插图"蕙莲儿偷期蒙爱"左下有"新安刘启先刻"，同天津图书馆藏本。

藏家珍爱此崇祯本，缺失部分用流行的张评本配补，为我们今天

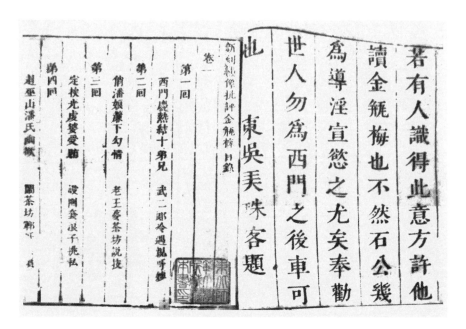

东北师范大学图书馆藏《新镌绣像批评原本金瓶梅》序末半叶、目录首半叶书影

了解崇祯本流传情况留下了十分珍贵的文献。此残存本据天津图书馆藏本刊印，为崇祯本系第三代中的版本，与首都图书馆藏本、内阁文库藏本同代而不同版，所谓"新镌绣像批评原本"，是我们见到的第四种，很可能是"新刻绣像批评原本"这一类的原刊本，待进一步考查。

第九章

《金瓶梅》崇祯本各版本摭谈

《金瓶梅》崇祯本卷题《新刻绣像批评金瓶梅》，百回二十卷，插图二百幅。现有：

1.北京大学图书馆藏本。已由北京大学出版社 1988 年线装影印出版。

2.天津图书馆藏本。已由线装书局 2012 年线装仿真影印出版。

3.王孝慈旧藏本崇祯本图二百幅，古佚小说刊行会影印北平图书馆购藏本时所附。1916 年之前为张粹盦藏，古佚小说刊行会影印时，为袁克文藏，后为王孝慈、郑振铎藏，现藏于国家图书馆。

4.首都图书馆藏本。无回前评语，无眉批，有插图一百零一幅。第一百零一幅图为"普静师幻度孝哥儿"，书口无题。

5.内阁文库藏本，东洋文化研究所藏本同版，图已佚。荒木猛在《关于〈新刻绣像批评金瓶梅〉（内阁文库藏本）的出版书肆》中认为内阁本与东大本（按：东洋文化研究所藏本）乃完全一致之同版，并说"在内阁文库本中，从前应该依次有封面、东吴弄珠客序、廿公跋和五十页一百幅图等，但这些据说在疏散时的忙乱之中遗失了。现存的就是除这些之外的全部正文一百回，分成二十册线装"①。台湾天

---

① ［日］荒木猛：《关于〈新刻绣像批评金瓶梅〉（内阁文库藏本）的出版书肆》，载《日本研究〈金瓶梅〉论文集》，黄霖、王国安编译，齐鲁书社 1989 年版，第 132 页。文章原载《东方》1983 年 6 月。

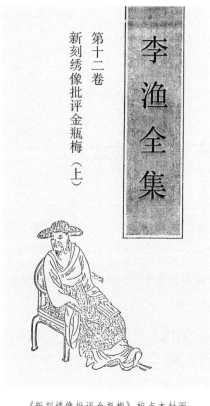

第十二卷
新刻绣像批评金瓶梅（上）

李渔全集

《新刻绣像批评金瓶梅》校点本封面

一出版社 1986 年精装影印出版，但效果一般，且有缺叶。浙江古籍出版社 1991 年出版《新刻绣像批评金瓶梅》排印本，以内阁文库藏本为底本，张兵、顾越校点，黄霖审定，收入《李渔全集》第十二、十三、十四卷。新加坡南洋出版社 2017 年线装影印出版，补配王孝慈旧藏本插图二百幅。台湾里仁书局 2019 年精装彩色影印出版，除补配王孝慈旧藏本插图二百幅外，又收录首图本插图一百零一幅，并增补比首图本最后一幅还要完好的某私藏本插图。

6.上海图书馆藏《新刻绣像批评金瓶梅》崇祯本甲本，与北大图书馆藏本同版。

7.上海图书馆藏《新刻绣像批评金瓶梅》崇祯本乙本，与天津图书馆藏本同版。

8.东北师范大学图书馆藏《新刻绣像批评原本金瓶梅》。

9.吴晓铃先生藏乾隆抄本《金瓶梅》，台湾火鸟国际文化出版有限公司 2015 年线装影印出版。

10.吕小民购藏本《金瓶梅》崇祯本，存回目与图两册。2017 年 1 月 14 日，笔者有幸见到吕小民购藏《金瓶梅》崇祯本回目与插图两册，阅后留下印象最深的有如下几点。

第一，东吴弄珠客《金瓶梅序》字体笔迹同天津图书馆藏本。"东吴弄珠客题"六字在"也"字下，未另起行。北大图书馆藏本另起行，单独占半叶。

第二，该本断版处与天津图书馆藏本同。

第三，第一百回回目"普静师幻度孝哥□"，缺"儿"字，同天津图书馆藏本。

第四，第二十二回"蕙莲儿偷期蒙爱"图左下署刻工"新安刘启先刻"，同天津图书馆藏本。

第五，天津图书馆藏本《金瓶梅序》下盖有"江东孙氏家藏"印章。此残本无此印章。

据以上几点，此残本有可能是天津图书馆藏本同版或据同版后印的残存本。可以确认，它是极为珍贵的《金瓶梅》崇祯本。

第十章

《金瓶梅》崇祯本对词话本回首诗词的改换

在日本学者荒木猛撰《关于崇祯本〈金瓶梅〉各回的篇头诗词》一文之后，继续考察研究崇祯本回首诗词的有孟昭连撰写的《崇祯本〈金瓶梅〉诗词来源新考》、龚霞撰写的《崇祯本〈金瓶梅〉回前诗词来源补考》、胡衍南教授指导的研究生林玉惠撰写的论文《崇祯本〈金瓶梅〉回首诗词功能研究》等。荒木猛考证出三十六首诗词的出处及作者，孟昭连继之考证出三十七首的出处及作者，龚霞考证出十二首的出处及作者。崇祯本有七回回首诗词同词话本，未做改换。

据现有研究成果，《金瓶梅》崇祯本改换词话本回首诗词，并非评改者自己的创作，引用出处较多者有沈际飞评点本《古香岑草堂诗余》、曹学佺编《石仓历代诗选》、徐𤋮撰《榕阴新检》等。

笔者在《试解〈金瓶梅〉崇祯本评改者之谜》中，提出谢肇淛是崇祯本评改者之说。提四条理由：（1）谢肇淛藏有抄本（百分之八十），关注全本，潜心细读，多年把玩，加以厘正。（2）其任职东昌，督理北河，驻节张秋，走访诸城，游览峄山、兰陵，对《金瓶梅》故事背景地较为熟悉。（3）谢肇淛在《金瓶梅跋》，《虞初志序》，《五杂组》卷一三、卷一五，《文海披沙》卷七等论著中，对小说艺术真实性、虚实关系、艺术独创、小说发展史进行精辟论述，提倡读小说。他不但是小说理论家，还是小说作家，有笔记小说《麈余》、传奇小说《江妃传》等。（4）《金瓶梅跋》和评改本评语是互补的，似应出自一人之手。谢肇淛卒于明天启四年（1624），评改本应完稿在他的晚年，由他的友人徐㶿，或后辈学人组织刊印在崇祯初年。

《金瓶梅》崇祯本第六十四回，在李瓶儿去世后，请画师画遗像、亲朋与官员陆续来祭奠，在此背景下，回首诗引徐㶿诗一首：

《金瓶梅》崇祯本第六十四回回首诗

玉殒珠沉思悄然，明中流泪暗相怜。
常图蛱蝶花楼下，记效鸳鸯翠幕前。
只有梦魂能结雨，更无心绪学非烟。
朱颜皓齿归黄土，脉脉空寻再世缘。

119

此首诗见徐熥《幔亭诗集》卷八，又见《榕阴新检》卷一五引《晋安逸志》的《花楼吟咏》。徐熥为徐𤊹之兄，万历二十七年（1599）因病去世，年三十九岁。《榕阴新检》，徐𤊹编撰，万历三十四年（1606）撰成并刊行。徐熥（1560—1599）、徐𤊹（1570—1642）与谢肇淛年岁相当，是谢肇淛的舅父，是舅甥，又是朋友。徐𤊹帮助谢肇淛编

《幔亭诗集》卷八载徐熥诗

辑校勘《小草斋文集》，合作编撰《鼓山志》《永福县志》《史考》等，同为闽中诗派的诗人，有共同的文学主张。闽中诗派以福州长乐为活动中心，也是谢肇淛手持《金瓶梅》抄本的存藏地（与北方诸城等地文人有联系）。《小草斋文集》编刊在谢肇淛生前，其中《金瓶梅跋》，徐𤊹也应拜读过。徐𤊹，布衣文人，著名藏书家，藏书七万卷，与谢肇淛互通藏品。谢藏抄本，徐𤊹也应读过。徐𤊹可能参与了《金瓶梅词话》的评改工作。徐𤊹辑《榕阴新检》，是一部文言小说分类选辑，引书近百种之多，成书于万历三十四年（1606）以前（比冯

梦龙的《情史》早许多年），收作品约二百七十篇，均注明出处。记事以闽、粤两地为主，兼及其他。书中含有较多明代古体小说佳作和小说创作信息。谢肇淛、徐燉共同商定在第六十四回回首引入徐燉诗一首，以资纪念。在进行评改工作时，徐燉已逝世七年多。

《金瓶梅》崇祯本回首诗，除了引录评改者同时代人徐燉的一首，还引录闽中诗派的前辈林鸿的一首。林鸿，福清人，明初闽中十才子之一，有《鸣盛集》四卷。《金瓶梅》崇祯本第六十八回回首词引林鸿《翠云吟》半阕：

> 钟情太甚，到老也无休歇。月露烟云都是态，况与玉人明说。软语叮咛，柔情婉恋，镕尽肝肠铁。岐亭把盏，水流花榭时节。

林鸿与闽县张红桥相恋，曾有数十首记叙其事，清词丽句，柔情缱绻，一时广为传颂，世称"红桥诗"，对后来文言小说中的情词艳语产生影响。本事见徐燉《榕阴新检》卷一五《幽期》"红桥倡和"（录自《晋安逸志》）。曾附林鸿《鸣盛集》（抄本）中。

谢肇淛与《金瓶梅》抄本持有者或评论者屠隆、王稚登、屠田叔、邱志充、袁宏道等均有交游（见《小草斋文集》）。

《晋安逸志》为陈鸣鹤撰，曹学佺作序。陈鸣鹤，福建侯官（今闽侯）人，与徐燉、谢肇淛交往密切。现就《晋安逸志》中的《花楼吟咏》辑录如下：

> 太曼生者，东海人。世有闻人。生居闽中，幼从父宦游四方，熟玩经史，且工词赋。年十九，自吉州还闽。僦寓城东大厦，恶其喧杂，妨诵习功，乃赁别业于委巷中，屋仅数椽，而

徐𤊷《榕阴新检》卷一五幽期类《花楼吟咏》（一）

主人之园圃近焉。草树扶疏，花柳间植，有濠濮间想。生常散步园中，吟咏自适。一日偶值双鬖导一女郎，年可十七，后园采花，不知生之先在也。生逡巡避之，女见生风神俊爽，气度闲逸，且闻生善词翰，情亦不能自禁，遂却步归。异香缥缈，真若仙姬之临洛浦也。生自是神爽飞越，读书之念顿废。越旬余，复于园中值向者双鬖，因询之曰："君家女郎识字乎？"鬖曰："女郎日夕手一编不辍，岂不识字？某常见女郎喜抄唐人诗，不但工刺绣而已。"生曰："吾有一诗，汝能为我致之乎？"鬖曰："郎君善诗，女稔知之。某敢不为郎君致书邮乎！"生遂赋一绝云：

春园花事斗芳菲，万绿丛中见茜衣。

萬綠叢中見茜衣自愧含毫非子建風流難賦洛中
妃女得詩見其詞翰雙美再三吟詠遂次韻以荅之
云小園芳草綠菲菲粉蝶聯翩展畫衣自愧一雙蓮
步闊隔花人莫笑潘妃自此槐黃期逼生就省試家
人促歸不敢通問秋後放榜生不第鬱鬱復攜書于
別業女恒遣雙鬟慰勞之生由此得定情焉遂贈生
玉玦半規紫羅香囊一付生賦詩云數聲殘漏滿簾
霜青鳥銜箋事渺茫剖贈半規蒼玉玦分將百合紫
羅囊空傳垂手尊前舞新結愁眉鏡裏妝一枕遊仙
終是夢桃花春色誤劉郎特生已約婚而女亦受采

女常居花樓之下所著有花樓吟一卷秘而不傳惟
生得一再覿焉其寄生詩甚多有云重門深鎖斷人
行花影象簑月影清獨坐小樓長倚恨隔墻空聽讀
書聲蹁躚年生就婚女亦適人蹤跡遂絕焉然詩札往
來以逼殷勤生賦椰稍青一闋別之鳥喈聲吞蛾眉
寰慶總是消魂燭光沈蘭閨夜寒冰燕山殘雪誰
空濕啼痕腸斷處秋風慕猿淥水寒冰燕山殘雪誰
與福存生故多情而俳詞艷語半爲女發也又隔數
歲女因念生得瘵疾臥床日久思一見生乃託爲

徐𤊹《榕阴新检》卷一五幽期类《花楼吟咏》（二）

自愧含毫非子建，风流难赋洛中妃。

女得诗，见其词翰双美，再三吟咏。遂次韵以答之云：

小园芳草绿菲菲，粉蝶联翩展画衣。

自愧一双莲步阔，隔花人莫笑潘妃。

自此槐黄期逼，生就省试，家人促归，不敢通问。秋后发榜，生不第，郁郁复携书于别业。女恒遣双鬟慰劳之。生由此得定情焉。遂赠生玉玦半规、紫罗香囊一付。生赋诗云：

数声残漏满帘霜，青鸟衔笺事渺茫。

剖赠半规苍玉玦，分将百合紫罗囊。

空传垂手尊前舞，新结愁眉镜里妆。

一枕游仙终是梦，桃花春色误刘郎。

語安逸志

醫者視脈已而進女見生咽不能語須如求欵狀遂山是
夕女一慟而絕家人莫之知也定哭之詩云玉頸珠
沈思悄然明中流淚暗相憐常闉蛺蝶花橫下記刺
駕鴦繡幙前秪有夢魂能結雨更無心臍似非煙朱
頸皓葳歸黃土脈脈空尋卅世緣不數月而生亦卒

玉玉報誓

林丙卿福清人生平偶儻好遊俠邪燕姬劉鳳臺者
年十五有聲教坊貲蔣爭慕之一見內卿雕悲托以
終身丙卿收數百金納爲妾久之丙卿遊吳越間道

開姬死慟哭幾絕疾馳抵燕日夜衰痛刻玉爲主提
婆不去左右爲賦長句題玉上曰人特倒郎懷出
特對郎面覬郎南北復西東芳草天涯堪遍編勝寫
丹青圖勝妝太月殿玉魄與香魂都在此一片願作
巫山枕畔雲願作盧家梁上燕莫似生前輕別教

人着作班妃扇後丙卿夫婦復遊西粵儵舟東下爲
舟人陳亞三所殺沉其屍于江掠其貲以去蒼林
司理丙卿友也夜半忽見婦人稱冤呼邏卒嚴
捕禽槩人者率搜亞三衆得玉玉司理大慈分索徐黨
伏藁求得屍顏而如生肌肉不損覩者異之徐惟起

徐𤊻《榕阴新检》卷一五幽期类《花楼吟咏》（三）

时生已约婚，而女亦受采。女常居花楼之下，所著有《花楼吟》一卷，秘而不传，惟生得一再睹焉。其寄生诗甚多，有云：

重门深锁断人行，花影参差月影清。

独坐小楼长倚恨，隔墙空听读书声。

逾年，生就婚，女亦适人，踪迹遂绝焉。然诗札往来，岁犹一二至。越数载，生得举宾荐，戒行有日。女寄书以通殷勤，生赋《柳稍青》一阕别之：

莺语声吞，蛾眉黛蹙，总是消魂。银烛光沉，兰闺夜永，月满离尊。罗衣空湿啼痕，肠断处，秋风暮猿，潞水寒冰。燕山残雪，谁与温存？

生故多情，而俳词艳语，半为女发也。又隔数岁，女因念生得瘵疾，卧床日久，思一见生。生乃托医者视脉而进，女见生咽不能语，如永诀状。遂出。是夕，女一恸而绝，家人莫之知也。生哭之诗云：

> 玉殒珠沉思悄然，明中流泪暗相怜。
>
> 常图蛱蝶花楼下，记刺鸳鸯绣幕前。①
>
> 只有梦魂能结雨，更无心胆似非烟。
>
> 朱颜皓齿归黄土，脉脉空寻再世缘。

不数月，而生亦卒。（《晋安逸志》）

---

① 按：崇祯本第六十四回回首引此诗"记刺鸳鸯绣幕前"作"记效鸳鸯翠幕前"，"更无心胆似非烟"作"更无心绪学非烟"。

第十一章

《张竹坡批评第一奇书金瓶梅》开创了 《金瓶梅》传播评点新阶段

一、张评康熙本与绣像崇祯本

张竹坡，名道深，字自得，号竹坡，铜山（今江苏徐州市）人，生于康熙九年（1670）七月二十六日，卒于康熙三十七年（1698）九月十五日，享年二十九岁。①他继承了冯梦龙等人的小说史观与四大奇书之说，称《金瓶梅》为"第一奇书"，于康熙三十四年（1695）刊刻了《皋鹤堂批评第一奇书金瓶梅》。

张评康熙本是以《新刻绣像批评金瓶梅》，即崇祯本为底本的。这个本子和词话本有若干不同之处：

1.第一回不同，崇祯本把原"景阳岗武松打虎"改为"西门庆热结十弟兄"，让主要人物西门庆在第一回以主人公身份出场。

2.词话本有《欣欣子序》、开场词，崇祯本无。

3.崇祯本第五十三、五十四回与词话本不同。

4.词话本第八十回吴月娘遭抢劫后为宋江所救的情节，崇祯本

---

① 关于张竹坡生平，参见吴敢《张竹坡生平述略》，载《徐州师院学报（哲社版）》1984年第3期。

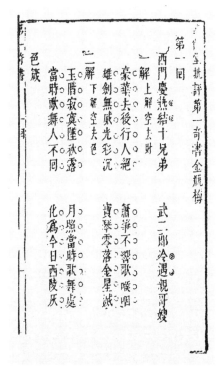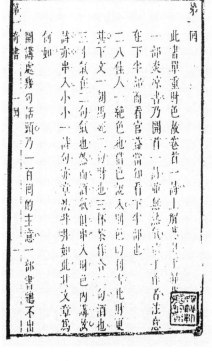

吉林大学图书馆藏《张竹坡批评第一奇 书金瓶梅》第一回正文首半叶书影

吉林大学图书馆藏《张竹坡批评第一奇 书金瓶梅》第一回回评首半叶书影

删去。

5.词话本中的大量词曲，崇祯本删去。

6.崇祯本对词话本中的某些情节做了改动，如第二十四回，词话本写来旺在夜晚主动起来为家主捉贼。崇祯本改为惠莲夜间被西门庆叫去，来旺发觉后怒从心起，径扑入花园，被当作贼人捉去。

7.词话刊本多有鲁西苏北方言，崇祯本或改或删，删改后便于广大地区读者阅读，缺点是减弱了小说方言的独特色彩，且有误改或改为另一种方言之处。

如："照脸"改为"照面"（第十二回），"七担八柳"改为

"七担八捱"（第十四回），"人中"改为"唇中"（第二十九回），
"俺们"改为"我们"（第四十五回），"别了鞋"改为"脱了鞋"
（第四十六回），"屈驰"改为"亵渎"（第六十一回），"深为可恶"
改为"深为可恨"（第六十九回），"抵盗"改为"偷盗"（第九
十二回），"打偏别"改为"差甚么"（第七十四回），"私肚子"改
为"私孩子"（第八十五回），"发了眼"改为"说谎"（第九十一
回）等。

上述崇祯本异于词话本的特点，张评康熙本都保存了下来。张评
康熙本正文行款与北大藏崇祯本相同。崇祯本有眉批（北大藏崇祯本
有眉批一千二百八十六条）、行间夹批，并有行内夹批。对崇祯本误
刻之处，张评本大都未加校对。如"蹴鞠齐眉"（第十五回）的"齐
眉"为"齐云"之误，张评康熙本亦作"齐眉"。又如"他又不是婆
婆，胡乱带过断断罢了"（第七十三回）的"断断"为"断七"之
误，张评本也作"断断"。再如"失脱人家逢五鬼，溟泠饿鬼撞钟馗"①
（第七十九回）的"失脱"为"失晓"误刻，崇祯本相沿而误，张评
康熙本亦同。

但是，张评康熙本对底本也有所改动，改动情况主要有两种。

1.改动不恰当、不通顺的字词。如"休教那俗人见偷了"（崇祯
本第八十二回），"俗人见"改为"俗人儿"；又如"保大伯在这里"
（崇祯本第五十一回），词话本作"保大爷"，张评康熙本"伯"改为
"爷"；在回目中，如第七十、七十一回：

崇本："老太监朝房邀酌，二提刑枢府庭参"

张本："老太监引酌朝房，二提刑庭参太尉"

崇本："李瓶儿何家托梦，朱太尉引奏朝仪"

---

① "溟泠"，在天图本作"溟泠"。

张本："李瓶儿何家托梦，提刑官引奏朝仪"

2.从政治上考虑的改动。如：第四十九回，张评康熙本把崇祯本回目与正文中"胡僧"改为"梵僧"；第十七回，张评康熙本把"虏患"改为"边患"，"夷狄"改为"边境"，"猃狁"改为"太原"，"匈奴"改为"阴山"，"突厥"改为"河东"，"大辽纵横中国"改为"干戈浸于四境"，"金虏"改为"金国"，"凭陵中夏"改为"两失和好"，"虏犯内地"改为"兵犯内地"。

张评康熙本删除了崇祯本原有评语，却并不掩饰它的存在。如北大藏崇祯本第八十二回，写陈敬济调戏潘金莲时有这样一句："敬济吃得半酣儿，笑道：'早是搂了你，就错搂了红娘，也是没奈何。'"此处所云红娘，隐指潘金莲的大丫环春梅。崇祯本旁批云："趁势就插入春梅，妙甚。"张评康熙本此处评语云："原评谓此处插入春梅。予谓自酒醉，春梅关在炕屋，已点明春梅心事矣。"张评清楚地表明与崇祯本之间的传承关系。

二、张评康熙本今存两种

1.张评康熙本甲种，卷首谢颐序署"康熙岁次乙亥清明中浣，秦中觉天者谢颐题于皋鹤堂"。扉页上端无题，框内右上方"彭城张竹坡批评金瓶梅"，中间"第一奇书"，左下方"本衙藏板翻刻必究"。有摹刻崇祯本图二百幅，另装二册。书口为"第一奇书"，无鱼尾。正文半叶十行，行二十二字。正文内有眉

吉林大学图书馆藏《张竹坡批评第一奇书金瓶梅》扉页

批、旁批、行内夹批，眉批较多。正文第一回前有《竹坡闲话》《〈金瓶梅〉寓意说》《苦孝说》《批评第一奇书金瓶梅读法》《冷热金针》等总评文字。每回前有回评，回评列回目前，另排叶码。正文回目另叶刻印。回前评与正文不相连接。有的回评有"终"字或"尾"字，标明回评完。这样刻印易于装订不带回前评语的本子。

2.张评康熙本乙种，与上书同板，不带回前评语，只是在装订时未装入各回的回前评语。甲、乙两种刻印精良，日本学者鸟居久靖谓："此书居于第一奇书中的善本。"（《〈金瓶梅〉版本考》）

以张评康熙本甲、乙两种为祖本，产生出《第一奇书》两个系列的翻刻本：有回前评语本与无回前评语本。

有回前评本：

1.全像金瓶梅本衙藏板本（丙种本），扉页上端题"全像金瓶梅"，框内右上题"彭城张竹坡批评"，中间"第一奇书"，左下"本衙藏板"，无"翻刻必究"四字。无眉批，有回前评语。有的字，甲种本未改，而此本做了改动。如："黄土塾道，鸡犬不闻"（第六十五回），词话本、崇祯本、张评甲种本作"塾"，因迎接的是黄太尉而不是皇帝，不应黄土垫道，作"塾道"可通。因而此本改为"垫"。又如："前日因往西京"（第五十七回），词话本、崇祯本、张评甲种本均作"西京"，而张评丙种本改作"东京"。张评丙种本系甲种本的翻刻本，约是道光年间的产物。①

2.影松轩本。有一种扉页上端无题，框内右上方"彭城张竹坡批评金瓶梅"，中间"第一奇书"，左下方"影松轩藏板"。另有一种扉页上端题"第一奇书"，框内右上方"彭城张竹坡批评"，中间"绣像

---

① 柳存仁《伦敦所见中国小说书目提要》谓此丙种本"不是康熙间原刻"，"很可能是道光间的产物"。

金瓶梅",左下方"影松轩藏板"。两种本子的行款与康熙本甲相同，有回前评，无眉批。甲种本眉批，在此本中有被删除的，有改为旁批的。此本亦系翻刻本。

3.四大奇书第四种本，扉页上端题"金圣叹批点"，框内右上方"彭城张竹坡原本"，左上方"丁卯初刻"，左下方"本衙藏板"，中间"奇书第四种"。谢颐序署"乾隆岁次丁卯清明上浣，秦中觉天者谢颐题于皋鹤书舍"。插图每回两幅，装两册。分卷，第一回前卷题："四大奇书第四种卷之一，彭城张竹坡评点。"无眉批，有旁批，有回前评语。正文半叶十一行，行二十四字。翻刻于乾隆丁卯年（1747）。

4.袖珍本：本衙藏板本、玩花书屋藏板本、崇经堂板本，均有回前评，可能为道光间刊本。

无回前评本：

1.在兹堂本，扉页上端题"康熙乙亥年"，框内右上方"李笠翁先生著"，中间"第一奇书"，左下方"在兹堂"。正文半叶十一行，行二十二字。有总评各篇、眉批、旁批，无回前评。在张评甲种本中为眉批者，在兹堂本为旁批，如第四十一回"上文先叙月娘众人衣服"一段，第六十一回"分明要写下文瓶儿死后几篇文字"一段，第七十八回"看他欲写西

在兹堂本扉页

在兹堂本扉页，无牌记（挖去"在兹堂"三字）。

门一死"一段等。

2.无牌记本。扉页框内左下无"在兹堂"三字。有漶漫痕迹，其余各款同在兹堂本，为在兹堂同版的后印本，挖去了牌记。错字同上本。以上两种不可能是原刻本。①

3.皋鹤草堂梓行本，扉页上端无题，框内右上方"彭城张竹坡批点"，左下方"皋鹤草堂梓行"，中间"第一奇书金瓶梅"（双行），"梅"字下"姑苏原板"（小字）。正文半叶十一行，行二十二字，无回前评语，

正文错字较多，系在兹堂本的翻刻本。

围绕两类张评本，有两个问题值得进一步探讨。

一是今存张评康熙本甲、乙两种中，缺《凡例》《第一奇书非淫书论》两篇，而无回评的在兹堂本等不缺。黄霖同志曾就此问题说：

近来一些论文中，也有同志感觉到了这个问题，但未引起足够的重视而予以进一步细究，如王汝梅同志在《评张竹坡的〈金

---

① 戴不凡定在兹堂本为张竹坡评本的"最早刻本"，见《小说见闻录》，浙江人民出版社1980年版。

瓶梅〉评论》一文中指出了《凡例》《第一奇书非淫书论》两篇为乾隆丁卯本所无而不同于康熙乙亥本，但结果还是将两种本子混在一起来评论张竹坡的文学思想，这是十分可惜的。[①]

笔者以前只注意到了这一现象，确实未加细究。黄霖同志认为有回前评的乾隆丁卯本接近张评本原貌（按：乾隆丁卯本据张评康熙甲种本翻刻），今天看是对的。但甲、乙两种本子所缺少的两篇是书商伪造的观点不妥，这两篇也出自张竹坡之手。系统研究张评可见：

《第一奇书非淫书论》集中驳斥淫书论，认为《金瓶梅》是一部泄愤的世情书，是一部史记，而不是淫书。这是贯穿张竹坡全部评语的一个中心论点。此文云："况小子年始二十有六，素与人全无恩怨，本非借不律以泄愤懑，又非囊有余钱，借梨枣以博虚名。"张竹坡评点于康熙乙亥年（1695），此年张竹坡正是二十六岁，与事实相符。张竹坡生卒年，《张氏族谱》有准确记载。《凡例》阐明评刻宗旨，与张评本实际相符。有回前评系列的张评本，为何缺此两篇？可能出于偶然原因以致漏装——这在明清小说木刻本中是屡见不鲜的。也可能出于政治上的考虑，有意不装入此两篇。这是因为《凡例》以赞扬的语气提到《水浒传》、金圣叹。金圣叹被清廷杀头，是当时的罪人。《第一奇书非淫书论》鲜明提出"非淫书论"观点，直接与康熙禁毁淫词小说的圣谕相对抗。

二是张评本回前评语与总评各篇、眉批、旁批、夹批是同一时期同一写作过程的产物，而不可能是先写总评、眉批、旁批、夹批，刊印为"康熙乙亥年"本（实为在兹堂本与无牌记本），过了一个时期，

① 黄霖：《张竹坡及其〈金瓶梅〉评本》，见《中国古典文学丛考》第一辑，复旦大学出版社 1985 年版。

133

再补写回评刊印为甲种本。总评各篇、读法、回前评语、眉批、旁批、夹批是有内在联系的，构成张竹坡评论的体系，前后并有照应。张评甲种本第七十六回回前评云："'舞裙歌板'一诗梳笼桂姐文中已见，今于此回中又一见……是此一诗两见，终始桂儿，又实终始金莲，特特一字不易，以作章法，以对下文'二八佳人'之一绝，作两篇一样关锁也。"该回眉批则云："一诗与梳笼桂姐一字不差。妙处已载总批内矣。"此处说明写回前评在前，写眉批在后。又如：张评甲种本第三十三回旁批云："谓一百回非一时做出，吾不信也。"与第三十二回回前评："固知一百回皆一时成就，方能如针线之联络无缝也。"二者互相照应。《读法》第三十九则中也说："一百回不是一日做出，却是一日一刻创成。"

刘廷玑《在园杂志》卷二论到《金瓶梅》时说：

> 彭城张竹坡为之先总大纲，次则逐卷逐段分注批点，可以继武圣叹，是惩是劝，一目了然。惜其年不永，殁后将刊板抵偿夙逋于汪苍孚，苍孚举火焚之。故海内传者甚少。

记述了张竹坡评点的统一过程，以及原版焚毁、原刻本流传甚少的情况。《在园杂志》有康熙五十四年（1717）自序，刘廷玑此时任淮徐道观察，与张氏家族有密切交往，他关于张竹坡评点的记载是可信的。

三、张竹坡《金瓶梅》评论的价值

张竹坡评刊《第一奇书》的目的，是"悯作者之苦心，新同志之耳目"。他的评点，不但有《读法》一百零八则，有回前总评、眉批、夹批，而且有专论。张竹坡对《金瓶梅》做了全面研究和系统的评论，开创了《金瓶梅》评论的新阶段，在小说理论批评史上，也占有相当重要的地位。

张道渊在《仲兄竹坡传》中记述了张竹坡评点的宗旨：

> 兄读书一目能十数行下，偶见其翻阅稗史，如《水浒》《金瓶》等传，快若败叶翻风，晷影方移，而览辄无遗矣。曾向余曰："《金瓶》针线缜密，圣叹既殁，世鲜知者，吾将

《张氏族谱·仲兄竹坡传》书影

拈而出之。"遂键户旬有余日而批成。或曰："此稿货之坊间，可获重价。"兄曰："吾岂谋利而为之耶？吾将梓以问世，使天下人共赏文字之美，不亦可乎？"遂付剞劂，载之金陵。

张竹坡生活贫困，为世态炎凉所激，"恨不自撰一部世情书以排遣闷怀"，并"几欲下笔，而前后拮拘甚费经营"，但是他终于搁笔，最后以创作一部小说的激情和严肃认真的态度写下《金瓶梅》评语。其主要贡献可归纳为如下几点：

第一，以"不愤不作"的进步文学思想来评价作品，认为《金瓶

135

梅》是一部泄愤的世情书，是一部史公文字，而不是淫书。张竹坡在《读法》中告诉读者，要静坐三月，放开眼光，把一百回作一回读。其精神实质是强调要从整体上认识《金瓶梅》的主导倾向，不要只着眼于淫词秽语。

第二，重视对作者阅历的研究。张竹坡认为作者经历过患难愁苦，入世最深，有深沉的感慨。他在《读法》第三十六则说："作小说者，概不留名，以其各有寓意，或暗指某人而作。夫作者既用隐恶扬善之笔，不存其人之姓名，并不露自己之姓名，乃后人必欲为寻端竟委，说出名姓何哉？何其刻薄为怀也！且传闻之说，大都穿凿，不可深信。总之，作者无感慨，亦必不著书，一言尽之矣。"

第三，总结《金瓶梅》写实成就。张竹坡认为作者描绘市井社会，逼真如画，"使人不敢谓操笔伸纸做出来的"。他在《读法》第六十三则中说："其各尽人情，莫不各得天道，即千古算来，天之祸淫善福，颠倒权奸处，确乎如此。读之，似有一人亲曾执笔在清河县前，西门家里，大大小小，前前后后，碟儿碗儿，一一记之，似真有其事，不敢谓为操笔伸纸做出来的。"张竹坡在总结《金瓶梅》创作经验的基础上，强调以作家阅历为基础的艺术真实，强调现实日常生活，又重视作家激情，强调两方面的统一。

第四，分析《金瓶梅》刻画人物性格的艺术特点，丰富了典型性格论。张竹坡分析了《金瓶梅》写同类人物的不同性格特征，为"众脚色摹神"，能"各各皆到"，"特特相犯，各不相同"。强调讨得人物情理的重要。《读法》第四十三则说："做文章不过是'情理'二字。今做此一篇百回长文，亦只是'情理'二字。于一个人心中讨出一个人的情理，则一个人的传得矣。虽前后夹杂众人的话，而此一人开口是此一人的情理，非其开口便得情理，由于讨出这一个人的情理，方开口耳。"张竹坡认为《金瓶梅》写人物性格独特性，达到极细微程度，一丝不混，一点不差，处处不同。"刚写王六儿，的是王六儿；接写瓶儿，的是瓶儿；再接笔写金莲，又的是金莲。绝不一点差错，真是史笔。"（第六十一回眉批）张竹坡还总结了作者在对立中、在各种关系中刻画人物性格的方法，提出在"抗衡"与"危机相依"的矛盾中塑造典型的思想。《金瓶梅》写出了人物性格的丰富复杂性及其发展变化，张竹坡对此也做了分析。

张竹坡的《金瓶梅》评论，其中也有不少离开作品形象的主观猜想以及封建性的说教，这是迂腐的、保守的。《寓意说》提出：《金瓶梅》所写人物不下数百，大半属寓言。他几乎对每个人物名字都臆测出寓意，如"然则金莲，岂尽无寓意哉！莲与芰，类也；陈，旧也，败也；'敬''茎'同音。败茎芰荷，言莲之下场头。故金莲以敬济而败"等。①这会将阅读导向歧途，是极其荒谬的。

四、《金瓶梅》张评本的初刻本

张竹坡在康熙三十四年（1695）评点刊刻《皋鹤堂批评第一奇书金瓶梅》，此书为张评本的初刻本。现存张评本初刻本极为罕见。1988年春，笔者进一步考察现存张评本时，在大连图书馆发现一部，六函三十六册，正文半叶十行，行二十二字。行款、版式、书名页、牌记与吉林大学图书馆藏张评本相同。此书为清代皇族世家藏书，卷首钤有恭亲王藏书章。当时，笔者怀着一种兴奋的心情，公布了这一可喜的发现。

新发现的大连图书馆藏张评本与吉林大学藏张评本有同有异。重要的相异之点有如下几点：

---

① 关于张竹坡的迂腐、保守思想，参见拙文《评张竹坡的〈金瓶梅〉评论》，载《文艺理论研究》1981年第2期。

（一）在张竹坡总评《寓意说》"千秋万岁，此恨绵绵，悠悠苍天，曷其有极，悲哉，悲哉!"之后多出二百二十七字：

作者之意，曲如文螺，细如头发。不谓后古有一竹坡为之细细点出，作者于九原下当滴泪以谢竹坡。竹坡又当酹酒以白天下锦绣才子，如我所说，岂非使作者之意彰明较著也乎。竹坡彭城人，十五而孤，于今十载，流离风尘，诸苦备历，游倦归来。向日所为密迩知交，今日皆成陌路。细思床头金尽之语，忽忽不乐。偶睹《金并〔瓶〕》起手云：亲朋白眼，面目寒酸，便是凌云志气，分外消磨，不禁为之泪落如豆。乃拍案曰："有是哉!冷热真假，不我欺也。"乃发心于乙亥正月人日批起，至本月廿七日告成。其中颇多草草，然予亦自信其眼照古人用意处，为传其金针大意云尔。缘作《寓意说》，以弁于前。

至今所见张评早期刻本、翻刻本均无此段文字。此段文字有张竹坡对自己评语的评价，有他的经历，交代了评点《金瓶梅》时间与所处困境，具有重要的文献价值。

据此段文字，可以确定张竹坡评点《金瓶梅》的具体时间：康熙三十四年（1695）正月初七批起，至三月二十七日告成，约经三个月时间。秦中觉天者谢颐题署《第一奇书序》为"时康熙岁次乙亥清明中浣"，即康熙三十四年（1695）三月中旬，大约在评点接近完稿时写序。据此，对《仲兄竹坡传》中所说"遂键户旬有余日而批成"，则不能解释为十几天或三月中旬前后。"旬有余日"，夸饰言时间很短，是约略言之。此段文字中言"十五而孤"，指康熙二十三年甲子（1684）十一月十一日，其父张翮卒，竹坡年十五岁。此有《张氏族谱》中的张翮小传、《仲兄竹坡传》（"十五赴棘围，点额而回，旋丁父艰，哀毁致病"）相印证，说明此段文字涉及竹坡之事皆为实录。

（二）此张评本评语与吉林大学图书馆藏本在文字上有差异，并且有若干小批、眉批，为吉林大学图书馆藏本缺略。

第一回：卜邻亦要紧事也。（大连图藏本）

卜邻当慎也。（吉大图藏本）

第六回：写何九受贿，全为西门拿身份。（大连图藏本）

写何九受贿金，为西门拿身份。（吉大图藏本）

第一回：迷六儿者去。（大连图藏本）

迷六儿者死。（吉大图藏本）

第七回：比金莲妖妇之事何如？（大连图藏本）

比金莲妖淫之态何如？（吉大图藏本）

第十四回：好兄弟恁放心。（大连图藏本）

好兄弟写尽。（吉大图藏本）

多出的小批，如第十三回写李瓶儿的两个丫环绣春、迎春伴瓶儿多次出场，有小批"丫环一"至"两个丫环八"。在瓶儿跟西门庆对话"两个小厮又都跟去了，止是这两个丫环和奴。家中无人"句处有眉批"此处将两个小厮、两个丫环一总"。吉大图藏本无。两种本子评语文字相异之点比较，吉大图藏本略优于大连图藏本。吉大图藏本是据大连图藏本修改而成的。

（三）两种张评本，正文的文字也有不同之处。如：

第十三回："两次三番顾睦你来家"（大连图藏本），同崇祯本。吉大图藏本"顾睦"作"顾照"。

第十三回：结尾诗"思往事端梦魂迷"（大连图藏本），同崇祯本。吉大图藏本作"思往事梦魂迷"。

第十二回："粲枕孤帏"（大连图藏本），同崇祯本。吉大图藏本作"单枕孤帏"。

第二回："贩钞"（大连图藏本），同崇祯本。吉大图藏本作"财钞"。

第七十一回："激切屏蒙之至"（大连图藏本），同内阁本。吉大图藏本作"激切屏营之至"。

所有文字相异处，大连图藏本同崇祯本，而吉大图藏本则与崇祯本相异。说明大连图藏本正文更接近崇祯本，大连图藏本刻印在前，吉大图藏本是据大连图藏本加工修饰而成。

（四）两种张评本书名页牌记均署"本衙藏板翻刻必究"，《第一奇书序》为手写体，字体行款相同（仔细比勘，又可找出细微差异）。书名页与序，应是吉大图藏本据大连图藏本影摹刻印的。吉大图藏本插图缺，现有插图为藏家描摹墨画，非原版刻印。大连图藏本正文多用俗别字、异体字，如"贪恋""数次""犹可""花园""交欢""篓儿"（第十二回）。吉大图藏本与之相比，俗别字、异体字为少，刻印更为精良。

根据以上四点判断：大连图藏本为张竹坡于康熙三十四年（1695）刊刻的初刻本。当时其生活贫困，处境艰难，于三个月内匆忙评点完稿，在金陵刊印发售。"日之所入，仅足以供挥霍"（《仲兄竹坡传》），"我为刻书累"（竹坡《幽梦影》评语），不久，"遂将所刊梨枣，弃置于逆旅主人，罄身北上"（《仲兄竹坡传》）。三年后病死在巨鹿客舍。张竹坡评点时，对小说正文除因避清讳（改"胡僧"为"梵僧"，改"虏患"为"边患"，改"匈奴"为"阴山"，改"猸狁"为"太原"，改"夷狄"为"蛀虫"，改"伐辽"为"伐东"）

等外，一般对正文文字未做改动。

吉大图藏本为据张评初刻本复刻，行款、版式、书名页、序与初刻本相同。但对评语有文字加工与删减，对小说正文文字上有改动。

张评修订本的加工刊刻者是谁？经考证，笔者初步判定为张竹坡的弟弟张道渊。张道渊是竹坡评点刊刻《金瓶梅》的知情者、支持者，在竹坡死后，又是张评本的修订复刻者，也应是竹坡手稿的存藏者。

据《张氏族谱》，我们了解到张道渊的生平。张道渊，字明洲，号蓬庵，生于康熙十一年壬子（1672）九月二十日，卒于乾隆七年壬戌（1742）二月初七日，享年七十一岁，乡谥孝靖先生。妻陶氏、继妻任氏、侧室丁氏。子四：瑭、瑊、璐、璕。女三。《张氏族谱》中有周钺撰《孝靖先生传》。据此传可知，张道渊富有藏书"凡千卷"，性友爱，"仲兄竹坡早逝，每良辰美景，先生偕伯兄秋山、季弟汲庵，开阁延宾，酒兵诗债鏖战者往往彻宵旦"，"先生旷达，不问生产，以故家益中落"，"独抗怀高尚，不乐仕进"。张道渊好游名山大川，有诗文之豪兴，其著述有《仲兄竹坡传》《奉政公家传》《珍侄家传》《圣侄家传》《侄女彦瑗小传》。《侄女彦瑗小传》是一篇诗评文字。彦瑗是一位早逝的女诗人，有《娴猗草》集。张道渊评曰："其间多有天然之句。如《咏落花》有云：'不知一夜飞（按：《娴猗草》作"吹"）多少，赢得阶前万点红。'何其飘洒之至，岂非出自性灵耶！"赞其大得诗人之旨，"瀛岛诗姝，偶落人世"。更重要的一篇是《仲兄竹坡传》，此传叙述了他们兄弟之间自小友爱的感情，"兄长余二岁，幼时同就外傅"，是手足，又是学友。更可宝贵的是，这篇传记记录了张竹坡评点《金瓶梅》的具体情况、宗旨、刊印地点、销售情况、评点困难处境。据张道渊撰《张氏族谱·后序》记载，他主持修谱在"戊戌、己亥之间"（康熙五十七至五十八年，1718—

1719)，成稿在雍正十一年癸丑（1733）。《仲兄竹坡传）当作于此时，距竹坡逝世已有二十多年。道渊回忆与竹坡之间的友爱，感情至为真挚。

张道渊在文化工作方面做了两件大事：一是修撰《张氏族谱》，整理传播了本族文学家的优秀作品；二是修订复刻张评本《金瓶梅》，继承了胞兄张竹坡的事业。其修订复刻张评本的背景值得注意的是两项：一是他修撰族谱期间撰《仲兄竹坡传》，引发了修订复刻的激情，修订复刻的时间大约也在此时。张道渊《张氏族谱·后序》中说："族谱之修几经雠校，曾在戊戌、己亥间遍历通族，详分支派，遵照旧谱条目，汇选恩纶、传志、藏稿、赠言、寿挽诸章，裒集成帙。正在发刊，忽以他务纠缠，奔走于吴中白下之途，曾一岁而三往返焉。"族谱的刊印"只得暂为辍工"。所云奔走苏州、南京而从事的"他务"，当即复刻张评本。修撰刊印族谱，对张道渊来说，应是压倒一切的重要而神圣的工作，不会因琐事而中辍，只有修订复刻张评本这一与本家族有极密切关系，对仲兄竹坡有重要纪念意义的事务，才可以与刊印族谱相比肩。张道渊中辍了族谱的刊发，而去忙于复刻刊印张评本。二是，康熙四十七年（1708），户曹郎中和素把崇祯本并参照张评《金瓶梅》正文译成满文，大约是在宫廷翻书房译刊（参见昭梿《啸亭续录》）。《金瓶梅》被译成满文刊印，满汉文化交融的这一壮举，当是激发张道渊暂时中辍族谱的刊印，而去复刻刊印张评本的更为重要的诱因。张道渊不但支持了张竹坡评点刊刻《金瓶梅》，而且在竹坡死后，继承竹坡之遗志，修订复刻张评本，在《金瓶梅》的整理传播上做出了重要贡献。张道渊在《仲兄竹坡传》中肯定评点《金瓶梅》是可流传后世的"著书立说"，"有不死者在"，可以千古不朽。此评，道渊可与其仲兄竹坡共享。

韩国首尔梨花女子大学图书馆藏张竹坡评点本《金瓶梅》，总评

韩国首尔梨花女子大学图书馆藏张竹坡评本序首半叶书影

韩国首尔梨花女子大学图书馆藏张竹坡评本《寓意说》书影

笔者在梨花女子大学图书馆考察馆藏张评本

《寓意说》结尾不缺二百二十七字，无回评，行款版式同大连图书馆藏张评本初刻本。2010 年 8 月，笔者在宋真荣教授向导下，到梨花女子大学考察这一版本。

正文半叶十行，行二十二字，版框高十九点四厘米，宽十三点五厘米，扉页失去。何时传入韩国不详，传入韩国后重新装订为十二册，蓝色封面，插图失去。从版式、总评各篇等综合看，梨花女子大学图藏本为大连图藏本同版删去回评的后印本。首图本无回评，总评、正文等同吉大图藏本。梨花女子大学图藏本无回前评，总评、正文等同大连图藏本。这说明《金瓶梅》张评本的初刻本、修订本两种都有有回前评和无回前评的本子流传。

五、文龙手批在兹堂刊本

文龙，字禹门。汉军，正蓝旗。约生于道光十年（1830），历任南陵、芜湖知县。文龙喜爱古代小说，少年时就闻有《金瓶梅》，直至咸丰六年（1856）才开始阅读。光绪五年（1879），文龙得到友人邵少泉赠送的《皋鹤堂批评第一奇书金瓶梅》（在兹堂刊本），于当年五月十日开始评批，到光绪八年（1882）九月完成，历时三年多，时在南陵、芜湖知县任上，手写回评、眉批、旁批约六万字。文龙手批在兹堂本，藏国家图书馆，四帙二十册。文龙在第四十二回回评中说："窃尝有言曰：人生作一件好事，十年后思之，犹觉欣慰……天地既生我为人，人事却不可不尽，与其身安逸而心中负疚，终不若身劳苦而心内无惭。"据此可知他的劳苦无愧的清廉人生态度。

文龙的《金瓶梅》评点可概括为如下几个主要方面：

（一）评人物形象。他的评语重点关注吴月娘、潘金莲两个人物。称赞月娘能守节，"从一而终，守贞不二"，"西门生前，月娘独能容"。文龙以传统观念肯定月娘形象，并与张竹坡的观点针锋相对，不同意竹坡评月娘有罪、月娘阴险等观点。从封建的贞节观出发，他认为玉楼一嫁再嫁，不能称为贤良之妇。文龙有浓厚的"女人祸水"思想，对金莲的被污辱、被损害处境，缺少同情，一再斥责金莲，"莲则断断不可存留于世间，遭之者死，见之者病，诚然祸水也"。文龙认为金莲是美女，是金莲与王六儿二人双刀并举杀死了西门庆。这些观点远远落后于作者，落后于晚明启蒙思潮。

文龙对人物性格特点的评析，多有可取之处，他注意在对比中分析，如评李瓶儿生子，"月娘羡慕深而嫉妒轻，金莲嫉妒重而羡慕浅"；又如评"金莲浅而桂儿深，金莲直而桂儿曲"；又如评三个妓女"银儿温柔，桂儿刁滑，月儿奸险"；又如以"荡""柔""纵"三字概括三位女性行为的不同特点说"金之淫以荡，瓶之淫以柔，梅之淫以纵"。

（二）关于艺术虚构、形象塑造。文龙虽未深入论述艺术虚构，但他接受了明清以来作家关于艺术虚构的思想，超越了纪昀排斥小说艺术虚构与《聊斋志异》才子之笔的观点。文龙在评语中多次提到"潘金莲亦不必实有其人"，认为诸多人物形象都是作者的艺术塑造。他在分析西门庆形象时，认为西门庆"其名遂与日月同不朽"。他说："《水浒传》出，西门庆始在人口中；《金瓶梅》作，西门庆乃在人心中。《金瓶梅》盛行时，遂无人不有一西门庆在目中意中焉。其为人不足道也，其事迹不足传也，而其名遂与日月同不朽。"（第七十九回回评）

文龙批评《金瓶梅》手迹

（三）接受了张竹坡关于《金瓶梅》非淫书论思想，肯定了作者关于性行为的描写。文龙认为《金瓶梅》是警世之书，读此书要生"畏戒"心。"生性淫，不观此书亦淫；性不淫，观此书可以止淫。然则书不淫，人自淫也。"（第十三回回评）他主张要高一层着眼，深一层存心，远一层设想，"有全部在胸中，不可但有前半截，竟无后半截也"（第一百回回评）。这里接受了张竹坡关于一百回当一回读，从整体形象出发阅读全书的观点。关于情欲问题，文龙也做了一些探讨。他认为男女之间有两种情缘：有情而无缘与有缘而无情。西门庆与瓶儿之间就是有情而无缘。文龙在第二十七回评"醉闹葡萄架"时说"久已脍炙人口"，"充其量而实写出耳"，持一种很开明的思想。同时，他也指出，少年之人"欲火正盛"，不可令其阅读，应读"四书五经"以定其性情。这实际上承认《金瓶梅》是一部成人小说，少年不宜。文龙在第二十回评中说："六房串遍，亦足以消遣温柔，疲于奔命而终老是乡也。逆取顺守，获罪于天者，竟不至一败涂地也。"他并不主张禁欲，而主张顺应自然天性，乐而有节。

文龙的《金瓶梅》评点写在晚清。哈斯宝《红楼梦》回评写于道光二十七年（1847），略早于文龙的《金瓶梅》评，均在晚清，为同时期的评点，其成就与时代局限大致相同。文龙未写总评与读法，没有如张竹坡那样评形成了自己的体系，在理论价值上逊于张竹坡评。张竹坡处在小说评点的高峰期，是三大家（金圣叹、毛宗岗、张竹坡）之一。文龙在光绪年间，处在小说理论从传统向现代的转型期，虽有其独到见解，但不如旧红学的评点派成就大。晚清的《金瓶梅》评点，独此一家，填补了《金瓶梅》评点史上的空缺，而成为与崇祯本评点、张竹坡评点相续而列的第三家评点。这是其应占有的历史地位。

六、多伦多大学东亚图书馆藏《金瓶梅》版本考

（一）版本特征

多伦多大学东亚图书馆慕学勋书库藏有一部《金瓶梅》，是张竹坡批评第一奇书版系。书名页、谢颐《第一奇书序》失去。现有序系摹原序字体抄补。此部《金瓶梅》属张评本中的何种子系版本，

需据版式、行款特征加以判断。1993 年，东亚图书馆正在做慕氏书的编目，准备输入电脑。于安娜馆长、李三千馆员嘱笔者帮助考证此部《金瓶梅》版本归属。经与中国大陆所藏张评本加以比勘后，笔者可以断定此部《金瓶梅》不是张评本康熙年间原刊本，而是据原刊本翻刻的一种本子，为张评本中的"全像金瓶梅，本衙藏板"本。

东亚图书馆藏《金瓶梅》有回前评语，评语每半叶十一行，行二十三字（比小说正文低两字刻印）。每回回评结束，无"终"或"尾"字。正文回目接回评刻印，不另起叶。无眉批。有双行夹批，夹批位置与文字同康熙间原刊本。有行间小批。书口有鱼尾，上题"第一奇书"，中为回次，下为本回叶码。板框高二十一厘米、宽十四厘米。正文每半叶十一行，行二十五字。摹原序抄补的序文后署"时康熙岁次乙亥清明中浣，秦中觉天者谢颐题于皋鹤堂"，下有"谢颐之印""敬斋"两方钤记。抄补序文每半叶四行，行十一字。有图二百幅，甚粗糙。原为四函，一函八册，共三十二册。东亚图书馆入藏时重新装订，每四册一本，共八本。

（二）在张评本系列中的地位及缺点

据张评康熙间原刊本翻刻的本子有两类：一类有回前评语，多数无眉批，有"本衙藏板"本、"影松轩"本、"四大奇书第四种"本等。另一类无回前评语，有"在兹堂"本、"皋鹤堂梓行"本等。以上版本，只有在兹堂本书名页右端伪题"李笠翁先生著"，张评康熙间原刊本此处题"彭城张竹坡批评金瓶梅"，其他版本题"彭城张竹坡批评"或"彭城张竹坡批点""彭城张竹坡原本"等。①《中国古代小说百科全书》说："所有张竹坡批评的《第一奇书》早期刻本，

---

① 见拙文《张竹坡批评第一奇书金瓶梅》前言，齐鲁书社 2014 年版。

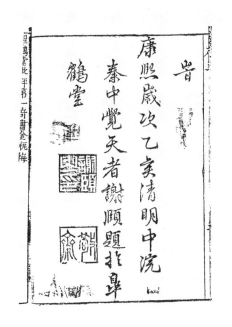
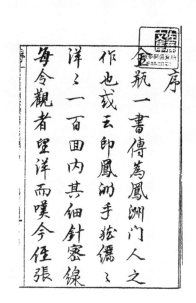

多伦多大学东亚图书馆藏《金瓶梅》序末叶书影　　　　多伦多大学东亚图书馆藏序首叶书影

扉页右端均署为'李笠翁先生著'。"①与版本实际不符。②

　　东亚图书馆张评本《金瓶梅》系有回前评语的"本衙藏板"本。据纸质与字体判断，此种本子很可能刻印在清道光年间，且系此种版本的后印本（有断版处）。柳存仁《伦敦所见中国小说书目提要》亦谓此种本子不是康熙间原刊本。此种张评本，又藏北京大学图书馆、北京师范大学图书馆、南开大学图书馆。英国伦敦博物院藏此种版本的小型本，书名页亦题"全像金瓶梅，本衙藏板"，吉林大学图书馆藏有该种版本的胶卷。

────────────

① 《中国古代小说百科全书》，中国大百科全书出版社 1993 年版，第 616 页。

② 李渔不是《新刻绣像批评金瓶梅》评改者，也不是作者，见拙文《"李渔评改〈金瓶梅〉"考辨——兼谈崇祯本系统的某些特征》，载《吉林大学社会科学学报》1992 年第 5 期。

此种张评本对《金瓶梅》传播起了一定作用，在《金瓶梅》版本系统中占有一定地位。但是，因系据原刊本翻刻，翻刻时书坊主人偷工减料，错字较多。

尽管"本衙藏板"本错误较多，无眉批，但在北美各大图书馆藏《金瓶梅》极少的情况下，东亚图书馆藏的《金瓶梅》确为该馆的一件珍品。

（三）流传路线：中国—日本—中国—加拿大

东亚图书馆藏《金瓶梅》是怎样由中国漂洋过海流传到北美的？有迹可循。这部《金瓶梅》每回首叶盖有一方形藏书章——"佐藤文库，战争关系资料，福岛县立图书馆"。

据此藏书章判断，这部《金瓶梅》可能在1900年八国联军入侵天津、北京之时，或中日甲午战争（1894年）之时，由日本人从中国掠去，归入"战争关系资料"一类图书。至于，怎样从福岛县立图书馆又回归中国，流入慕学勋之手，很难判断。笔者推测有两种可能：一是福岛县立图书馆藏此一部《金瓶梅》，视为珍品，引人注目，却不慎流失，辗转而入慕氏手；一是慕学勋藏较多中国善本古籍，他用其中的一种或若干种与福岛县立图书馆交换而得到此部《金瓶梅》。慕学勋（1884—1929），字房文，山东蓬莱人，毕业于天津北洋大学，其后在德驻北京使馆任中文秘书十七年，直至逝世。1933年，英格兰教宗韦廉·怀德主教购得慕学勋藏书十万余册。这批书在1936年6月运抵加拿大多伦多市皇家安大略博物馆。[1]1961年，慕氏藏书迁移到多伦多大学东亚图书馆。张评"本衙藏板"本《金瓶梅》随之入藏。

在西方另有荷兰高罗佩藏书《金瓶梅》在兹堂本。英国伦敦博物院藏有小型本的"本衙藏板"本。德国汉学家弗朗茨·库恩的《金瓶

---

① 见吴晓铃先生《多伦多大学东亚图书馆所藏蓬莱慕氏书库述概》，载《文献》1990年第3期。

梅》德文译本，是据莱比锡岛社在中国苏州购得的"皋鹤堂梓行"本（此种本子无回前评语）。早期的英文译本、法文译文、日文译本、朝鲜文译本，均根据张竹坡评第一奇书翻译。[①]这充分说明，张竹坡评本在清初后广泛流传，并在世界产生了较大影响，对《金瓶梅》传播起了积极作用。

七、弹词演出本《雅调秘本南词绣像金瓶梅》

十五卷一百回，十六册，清道光二年（1822）漱芳轩刊本。藏日本东京大学东洋文化研究所双红堂文库。

全书以第一奇书《金瓶梅》为底本，是第一奇书的摘要，选择其

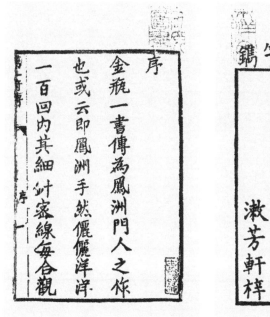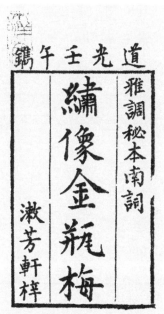

道光二年漱芳轩刻本《绣像金瓶梅》

---

① 见王丽娜编著《中国古典小说戏曲名著在国外》，学林出版社 1988 年版。

故事要点开展情节。

第一回热结、第二回拜盟、第三回遇兄，为第一奇书《金瓶梅》第一回。第一奇书第六十三回以后省略掉较多故事情节，到第一奇书第八十七回，武松杀嫂血祭为高潮而结束。①

---

① 摘自鸟居久靖《关于〈绣像金瓶梅——金瓶梅版本考补〉》，见黄霖、王国安编译《日本研究〈金瓶梅〉论文集》，齐鲁书社 1989 年版。

第十二章

影松轩本"替身"影印出版

影松轩本为张竹坡评本《金瓶梅》的一种版本。书名页右上"彭城张竹坡批评金瓶梅",中间大字题"第一奇书",左下"影松轩藏板"。大连图书馆藏有这种版本。大连图书馆藏《皋鹤堂批评第一奇书金瓶梅》"本衙藏板翻刻必究"本,为康熙三十四年(1695)刊印的张评本的初刻本,在总评部分的《寓意说》中多出二百二十七个字,为其他张评本所无。影松轩本是这种本子的翻刻本,有回前评,无眉批,不是完整的张评本。大连图书馆藏张评初刊本,盖有恭亲王藏书章,为皇族世家藏本,后为日本大谷光瑞旧藏,是大谷光瑞旧藏明清小说中的一种。

2000年,大连出版社影

大连图书馆藏影松轩本扉页

印出版"大连图书馆孤稀本明清小说丛刊"，原计划影印"本衙藏版翻刻必究"版张评初刊本，列入丛刊。但是，在馆藏书出库时，误把影松轩本提出，未经审查，误把影松轩本当作张评初刊本影印。在丛刊编者前言中说："该馆所藏之皋鹤堂批评第一奇书金瓶梅，是极为罕见的张评本初刻本，较其他刻本多出的二百七个字（按：实为二百二十七个字），乃迄今所知其他张刻本所无者，具有十分重要的史料价值。"编者怎么也想不到，影松轩本竟成为了张评初刊本的"替身"而得以影印出版，使我们读者、研究者至今未读到张评本初刊本的影印本。

影松轩本"替身"影印出版，在《金瓶梅》版本传播史上增加了一种影印本，使我们便于了解影松轩本的真实面貌。

大连图书馆藏影松轩本的影印本，六函，三十六册。首有书名页。谢颐序为写刻。总评部分有《竹坡闲话》《寓意说》《趣谈》《杂录小引》《苦孝说》《西门庆家人名数》《潘金莲淫过人目》《房屋》《读法》《第一奇书目》，缺《第一奇书非淫书论》《冷热金针》《凡例》。第一回回前评，结尾时有"终"字，另起叶为正文回目。正文半叶十行，行二十二字，有行内批、行间批，无眉批。书口标有"第一奇书""回次""叶数"，无鱼尾。

第七回后、第八回前有手写第八、九、十、十一、十二回回目。

第十二回后、第十三回前加一叶手写第十三、十四、十五、十六、十七回回目。此书原藏者可能见到过崇祯本分五回为一卷的情况。张评本不分卷。

插图据崇祯本图或张评本初刊本图仿刻，分回插入回评前，每回两幅，应有二百幅。此本缺略较多：

第二十七回缺插图。第三十一、五十、五十一、五十二、五十九、六十一、六十五回无插图。第七十三回缺第二幅图。第七十四回

影松轩本第一百回第一幅图左上角无篱笆门

缺第一幅插图。第七十五、七十八回缺插图。第七十九回缺第一幅插图。第八十二、八十三回缺插图。第八十五回缺第一幅图。第八十六回缺第二幅图。第九十七、九十九回缺插图。九十九回回评接前回结尾连排，未另起叶。第一百回第一幅图无篱笆门，结尾诗"阀阅遗书思惘然"与其他张评本同。

　　此影松轩本缺叶较多，原藏者手写配补了缺叶：第二十七回第十

第二十八回

陳敬濟徼倖得金蓮　　西門慶糊塗打鐵棍

詩曰

幾日深閨綉得成　看來便覺可人情

一灣嫩玉凌波小　兩瓣秋蓮落地輕

南陌踏青春有跡　西廂立月夜無聲

看花又濕蒼苔露　晒向窗前趁晚晴

話說西門慶扶婦人到房中脱去上下衣裳再脱赤着身

子婦人止着紅紗抹胸兜兩簡並肩疊股而坐重斟杯

西門慶一手摟過他粉頸一遍一口和他吃酒極盡溫存

影松轩本第二十八回所缺两叶系抄写配补

三至十七叶缺三叶；第二十八回缺两叶；第三十七回缺一叶半，又缺两叶；第七十三回缺三叶；第八十二回缺两叶。原藏者很认真细心地抄写配补缺叶，说明藏书者非常珍爱《金瓶梅》的版本。这种收藏珍爱古籍、热爱传统文化之精神值得肯定与赞扬。影松轩本的影印出版，给我们今天的读者提供了一种特殊的版本类型。

第十三章

张竹坡评点本的刊刻与苹华堂本的发现

现存张评康熙年间刊本四种：

第一种，扉页牌记"本衙藏板翻刻必究"，卷首谢颐序署"康熙岁次乙亥清明中浣秦中觉天者谢颐题于皋鹤堂"。扉页上端无题。框内右上方"彭城张竹坡批评金瓶梅"，中间"第一奇书"，左下方"本衙藏板翻刻必究"。有摹刻崇祯本图二百幅，另装二册。书口为"第一奇书"，无鱼尾。正文半叶十行，行二十二字。正文内有眉批、旁批、行内夹批。正文第一回前有《竹坡闲话》等总评文字（缺《第一奇书非淫书论》《凡例》）。每回前有回评，回评刊回目前另排叶码。正文回目另叶刻印（不与回评接排），回前评与正文不相连接，有的回评末有"终"字或"尾"字，表明回评完。这样刻印易装订不带回评的本子。六函共三十六册，刻印精良，日本鸟居久靖氏谓"此书居于第一奇中的善本"（《金瓶梅版本考》）。吉林大学图书馆藏有此种版本。

第二种，"本衙藏板翻刻必究"本，与上书同版，不带回前评语。首都图书馆藏有此种版本。

第三种，"本衙藏板翻刻必究"本，大连图书馆藏，行款、版式、扉页、牌记与吉林大学图书馆藏本大致相同。此版本为皇族世家藏书，卷首盖有恭亲王藏书印，在总评《寓意说》"千秋万岁，此恨绵绵，悠悠苍天，曷其有极，悲哉悲哉"之后多出二百二十七字（详见本书第130页）。

大连图书馆藏本与吉林大学图书馆藏本相比勘，有多出的夹批、眉批。总评不缺《第一奇书非淫书论》《凡例》两篇，正文文字相异处，大连图藏本同崇祯本，而吉大图藏本则与崇祯本相异。大连图藏本更接近底本崇祯本。吉大图藏本是据大连图藏本加工修饰而成。大连图藏本正文多用俗别字、异体字。吉大图藏本与之相比，俗别字、异体字少，刻印更为精良。大连图藏本为张竹坡于1695年评点刊刻的初印本。他当时生活贫困，处境艰难，于三个月评点完稿，在金陵刊印发售。张竹坡评点时，对小说正文个别文字有所改动，改"胡僧"为"梵僧"，改"虏患"为"边患"，改"匈奴"为"阴山"，改"猃狁"为"太原"，改"夷狄"为"蛀虫"，改"伐辽"为"伐东"等为避清讳，一般对正文文字未作改动。

吉大图藏本据张评初刊本复刻，行款、版式、扉页、序与初刊本相同，但对评语有加工删减，对小说正文文字有改动。此复刻本的加工与刊刻者，初步判定为张竹坡的弟弟张道渊。张道渊是张竹坡评点刊刻《金瓶梅》的知情者、支持者，在竹坡逝世后，又是张评本的修订复刻者，也应是竹坡手稿的存藏者。

第四种，近年在韩国梨花女子大学图书馆发现张评本初印本的翻刻本或同版后印本，此版本省略了回评，装订为12册。总评《寓意说》不缺二百二十七字。行款、版式同大连馆图藏本。

张评本虽有较多版本存世，但苹华堂本未见著录，是近年新发现，为张青松先生购藏，已由台湾学生书局2014年12月影印出版。扉页右上为"彭城张竹坡批评"，中题"第一奇书"，左下"苹华堂藏板"，上眉"金瓶梅"。谢颐序手写体。总评部分《第一奇书非淫书论》《凡例》两篇不缺，《寓意说》结尾处缺二百二十七字（同吉大图藏

苹华堂藏板第一奇书扉页

本，与大连图藏本不同）。

正文半叶十一行，行二十二字。书口上刊"第一奇书"，中为回次，下为本回叶次，无鱼尾。版面字体清晰。此种版本，有如下特点值得关注。

第一，无回前评语，眉评、行间夹批、行内双行批，未加删减。眉批二字一行同大连图藏本、吉大图藏本，为了更清晰，有五回十二条眉批上加刻一框线（第五十八回两条、第七十一回两条、第七十八回五条、第七十九回两条、九十三回一条），在张评本的其他刊本中未见。

第二，刊刻忠实于底本，不随意改字。如：第九十八回第四叶A面："缉捕番捉""提刑缉捕观察番提"，未改"提"为"捉"。（崇祯本、大连馆藏本吉大馆藏本均前一句为"捉"，后一句中为"提"）第十二回第一叶B面"单枕孤帏"同吉大图藏本，与大连图藏本作"粲枕孤帏"不同。

第七十一回第十一叶B面"激切屏营之至"同吉大图藏本。大连图藏本"营"作"蒙"同崇祯本。

第三，从结尾诗看，第七十六回四句：

靡不有初鲜克终，交情似水淡长浓。

自古人无
千日好，果然
花无摘下红。

吉大图藏本无
此四句。词话本、
崇祯本、大连图藏
张评本均有此四句。

第十五回结尾
二句："笑骂由他
笑骂，欢娱我且欢
娱"，大连图藏本、
吉大图藏本均缺此
二句。苹华堂本不
缺，应是据崇祯本
补入。

第七十九回结
尾缺四句诗：

苹华堂藏板第一奇书第五十八回第二十一叶眉批

造物于人莫强求，劝君凡事把心收。

你今贪得收人业，还有收人在后头。

应是刻工疏忽造成的。

第五十回末二句结尾诗"若教此晕（辈）成佛道，天下僧尼似水
流"刻在"正是"下成为行内批，未另起行刻。

第四，有缺字、错字。第十四回次缺"第"字，"义士"刻成

"义士"。第二十回"傻帮闲趋奉闹华筵（华）"。第四十八回"戏赠一枝桃"漏刻"一"字。第五十四回"戏雕栏一笑回真（嗔）"，大连图藏本作"真"。第八十二回回目"潘金莲热心冷而（面）"。第八十六回第八叶有一墨丁。第八十九回回目"永福寺大（夫）人逢故主"。第九十回回目"雪娥受辱守备□"脱一"府"字。

在兹堂本、苹华堂本都有断板，不是初印本。还有一种题李笠翁先生著《第一奇书》，挖去"在兹堂"，手写"壬子暮春鼓门钝叟订补"的本子与在兹堂本同版或后印。皋鹤草堂梓行本也是无回前评语的张评本，以上三种为张评本的无回前评本系列。李金泉先生考察认为苹华堂本为这一系列的底本，这一说法可以成立。苹华堂本在张评本系统中占有一席重要地位，在《金瓶梅》传播上起了重要作用。

第十四章

满文译本《金瓶梅》

一、知见版本

满文译本《金瓶梅》一百回，六函四十册，中央民族大学图书馆藏。框高十八点五厘米，宽十四厘米，白口，单鱼尾，上下双边。半叶九行，每行字数不等，竹纸印。序署"康熙四十七年五月谷旦序"。

满文竖排，自左往右读。专用名词、特殊词语旁标注汉字，如"三国演义""水浒传""西游记""严嵩""严世蕃""酒色财气"等。

又见赵则诚先生藏本，版式同上，仅半部。

加拿大多伦多大学东亚图书馆藏影印满文译本《金瓶梅》，系美国亚洲文化研究中心影印（可能据普林斯顿大学葛思德东方图书馆藏满文本影印）。

吉林大学图书馆藏精抄本，残存五回：第十七卷第四十八回"弄私情戏赠一枝桃，走捷径探归七件事"，第四十九回"请巡按屈体求荣，遇梵僧现身施乐"；第二十卷第五十五回"西门度两番庆寿旦，苗员外一诺送歌童"，第五十六回"西门庆捐金助朋友，常峙节得钞仿（傲）妻儿"，第五十七回"缘簿募千金喜舍，雕栏戏一笑回嗔"。大约抄于清乾隆年间，抄写精良，装订考究。据王丽娜介绍，国家图

康熙四十七年五月穀旦序

満文译本《金瓶梅》刊本序文末半叶书影

酒色財氣

七情　六慾

純陽子祖師

呂岩

四部洲

上八洞

唐國

満文译本《金瓶梅》刊本第一回书影

书馆藏有完整的四十卷本，中国社会科学院民族研究所、北京民族文化宫藏有残本（《金瓶梅在国外》）。

据日本学者泽田瑞穗《增修〈金瓶梅〉研究资料要览》著录，天理图书馆藏《满文金瓶梅》，全一百回，四十卷，八十册，内补写十三册。

又据日本学者早田辉洋译注《满文金瓶梅译注（序至第十回）》所引用《满文金瓶梅》主要是静嘉堂文库藏《满文金瓶梅》，钝宧（冒广生）《小三吾亭随笔》（《国粹学报》1911 年第 75 号）："往年于厂肆见有《金瓶梅》，全用满文，唯人名则旁注汉字，后为日本人以四十金购去，贾人谓是内府刻本。"天理图书馆藏本，或静嘉堂文库藏本，应有一种是晚清民国年间传入日本的。

二、译者之谜

满文译本《金瓶梅》卷首有序文三叶半，未署译者姓名。昭梿（1776—1829）《啸亭续录》卷一"翻书房"："及定鼎后，设翻书房于太和门西廊下，拣择旗员中谙习清文者充之，无定员。凡《资治通鉴》《性理精义》《古文渊鉴》诸书，皆翻译清文以行。其深文奥义，无烦注释，自能明晰，以为一时之盛。有户曹郎中和素者，翻译绝精，其翻《西厢记》《金瓶梅》诸书，疏栉字句，咸中肯綮，人皆争诵焉。"昭梿，为清太祖努尔哈赤第二子代善之后，爱好诗文，喜读宋金元明史籍，颇好交游，所记和素为满文本《金瓶梅》译者，是可靠的。

和素（1652—1718），字存斋、纯德，完颜氏，满洲镶黄旗人。御试清文第一，赐号"巴克什"，充皇子师傅，任翻书房总裁，累官至侍读学士，是清代著名满文翻译家。和素为《御制清文鉴》主编，《清文鉴》与满文《金瓶梅》同年刊行（1708）。和素另译有

《素书》《醒世要言》《孝经》《太古遗音》（《琴谱合璧》）等。

康熙年间一再重申严禁刊行"淫词小说"。翻译《金瓶梅》这样浩大的文化工程，必须得到康熙帝的御旨，而不可能是一种民间行为。翻译《金瓶梅》应是被批准的翻书房的计划内工程，由和素主持，且是由翻书房译员多人参与的一项浩繁工程。

满文《金瓶梅》序有言："此书劝戒之意，确属清楚，故翻译之，余趁闲暇之时作了修订。"据此可知，和素主持翻译工作，对译稿做了审阅修订。此译序出自和素手笔。

《金瓶梅》满文本译者又有徐元梦说（叶德均《戏曲小说丛考》引《批本随园诗话》）。徐元梦（1655—1740），字善长，一字蝶园，舒穆禄氏，满洲正白旗人。累官至礼部侍郎、太子少保。中年后精研理学，历仕三朝，在官六十余年，以直言下狱者再。徐元梦是康熙十二年（1673）进士（见钱仪吉《碑集传》卷二二），到《金瓶梅》满文本序刻的康熙四十七年，已是垂暮之年，恐无力译此巨著。其精研理学的兴趣，与译序赞赏《金瓶梅》的观点也不符合。

三、译本序文汉译

20世纪80年代初，笔者与北京大学侯忠义教授合作编辑《〈金瓶梅〉资料汇编》（北京大学出版社1985年版）时，得到赵则诚先生大力支持，慨然同意借阅珍藏的满文本《金瓶梅》，并同意复印序文。满文本序文，由清史专家刘厚生教授译为汉文。现据阚铎手札《金瓶梅》满文汉译校订后的译文如下：

　　试观，大凡编撰故事者，或扬善惩恶，以结祸福；或娱心申德，以昭诗文；或明理论性，譬以他物；或褒正疾邪，以断忠奸。虽属稗官，然无不备善。《三国演义》《水浒传》《西游记》《金瓶梅》四部书，在平话中称为"四大奇书"，而《金瓶梅》堪称之最。凡一百回为一百戒，篇篇皆是朋党争斗、钻营告密、亵渎贪饮、荒淫奸情、贪赃豪取、恃强欺凌、构陷诈骗、设计妄杀、穷极逸乐、诬谤倾轧、谗言离间之事耳。然于修身齐家有益社稷之事者无一件。

西门庆鸩毒武大，（武大）旋饮潘金莲之药而毙命。潘金莲以药杀夫，终被武松以利刃杀之。至若西门庆奸他人之妻，而其妻妾与其婿、家奴通奸之。

吴月娘瞒夫将女婿藏入家中，奸西门庆之妾，家中淫乱。吴月娘并无廉耻之心，竟恃逞于殷天锡，来保亵渎。而蔡京等人欺君罔上，贿赂公行，仅二十年间身为刑徒，其子亦被正法，奸党皆坐罪而落荒。

西门庆心满意足，一时巧于钻营，然终不免贪欲丧命。西门庆临死之时，有盗窃的，有逃走的，有诈骗的，不啻灯吹火灭，众依附者亦皆如花落木枯而败亡。报应之轻重宛如秤戥权衡多寡，此乃无疑也。西门庆寻欢作乐莫逾五六年，其谄媚、钻营、作恶之徒亦可为非二十年，而其恶行竟可致万世鉴戒。

自寻常之夫妻、和尚、道士、姑子、拉麻、命相士、卜卦、方士、乐工、优人、妓女、杂戏、商贾，以至水陆杂物、衣用器具、嬉戏之言、俚曲，无不包罗万象，叙述详尽，栩栩如生，如跃眼前。此书实可谓四奇中之佼佼者。

此书乃明朝闲儒生卢柟为斥严嵩、严世蕃父子所著之说，不知确否？此书劝戒之意，确属清楚，故翻译之。余趁闲暇之时作了修订。

观此书者，便知一回一戒，惴惴思惧，笃心而知自省，如是才可谓不悖此书之本意。倘若津津乐道，效法作恶，重者家灭人亡，轻者身残可恶，在所难免，可不慎乎！可不慎乎！至若不惧观污秽淫靡之词者，诚属无禀赋之人，不足道也。如是作序。

康熙四十七年五月谷旦序

四、底本小考

张竹坡评本《金瓶梅》，评刻于康熙三十四年（1695），满文本《金瓶梅》译刊于康熙四十七年（1708），相距十三年。张评本《金瓶梅》是以崇祯本为底本评刻的，对崇祯本正文文字有改动之处，也有误刻之处。

第十七回，处于政治上的考虑，张评本把"虏患"改为"边患"，"夷狄"改为"边境"，"獯狁"改为"太原"，"匈奴"改为"阴山"，"突厥"改为"河东"，"大辽纵横中国"改为"干戈浸于四境"，"金虏"改为"金国"，"凭陵中夏"改为"两失和好"，"虏犯内地"改为"兵犯内地"。满文刊本同崇祯本。

第七十回回目，崇祯本为"老太监朝房邀酌，二提刑枢府庭参"，张评本为"老太监引酌朝房，二提刑庭参太尉"。满文刊本此回回目同张评本。

崇祯本第四十九回"遇胡僧现身施药"，张评本改"胡僧"为"梵僧"。满文刊本同张评本。

第一百回回末诗，词话本为"闲阅遗书思惘然"，崇祯本、张评本均误作"阆阅"，满文刊本同崇祯本、张评本。

第四十八回"走捷径探归七件事"，张评本碍于政治删去最后两条，但回目中仍曰"七件事"。满文刊本同崇祯本，而与张评本不同。

第四回"我往你王奶家坐一坐就来"，词话本、张评本作"王奶奶家"。崇祯本作"往你王奶家"，缺一"奶"字，北大藏崇祯本、内阁文库藏崇祯本同。满文刊本同崇祯本。

第四回"单道这双关二意"，张评本作"单道这瓢双关二意"。崇祯本少"瓢"字，满文刊本同崇祯本。

第四回"红赤赤黑须"，词话本作"黑胡"，崇祯本，张评本均作"黑须"，满文刊本同。

第九回结尾诗："李公吃了张公酿，郑六生儿郑九当。世间几许不平事，都付时人话短长。"张评本缺后二句，崇祯本不缺。满文刊本同崇祯本。

第十回，形容李瓶儿"好个温克性儿"，词话本、崇祯本同。张评本作"温存性儿"。满文刊本同崇祯本。

从以上比勘可知，满文译本以崇祯本为底本，又参照了张评本，在回目上更加明显。

五、作者卢楠说

和素任内阁侍读学士、皇子师傅、《御制清文鉴》主编、翻书房总裁，对汉文小说《金瓶梅》等有深入的研究。他精通汉、满两种文化，处于清廷皇室文化统领的最高层。《金瓶梅》满文译刊年代，又正逢撰修《明史》巨大文化工程的关键阶段，当时网罗汇集了明代大量史料文献。在这种崇高地位与特殊文化背景下，和素在满文《金瓶梅》序文中提出作者卢楠说，值得特别关注与研究。笔者曾于1985年撰《谈满文本〈金瓶梅〉序》，做了初步的探讨。[①]

卢楠，生卒年不详，字次楩，一字子木，号浮丘山人，河南浚县人，著有《蠛蠓集》五卷。穆文熙撰《重刻蠛蠓集引》云："始刻于吴之太仓州，乃凤洲王公家藏抄本。"此引写于万历三年（1575）。此

---

① 见徐朔方、刘辉编《〈金瓶梅〉论集》，人民文学出版社1986年版。

抄本应是王世贞家藏的卢柟文集的稿本。《明史》卷二八七载,卢柟出狱后,"走谒榛(谢榛),榛方客赵康王所,王立召见柟,礼为上宾。诸宗人以王故争客柟,柟酒酣骂座如故","柟骚赋最为王世贞所称,诗亦豪放如其为人"。卢柟《幽鞠赋》《放招赋》在狱中作,收入《蠛蠓集》。王世贞《四部稿》中有诗《魏郡卢柟》《寄卢次楩》《卢山人少楩》,有文《卢次楩集》《卢柟传》,有书牍《寄卢次楩》。《魏郡卢柟》诗云:

> 卢生富结撰,扬马有遗则。
> 及乎为诗歌,雅好在李白。
> 春风扬波澜,浩渺靡所极。
> 仰见朝霞媚,俯见水五色。
> 蛾眉一成妒,雄飞铩其翮。
> 朝奏狱中书,夕为坐上客。
> 妻子不殢人,长歌下震泽。

王世贞说他"少负才,敏甚。读书,一再过,终身不忘","才高,好古文辞,不能俯而就绳墨","柟为人跅弛,不问治生产,时时从倡家游,大饮,饮醉辄弄酒骂其坐客","下笔数千言立就",后入狱,"出狱,家益贫,乃为《九骚》……赵王览而奇其文,立召见,赐金百镒。于是诸王人人更置邸延柟,柟则称客,坐右坐,握麈尾辨说,挥霍数百千万言,风雨集而江波流也。鸣毫飒飒,倏忽而为辞若赋"(《卢柟传》)。卢柟有《答王凤洲郎中书》《与王凤洲郎中书》。卢柟出狱后曾寓居王世贞门下。他非常熟悉浚县、临清一带市井细民生活,有文才。

《见只编》《明文海》载有卢柟传奇小说《滑县尹擒贼记》,这篇作品极具文学生动性，姚士粦跋语说：“描写入神，使人若身见之者。”显示出卢柟出色的小说创作才能。

康熙十二年（1673），宋起凤《稗说》卷三提出王世贞“中年笔”之说。康熙三十四年（1695），《张竹坡批评第一奇书金瓶梅》谢颐序提出“凤洲门人”“或云即凤洲手”之说。和素并没有承袭宋起凤、谢颐的看法，而提出《金瓶梅》作者卢柟说。他们可以说是同时代人，观点却如此相异与相联。

六、满文译本大连馆藏抄本《翻译世态炎凉》

黄润华《满文翻译小说述略》说“大连图书馆藏有一部完整的，题名为《世态炎凉》”，认定为《金瓶梅》满文译本的抄本。

《翻译世态炎凉》两函三十二册，第一函卷一至十六，共十六册，由首回至第五十七回。第二函卷十七至三十二，共十六册，由第五十八回至第一百回。

每半叶十行，行字数不等。序文首半叶盖有“南满洲铁路株式会

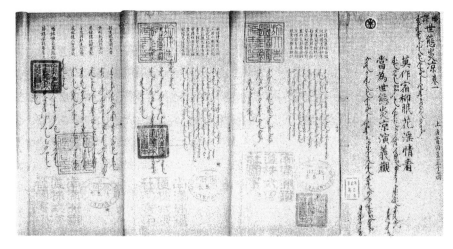

大连图书馆藏满文译本《翻译世态炎凉》清抄本书影

社图书馆"章。第三十二册卷尾有松崎鹤雄手写的说明：

> 北平阚君铎得蒙文本《金瓶梅》，见抄寄其序文汉译一篇。
> 阚君云散处所藏蒙文《金瓶梅》乃系刻本，其中名词注在侧面，
> 惟序内于名词之外兼及全文，似系御制原书，似系三十二册，经
> 某西人改为洋装四册。今以序之译文钞寄，乞阅过寄还。内中误
> 字乃原文如此也。外间通行本，有康熙乙亥年字样在封面上。乙
> 亥为三十四年。在此序十三年以前，彼时正是此书盛行之际，如
> 王崇蕑〔简〕《冬夜笺记》所记，朝贵以此书相矜尚者亦一证
> 也。

右阚铎君手札附记以为据

松崎鹤雄

时庚午冬日

此书每回只抄回目，不写回次，标注汉文比满文刊本多。除专有
名词标注汉字，诗词韵语也用汉字标注在天头位置。如第一回，"第
一腰便添痛"五句在书眉有汉文，"奴是块金砖，怎比泥土基"唱
词，眉上标有汉文。阚铎寄给松崎鹤雄的序文汉译，全同满文汉译。
满文是据蒙文创制而成，而所谓"蒙文本《金瓶梅》"，系松崎鹤雄误
认。《三国演义》等汉文小说，也是据满文译本转译成蒙文本。大连
图书馆藏满文译本《翻译世态炎凉》清抄本系松崎鹤雄替图书馆买
进。松崎鹤雄当时为南满洲铁路株式会社图书馆馆员。

第十五章

蒙文译本《金瓶梅》

蒙文译本《金瓶梅》，是据满文译本翻译的，以手抄本形式传播，未见木刻版本。蒙古国国立图书馆藏抄本七种（全抄本两种），残本五种。其中有一种抄本有题记：达瓦·依达姆等在博格达汗哲第八世哲布尊丹巴呼图克图授意下翻译的。据苏联汉学家李福清考察，译者于 1910 年从满文译本翻译此书。[①] 李福清认为，这并不是第一个蒙译本，在列宁格勒（现为圣彼得堡）分类书目中著录有《金瓶梅》蒙文译本，此书目著录不晚于 19 世纪中叶。《金瓶梅》蒙文译本的翻译年代，待进一步考察。

据图书目录，内蒙古自治区图书馆藏《金瓶梅》蒙文译本第六十六回抄本。此残抄本与蒙古国国立图书馆藏抄本之间关系不详。

内蒙古社科院图书馆藏《梦红楼梦》蒙文残抄本两回，据传为蒙古族作家尹湛纳希（1837—1892）十八岁时作。此两回写宝玉、黛玉之间发生性行为，可能受《金瓶梅》影响。如果尹湛纳希阅读的是蒙文译本《金瓶梅》，则此时蒙文译本已流传。这与李福清的推论相吻合。

---

① 李福清：《中国古典小说的蒙文译本——尝试性文献综述》，见《中国传统小说在亚洲》，国际文化出版公司 1989 年版。

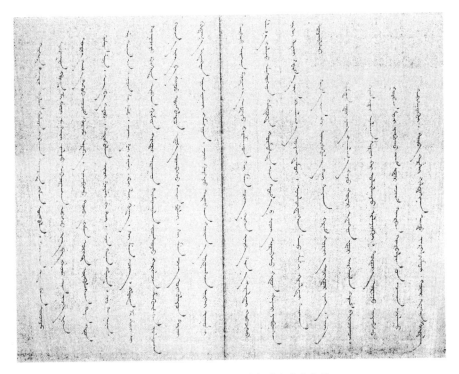

蒙古国立图书馆藏《金瓶梅》蒙文抄本书影

　　蒙文译本《金瓶梅》的研究是一项新课题，可以说明汉族、满族、蒙古族文化之间的交流融合。苏联汉学家李福清所撰《中国古典小说的蒙文译本——尝试性文献综述》、聚宝所撰《蒙古国所藏明清小说蒙译本及其学术价值》和秀云从事的《金瓶梅》满蒙译本研究已进行开拓性考察。

第十六章

民国时期《金瓶梅》稀见本藏家
及在民间流传的版本

一、民国时期《金瓶梅》稀见本藏家

1.傅惜华藏《绣刻古本八才子词话》

韩南《金瓶梅的版本及其他》著录：《绣刻古本八才子词话》书名页下有"本衙藏板"。现存五册，序文一篇，目录及第一、二，第十一至十五，第三十一至三十五，第六十五至六十八回。序文作于顺治二年（1645）。此序与各版本之序不同，序作者不详。无插图。

韩南曾从傅惜华处借阅此书，韩南把它列入崇祯本系统。吴晓铃曾云："顺治间坊刊《绣像八才子词话》，大兴傅氏碧蕖馆旧藏，今不悉散佚何许。"[①]胡文彬编著《金瓶梅书录》著录："《绣刻古本八才子词话》，残本，清顺治间刻本，原傅惜华先生藏，现为中国艺术研究院藏。"

据韩南著录，傅惜华还藏有一部与北京大学图书馆藏本极为相似的崇祯本，二十卷一百回，无图。

① 吴晓铃：《金瓶梅词话最初刊本问题》，见《〈金瓶梅〉艺术世界》，吉林大学出版社 1991 年版。

2. 周越然藏《新刻绣像批评金瓶梅》

周越然（1885—1962），浙江吴兴人，曾任职商务印书馆编审室。藏书极富，与马廉（隅卿）齐名，有"北马南周"之称。周越然藏《金瓶梅》中外版本十多种，其所著《书书书》中有《瓶说》，介绍了《金瓶梅》版本七种，认为作者是一位"多才之狂人"。

周越然旧藏《新刻绣像批评金瓶梅》二十卷一百回，明崇祯间刊本，白口，不用上下鱼尾，有眉批，行间夹批，卷首东吴弄珠客序三叶、目录十叶、精图一百叶。周越然藏本第二回图"俏潘娘帘下勾情"影印件右下有周越然印章（见本书第四章第二节插图）。

周越然还藏有《张竹坡批评第一奇书》一百回，半叶十行，行二十五字。又藏有湖南木活字本，半叶十一行，行二十二字。

3.马隅卿旧藏《金瓶梅》抄本

马隅卿（1893—1935），浙江宁波人，曾执教于北京孔德学校，并受聘于北京大学，是古典小说戏曲专门藏书家。马氏藏书于1937年入藏北京大学图书馆。马氏原藏《新刻绣像批评金瓶梅》，已由北京大学出版社影印出版。

马氏旧藏《金瓶梅》二十卷一百回，首有东吴弄珠客序，清抄本，无图无评，见《不登大雅文库书目》第六箱"小说"著录。

此马氏藏抄本，与吴晓铃藏清乾隆抄本相比较有较大不同。每行字小而密，每行字数不一、字为一般手写行书而非馆阁体。序文前半失去，各叶末标叶数。可能是民国抄本，待进一步考察。

4. 郑振铎藏《金瓶梅》

崇祯本图两册二百幅，已影印为一册，附古佚小说刊行会影印词话本。此图为王孝慈原藏。郑振铎著《插图本中国文学史》影印一幅第七回《杨姑娘气骂张四舅》，下注："通县王氏藏。"郑振铎计划编著中国木刻版画史，王孝慈家藏版画最多，精品尤夥。郑氏、王氏二人互相鉴赏藏品，互相交流。郑振铎将收藏的明万历间真诚堂所刊《列女传》赠送王孝慈。[①]1988 年 10 月 6 日，笔者在北京图书馆（现国家图书馆）典藏部查阅郑氏藏《金瓶梅》，未见王孝慈原藏两册插图。有崇祯本，仅两册，图简陋，刻工姓名从略，应不是王孝慈原藏本。[②]

5.俞大维藏张竹坡评点本的在兹堂本

俞大维（1897—1993），美国哈佛大学哲学博士，曾任国民政府兵工署署长、交通部长。在海外留学时，与陈寅恪同学七年。陈三立次女新午与俞大维为夫妻，俞大维与陈寅恪、陈方恪为妻兄弟。陈方恪曾在南京图书馆工作。俞大维藏在兹堂本盖有彦通藏书印，陈方恪字彦通。此在兹堂本为陈方恪原藏，现藏台湾施合郑民俗文化基金会。

《第一奇书金瓶梅》济水太素轩本

二、民国时期在民间流传的版本

1.《新刻绣像批评金瓶梅》，吴晓铃旧藏残刊本。

2.《新刻绣像批评金瓶梅》，张青松藏残刊本。

3.《新刻绣像批评金瓶梅》，吕小民藏残刊本。

4. 济水太素轩梓《第一奇书金瓶梅》。

---

① 郑振铎：《关于版画》，见《郑振铎全集》第十四卷，花山文艺出版社 1988 年版。

② 据张青松考察，《金瓶梅》崇祯本图，1916 年前为张粹盦藏，古佚小说刊行会影印时，为袁克文藏，后为王孝慈、郑振铎藏，现藏于国家图书馆。

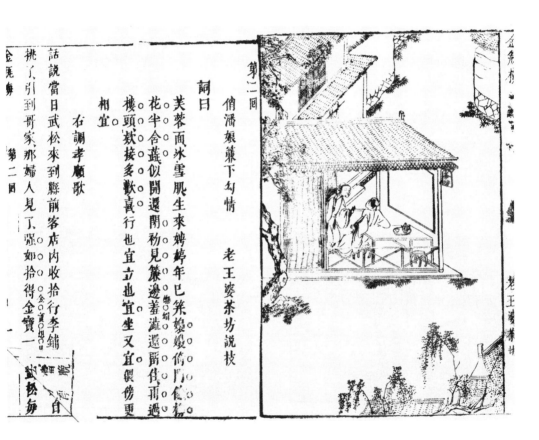

話説當日武松來到縣前客店内收拾行李舖
挑了，引到哥家，那婦人見了，强如拾得金寶一

金瓶梅　　第二回

右調孝順歌

相宜

芙蓉面冰雪肌生來媽娉年已笑媳娥娥倚門倚戸
花半含蕊似開還閉初見簾邊羞澁還嬌偹再遇
樓頭欵接多歡喜行也宜立也宜坐又宜偎傍更

詞曰

俏潘娘簾下勾情　　老王婆茶坊説技

第二回

《新刻绣像批评金瓶梅》吴晓铃旧藏残刊本

179

《新刻绣像批评金瓶梅》张青松藏残刊本

5.《绘图真本金瓶梅》，上海存宝斋排印本，1916 年出版，精装两册。

6.《古本金瓶梅》，上海卿云图书公司排印本，1926 年出版，精装两册，平装四册。

7.《校正全图足本多妻鉴全集》，香港旧小说社石印本，线装一函十六册。

8.《绘图第一奇书》，香港旧小说社石印本，线装二函二十册。

9.《中国文学珍本丛书》本《金瓶梅词话》，施蛰存校点，上海杂志公司排印本，1935 年出版，平装五册。

10.《古本全图金瓶梅》，襟霞阁主人精印，上海中央书店排印本，1938 年出版，平装四册。

11.《金瓶梅词话》，伪满洲国艺文书房 1942 年出版，平装二十册。

12.《古本金瓶梅》，襟霞阁主重编，上海襟霞阁发行，1949 年出版，平装四册。

第十七章

《金瓶梅》绘画

崇祯本王孝慈原藏插图第一回图二"武二郎冷遇亲哥嫂"
栏内右侧署"新安刘应祖镌"

一、《新刻绣像批评金瓶梅》精美插图二百幅

《金瓶梅词话》发现后，1933 年以古佚小说刊行会名义影印一百零四部，影印本两函二十一册，原书影印二十册，同时影印崇祯本插图二百幅，合印一册配附。二百幅插图据王孝慈旧藏本（仅存插图）影印。

王孝慈旧藏本插图甚精美，署刻工姓名多。第一回第二幅

图"武二郎冷遇亲哥嫂"栏内右侧署"新安刘应祖镌"六字，为现存其他崇祯本插图所无。从插图和回目判断，王孝慈旧藏本为原刊本或原刊后印本。

《金瓶梅》崇祯本插图二百幅，每回两幅，是画工在精心阅读文本基础上，既依从原著，又不拘泥于原著，对百回回目情节的具象化题解。这些插图特别注重回归日常生活世界，对世态人情刻画入微，具有浓厚的写实风格与平民趣味。全部插图紧扣原著情节，把画工的解读融入画面，以插图的形式参与对原著的评点，形成我国古典文字插图的杰作，是我国古代的艺术瑰宝。

崇祯本插图采用散点透视，景大人小，虚实相生，画面容量大。虽不同于现代的写实画，但能以形传神。第一回"西门庆热结十弟兄"，十兄弟穿的衣服一样，但站立的位置不同，神情各异，角度不同，画面匀称而鲜活。人物居于画面下部，以房屋院墙、远处的钟楼相衬。小童一人在远处，十兄弟有一致的注视点。

崇祯本插图还擅长画群像，把众多人物集中在一个画面，又能创造一种气氛、意境。第七回"杨姑娘气骂张四舅"，图中画十六个人物，分两组，上部以杨姑娘、张四舅相骂为中心，有八个人物，孟玉楼处于边缘位置，另有八人在中部和下部往外抢抬孟玉楼的箱柜财物，有挑的，有两人抬的，有一人手拿肩扛的，有一个人搬箱子大步由房内向外快走的，形象极为生动传神。

第二十回"傻帮闲趋奉闹华筵"，画面有二十五个人物，分三组，帮闲人物十六人在下部，六位正在弹唱的歌女在中部，有三位佳人在室外侧身往内观看，场面十分热闹。

第四十二回"逞豪华门前放烟火"。一架烟火在左上部正在燃放，观看烟火的人们分三组，一组在左侧下部，画面有二十人，包括放烟火的玳安，面向烟火，背向读者。右侧中部也画二十人，包括小孩、

崇祯本王孝慈旧藏插图第一回图一"西门庆热结十弟兄"

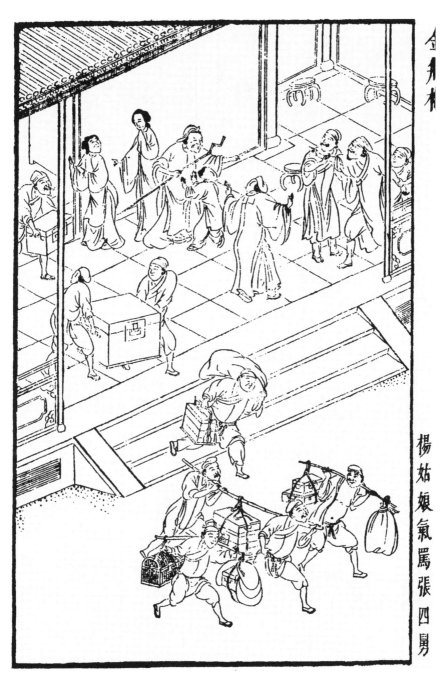

崇祯本王孝慈旧藏插图第七回"杨姑娘气骂张四舅"

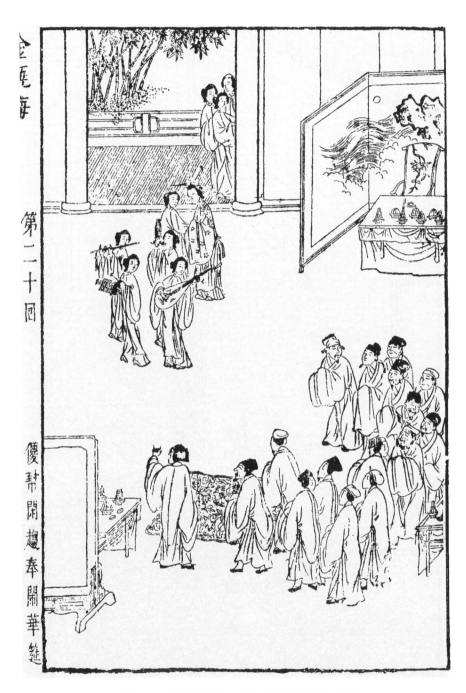

崇祯本王孝慈旧藏插图第二十回"傻帮闲趋奉闹华筵"

崇祯本王孝慈旧藏插图第四十二回"逞豪华门前放烟火"

老人。右下角画王六儿、一丈青等女性人物在大门内往外观看。画面这么多人物，却留有三分之一的空白，西门庆和众妻妾在楼上观看，未正面画出。画面不但热烈，还有街道、夜空的空阔感。这样一幅内容丰富的画面，在小说中只有几句概括的叙述：

> 玳安和来昭将烟火安放在街心里，须臾，点着。那两边围看的，挨肩擦膀，不知其数。都说西门大官府在此放烟火，谁人不来观看？

画工把概括的文字叙述转化为可视性的画面，比原作品更生动更丰富。可见画工对原作下功夫钻研才能有这样富有生活气息的再创作。崇祯本画工与作者、评点者成为《金瓶梅》艺术创造工程的合作者，二百幅插图成为《金瓶梅》崇祯本的有机组成部分。二百幅精美木刻插图，极大地丰富了崇祯本的美学价值。文字文本与插图、评点结合，增加了视觉审美效应，成为现代影视传媒产生之前最为先进的传媒形式。绣像崇祯本这种综合艺术文本成为晚明小说刊印传播的典范，是我国优秀传统文化的瑰宝。

二、清宫珍宝皕美图

现仅见民国年间上海富晋书社珂罗版影印《清宫珍宝皕美图》，大开本线装，分为两种，一是五册足本二百幅，一是四册一百六十八幅，删去三十二幅，版权页说明为一百六十八幅。影印清晰，面部五官清楚。每叶上半为图，下半空白。对《清宫珍宝皕美图》，未见有专门研究论文。学界缺乏研究，猜测之词较多。

《清宫珍宝皕美图》以《金瓶梅》崇祯本二百幅插图为底本，在崇祯本插图画面基础上加以精工细描，对于环境与人物增加了写实性。每幅图右上侧标回目，不标回次。第二十五幅"李瓶姐墙头密约"，构图、人物同崇祯本插图。标题作"墙头"，而不作"隔墙"（王孝慈旧藏本插图、词话本回目作"隔墙"，而不作"墙头"）。天图本、北大本此回目作"墙头"。第四十七回，王孝慈旧藏本图作"走捷径操归七件事"，《清宫珍宝皕美图》作"探归"。第四十九回"遇梵僧现身施药"，崇祯本作"胡僧"，王孝慈旧藏本插图作"胡僧"。张评本、《金瓶梅》满文译本作"梵僧"。《清宫珍宝皕美图》应产生在康熙三十四年（1695）之后。

《清宫珍宝皕美图》有五幅画有骏马或驴。

第八十一回"韩道国拐财远遁"，画韩道国骑马居画面中间，崇祯本插图画人骑马被山石遮挡一部分，人物极小。

第九十六回"杨光彦作当面豺狼"，画杨光彦骑在驴上，手拿鞭子，驴脸正面，形象传神，画面有二十八个形态各异人物，极大地丰富了画面。

第七十七回"西门庆踏雪访爱月"，画西门庆骑的白骏马比人物都有神情。崇祯本插图画在室内，西门庆拥爱月而坐，桌上有一台蜡烛燃着，表明在晚上，而未画西门庆骑马踏雪。

第四十八回"走捷径探归七件事"，画两人骑驴快走，两人骑马奔跑。崇祯本图画四人骑马慢行，少动感。

第四十四回"避马房侍女偷金"，画三匹正在槽上吃草的马，神态各异。而崇祯本插图画两匹马的头埋在槽内，无法显示马的神态；一匹马静立在那里不吃草料。

从以上五幅画面可知，创作《清宫珍宝皕美图》的画家擅长画马，喜爱画马。这一特征，使我们联想到宫廷画家郎世宁。

郎世宁（1688—1766），意大利人，天主教士，康熙时来中国。他工画，雍正、乾隆时供奉内廷。雍正六年（1728）画《百骏图》，

《清宫珍宝丽美图》第八十一回插图"韩道国拐财远遁"

《清宫珍宝皕美图》第九十六回插图 "杨光彦作当面豺狼"

《清宫珍宝皕美图》第七十七回插图"西门庆踏雪访爱月"

《清宫珍宝皕美图》第四十八回插图"走捷径探归七件事"

崇祯本第四十八回插图"走捷径操归七件事"

《清宫珍宝皕美图》第四十四回插图 "避马房侍女偷金"

崇祯本第四十四回插图"避马房侍女偷金"

骏马百匹，形态各异。
乾隆八年（1743），奉
旨绘《十骏图》，形
态写真，表现了每匹
马的神态性格。《十
骏图》钤盖了"太上
皇帝之宝""八征耄
念之宝"的印玺。
《清宫珍宝皕美图》
卷首也盖有"八征耄

郎世宁《十骏图》之《大宛骝》

念之宝""五福五代堂古稀天子宝""太上皇帝之宝"的印玺。《清
宫珍宝皕美图》有可能是郎世宁在宫廷所绘，大约在绘《百骏图》之
后的雍正、乾隆年间，这有待进一步考察论证。

芮效卫译英文本《金瓶梅》五册（1993—2013），普林斯顿大学
出版社出版，封面彩图五幅：《应伯爵替花邀酒》《敬济元夜戏娇
姿》《西门庆官作生涯》《黄真人发牒荐亡》《潘金莲私仆受辱》，
均为《清宫珍宝皕美图》的彩图。据芮效卫的学生陆大伟说，此五幅
彩图从美国密苏里州堪萨斯市纳尔逊-阿特金斯艺术博物馆摄录（感
谢齐林涛帮助考察）。

"五福五代堂古稀天子宝"印玺　　　"八征耄念之宝"印玺　　　"太上皇帝之宝"印玺

应伯爵替花邀酒

敬济元夜戏娇姿

西门庆官作生涯

潘金莲私仆受辱

黄真人发牒荐亡

三、曹涵美画《金瓶梅全图》（1937—1942）

曹涵美，1902 年生，江苏无锡人。他与漫画家张光宇、张正宇是同胞兄弟，因过嗣给舅父，故改姓曹。孟超著《金瓶梅人物论》，有五十多幅人物图，是曹涵美之兄张光宇所画。曹涵美画过《水浒传》《红楼梦》《聊斋志异》《西厢记》《儒林外史》等连环画。1957 年，曹涵美被错划为"右派"，1959 年又被定为"反革命分子"，"文革"中受到冲击。1975 年病逝于江苏无锡，享年七十三岁。1979 年 10 月，他的冤假错案得到平反。曹涵美画《金瓶梅全图》在金学史和绘画史上都应占有一席之地。

曹涵美画《金瓶梅全图》共有两种：两集版本与十集版本。早期画的《金瓶梅》分三部分发表：（1）《金瓶梅》，刊《时代漫画》，民国二十三年（1934）二月出版；（2）《李瓶儿》，刊《独立漫画》，民国二十四年（1935）八月出版；（3）《春梅》，刊《漫画界》，民国二十五年

张光宇画《金瓶梅》人物

（1936）出版。后两种都依次插入《金瓶梅全图》中。

早期《金瓶梅全图》，共出两集，每集三十六幅。第一集民国二十五年（1936）六月一日初版，由上海时代图书公司发行。第一集有邵洵美题序、贺天健题序，并有曹涵美撰文《画金瓶梅果真低级吗?》。第二集有姚灵犀题序，曹涵美撰文《感谢诸君赐评》（1937年6月15日），文中提到"第一集出版，便同声赞美……各地来信，几无日无之"，说明第一集出版后，社会反响热烈。以下，曹涵美引述各家评论，并表达了自己的主张见解。有人评说："曹君之画，古味若唐宋人，阅者欣赏；但现代色彩，自然流露，如画地板，将木纹画出，线条太多，徒惹人目乱，改之，则全美尽善矣！"曹涵美反对"复古从旧"，"在我，非有创造，不能争胜古人"。他自云不愿重复《清宫珍宝皕美图》的画法。

姚灵犀自天津致信曹涵美，曹涵美在复信中曾说"拙作旧不入古，新不成派，非驴非马"，"惟竭尽心力，多所探讨"。曹涵美引姚氏信中观点："先生主张为画，须重含蓄，此足证高怀识渊，自是吐属不凡，深佩卓见，当为名言拜纳。"而后，曹涵美节录了自己写过的一篇文章，算作自我的表白，正面地表达自己的意见：

在我，正见到古人之画，有古人的长处，也有古人的短处。时人之画，有时人的长处，也有时人的短处。所以相信我有我自己特殊的一贯表现作风。你说我是宋元派的古画，里面却有宋元人所想不到的现代章法。你说我是现代派的新画，里面却有现代人所不屑学的宋元章法。有些，简直非宋非元，也非现代，完全出于我自己杜造：如眼角的传情，眉梢的挑语，人体的注意，纱衫的透明，角度的变化，视线的不一，把名字作图案，以春意为云烟。说非讽刺，然而脸的牛马，为何又兽又鬼？说无透视，却是景的远近，有拆有合。古人那里如此冒大不韪？

由此可知，曹涵美画《金瓶梅》虽然学古人章法，但更注意创造，古人不足处，补之；古人呆板处，活之。这不但可以帮助我们欣赏评价《金瓶梅全图》，亦可供今日插图、连环画画家借鉴。

曹涵美在早期《金瓶梅》画作基础上，采纳了来自读者的意见，重新绘作《金瓶梅全图》，今存十集五百幅，由国民新闻图书印刷公司出版。第一集民国三十一年（1942）一月初版，二月再版。卷前有包天笑《介绍〈金瓶梅〉全图》，卷末有马午《读曹涵美画〈金瓶梅〉》。

曹涵美画《金瓶梅》，于1941年开始重新画，先在报刊上连载一部分，后编集分十册在1942—1945年陆续出版。

曹涵美画《金瓶梅》不按章回，依小说内容情节人物故事。十集五百幅仅包括《金瓶梅》第一至三十六回前半内容。第五百幅画第三十六回"翟谦寄书寻女子，西门庆结交蔡状元"上半回，止于"再不，把李大姐房里绣春，倒好模样儿，与他去罢"。由此可知，曹涵

曹涵美画《金瓶梅全图》题签

203

美的《金瓶梅全图》是件未完成品，按已画内容与小说正文比较，完成品应为一千五百幅。真可谓是：兰陵笑笑生创作的是部伟大的小说《金瓶梅》，曹涵美画的是部伟大的图画《金瓶梅》。

曹涵美与 20 世纪 40 年代画《金瓶梅全图》十集五百幅与早期的《金瓶梅全图》两集七十二幅相比较有变化、有发展。早期画作重布景，多大场面，用鸟瞰透视；20 世纪 40 年代的画作重人物、重表情，用平面透视。曹涵美的《金瓶梅》画，虽用现成题材，但不附和现成题材，而能超越现成题材；虽用旧章法，而有新创造，布局奇特，一幅有一幅的情调。

曹涵美画《金瓶梅》之前，有画作《玩莲二十帧》《陈园园二十三幅》《霸王别姬》《李师师》《鱼娘哀史》等。

曹涵美《金瓶梅全图》早期作品两集七十二幅，今已不易见到。为便于读者了解、欣赏与借鉴，选印附录于后，原刊一页一幅，右图左为节录《金瓶梅》原文。另，曹涵美 20 世纪 40 年代画《金瓶梅全图》十集五百幅，每页上图下文，图侧有一句《金瓶梅》原句起标题作用，现亦选出几幅影印附录于后，以便与早期之《金瓶梅全图》做比较。

《金瓶梅全图》从何处开始，第一幅画什么人物，曹涵美是经过精心构思的，词话本第一回"景阳岗武松打虎，潘金莲嫌夫卖风月"是从武松打虎，武大、武二相会开始的。而崇祯本、张评本第一回"西门庆热结十弟兄，武二郎冷遇亲哥嫂"，是从热结十兄弟开始的。从《金瓶梅全图》引文与构图看，曹涵美是以张评本为底本改编成绘画的。两集版本第一集前二十八幅都是以潘金莲为人物中心画的，第二十九幅画金莲婆进西门庆家参拜吴月娘。

第一集第一幅为潘金莲单人画。《金瓶梅》写道："这潘金莲，却是南门外潘裁的女儿，排行六姐。因他自幼生得有些姿色，缠得一

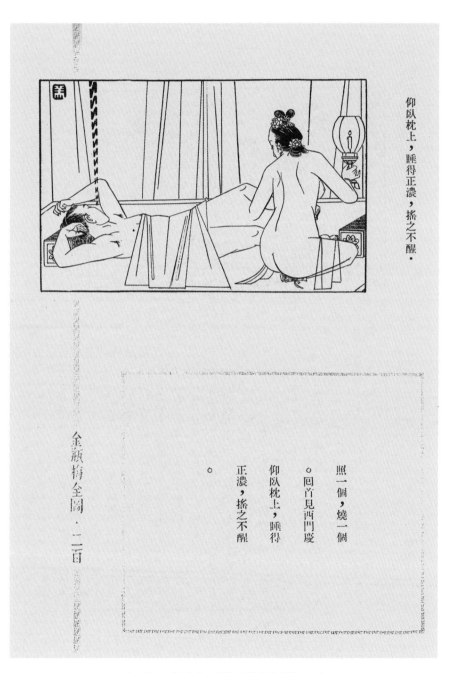

仰臥枕上，睡得正濃，搖之不醒。

金瓶梅全圖·二百

照一個，燒一個
。囘首見西門慶
仰臥枕上，睡得
正濃，搖之不醒
。

曹涵美画《金瓶梅全图》早期作品书影（一）

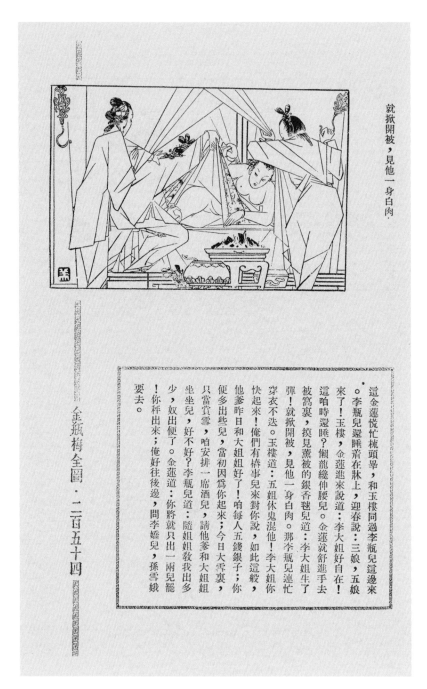

就掀開被，見他一身白肉．

金瓶梅全圖·二百五十四

這金蓮悦忙忙梳頭罷，和玉樓同過李瓶兒這邊來。李瓶兒還睡着在牀上，迎春說：三娘，五娘來了！玉樓、金蓮進來說道：李大姐好自在！這咱時還睡？懶龍繞伸腰兒。金蓮就舒進手去被窩裏，摸見薰被的銀香毬兒道：李大姐生了彈！就掀開被，見他一身白肉。那李瓶兒連忙穿衣不迭。玉樓道：五姐休鬼混他！李大姐你快起來！俺們有樁事兒來對你說，如此這般，他爹昨日和大姐姐好了！咱每人五錢銀子；你便多出些兒，當初因爲你起來，今日大雪裏，只當賞雪，咱安排一席酒兒，請他爹和大姐姐坐坐兒，好不好？李瓶兒道：隨姐姐敎我出多少，奴出便了。金蓮道：你將就只出一兩兒罷！你秤出來；俺好往後邊，問李嬌兒，孫雪娥要去。

曹涵美畫《金瓶梅全圖》早期作品書影（二）

206

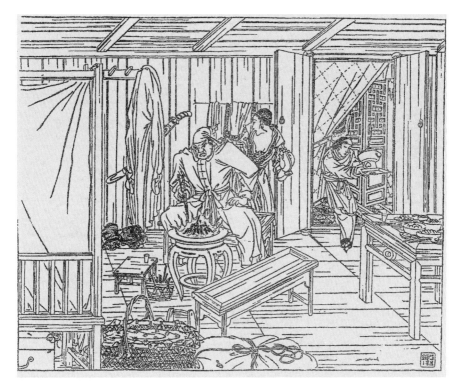

曹涵美画《金瓶梅全图》第一集之八

双好小脚儿，所以就叫金莲。"曹涵美据此画潘金莲坐在长凳上，翘起一条腿，露出一只小脚儿，以显示这一人物的这一突出特点。

　　第一集之八画武松搬到哥哥家住，武松坐火盆前拨火，潘金莲烘动春心，用手捏武松的肩，武松露出焦躁愤怒的表情，另一侧桌上摆满了招待武松的菜，迎儿正端一火锅走来，画面三个人物，有主有从，形象极为生动。

　　第一集第二十三幅，四幅图在同一页上：潘金莲手拿绣鞋打相思卦。金莲思念西门庆，内心焦躁不安，在迎儿身上发泄，赖迎儿偷吃了角儿，把小妮子跣剥去身上衣服，拿马鞭子打了二三十下。金莲手举马鞭子，作跳起动作，占画面主要位置，迎儿一条腿跪在地上，双

曹涵美画《金瓶梅全图》第一集之二十三

手捂脑袋作躲避状，地上放一屉蒸角儿。第三小幅画金莲歪在床上打盹。第四小幅画玳安骑马从金莲门前过，妇人叫玳安，问他往何处去。这四小幅画的是小说第八回开头一段的情节，画家给予了很细致的描绘。

　　第一集第二十九幅画潘金莲拜见吴月娘，金莲居于画面中心。小说从吴月娘的视角写金莲的貌美。吴月娘惊叹金莲生得这样标致，"玉貌妖娆花解语，芳容窈窕玉生香"。吴月娘把金莲从头看到脚，风流往下跑；从脚看到头，风流往上流。吴月娘心内想道："小厮每来家，只说武大怎样一个老婆，不曾看见，不想果然生的标致，怪不的俺那强人爱他。"金莲的美不但降服了西门庆这个男子，也令女人吴

曹涵美画《金瓶梅全图》第一集之二十九

月娘之辈钦佩赞叹。画家曹涵美极细心地读透了小说关于金莲美貌的强调，所以能着笔重点描画跪拜时金莲的美貌与形体的风流，虽然吴月娘坐在主位，孙雪娥、孟玉楼等站立周围，都是对金莲的陪衬与烘托，形成众星拱月之态势。《金瓶梅全图》经过画家的二度创作，使得小说的描写更加鲜明生动。欣赏《金瓶梅全图》，可以帮助读者深入小说的文本，帮助读者更形象、更生动地领悟《金瓶梅》的灵性。

　　第二十七回"李瓶儿私语翡翠轩，潘金莲醉闹葡萄架"是《金瓶梅》的名篇。《金瓶梅全图》第二集第九幅即画醉闹葡萄架。崇祯本醉闹葡萄架这幅图为刘启先刻，图右侧有刻工姓名。图中人物西门

曹涵美画《金瓶梅全图》第二集之九

庆、春梅为一方，潘金莲为另一方，西门庆对潘金莲施行性虐待。崇祯本插图摹写了小说的这一情节内容。曹涵美画私仆受辱，既借鉴了古人，又超越了古人。这幅图虽也画了西门庆、春梅为一方，潘金莲为另一方，但在形象、姿态、神情上都有独特的创造，比崇祯本的同题的图要高出一筹。图中树叶茂密，丫环在柱后以同情的眼神看着潘金莲，手中扇子滑落在地下，使读者感受到了画面显示的独特氛围。

《金瓶梅全图》一幅有一幅的情调，用旧章法有新创造。兰陵笑笑生的《金瓶梅》是部伟大的小说，曹涵美画的《金瓶梅全图》堪与《金瓶梅》原作比美。很可惜，《金瓶梅全图》是件未完成品。

　　《金瓶梅》中对性行为性爱的描写，在总体上能与人物性格刻画结合，与社会批判暴露、道德反省结合。小说性描写的深度、广度与人自身解放觉醒程度成正比。《金瓶梅》产生在理学走向崩溃的明代后期，它对性压抑、性禁锢的强烈反拨，是小说性描写发展史上的一块里程碑。从现代文化角度审视，《金瓶梅》可以说是一部古代性学的文献，可作为研究性文化的参考，也可以说是 16 世纪中国的形象的市民性行为报告。当然，《金瓶梅》中的性描写少情多欲，视女性为淫乐工具，不是互爱的与平等的，更不是和谐的与美好的。作者以菩萨心、悲愤心写人类文明时期的不文明与丑陋，否定现实，亵渎伦常，以警戒人心。但他不知道人类怎样才能美好，看不见未来。

　　崇祯本《金瓶梅》插图第八、十三、二十三、二十七、二十九、五十、五十一、五十九、六十一、七十五、七十八、八十二、九十七、九十九回均有较直露的画面，画家与刻工是摹写原作中的描写，移植改编时较少创造。而曹涵美所画有所不同，画家不回避删减，而是加以虚化，有的以帘子、纱帐相隔，产生朦胧、模糊、梦境似的效果，没有刺激性，予以不直露的艺术描画。

　　读《金瓶梅》研究文本时，又读《金瓶梅全图》，确实可以图文并茂、相得益彰。《金瓶梅全图》在 20 世纪三四十年代，在《金瓶梅》的研究与传播方面，起到了积极的作用，在《金瓶梅》研究与传播史上，可与郑振铎的《谈〈金瓶梅词话〉》（1933）、吴晗的《〈金瓶梅〉的著作年代及其社会背景》（1934）、姚灵犀的《瓶外卮言》（1940）相媲美，成为《金瓶梅》现代研究热潮中的一朵奇葩。

四、白鹭画《绘画全本金瓶梅》

　　《绘画全本金瓶梅》共二十一集：

白鹭画《绘画全本金瓶梅》人物

一、帘下勾情

二、通奸杀夫

三、偷娶金莲

四、私仆受辱

五、隔墙密约

六、情感西门

七、藏春偷情

八、生子加官

九、雪夜诉怨

十、争宠愤深

十一、惊散幽欢

十二、计害官哥

十三、大哭瓶儿

十四、梦诉幽情

十五、娇撒西门

十六、贪欲丧命

十七、热心冷面

十八、血染空房

十九、春梅得志

二十、暗续鸾胶

二十一、人绝幻度

香港民众出版社 2011 年初版。著名美术家白鹭用了长达十七年时间，采取中国传统的白描艺术，独立完成了《绘画全本金瓶梅》这一巨大工程。该书画法细腻，求真写实，技巧精湛，艺术风格独特，共有图总计三千余幅，从第一回直画到第一百回，是一部真正意义上的《金瓶梅》全图。20 世纪三四十年代之交，曹涵美画《金瓶梅全图》五百幅，仅画至第三十六回，是一件未完成品。其后一直至 20 世纪末，中国大陆、台湾、香港未有以个人力量将《金瓶梅》作品独立全部绘画完成者。曹涵美绘《金瓶梅全图》即使完成，也只有一千五百幅（按已完成的五百幅推算）。近年来，有多位画家友人有志于独立绘制《金瓶梅》，均深入研究原著，花十几年工夫酝酿构思，又充满着艺术家的激情，来从事这一伟大艺术工程的构建。白鹭是这几位画家中的代表之一。他花十几年的时间，在钻研原著、考证《金瓶梅》时代风物的基础上，对《金瓶梅》加以移植改编，从传统的文字阅读接受转换为图像视觉接受，忠实于原著主旨，凸显奇书的艺术魅力，真实地

再现《金瓶梅》的艺术世界。白鹭的《绘画全本金瓶梅》重人物性格心理刻画，重特写，重世情与性爱。读者鉴赏《绘画全本金瓶梅》，可以快速、形象、便捷地感受原著的丰富蕴涵。

兰陵笑笑生创作的是一部伟大的小说《金瓶梅》，当代画家再

白鹭画《绘画全本金瓶梅》封面

白鹭画《绘画全本金瓶梅》书影（一）

西門慶派往東京的家人回來稟告，已成功用五百兩金銀買通李邦彥大人，讓西門慶的名字從罪犯名單中去掉，西門慶心中一塊石頭，總算落地。

西門慶下令將門打開，花園照舊營造。

月娘，幸虧及時請人去打點，不然怎麼得了！

無事一身輕，西門慶又出去到街上走動，往來院中尋歡作樂。

白鷺畫《繪畫全本金瓶梅》書影（二）

215

创作的是伟大的绘画《金瓶梅》。《金瓶梅》绘画把原著形象地展示给全世界的读者，促进《金瓶梅》进一步走向世界。《金瓶梅》绘画工程，是具有世界文化意义的。英、法、日等文本的《金瓶梅》绘画，对《金瓶梅》视觉再现解读，奉献给全世界热爱真实、热爱自然、热爱生活及美感的人们，将会给西方读者提供鉴赏的方便，给世界贡献伟大的艺术珍品。

当代《金瓶梅》绘画，还有画家詹忠效的《白描精绘金瓶梅》二百幅、画家刘文嫡的《画说金瓶梅》、画家愚公的《手绘金瓶梅全图》两千零一十八幅、吴以徐绘的《金瓶梅百图》等。

胡也佛（原名胡国华，1908—1980）画《金瓶梅秘戏图》约三十

愚公画《手绘金瓶梅全图》之"定挨光虔波（婆）受贿"

愚公画《手绘金瓶梅全图》之"老王婆茶坊说技"

愚公画《手绘金瓶梅全图》之"赴巫山潘氏幽欢"

愚公画《手绘金瓶梅全图》之“杨姑娘气骂张四舅”

愚公画《手绘金瓶梅全图》之“妻妾玩赏芙蓉亭”

幅，"熟练地运用传统笔墨的功力，善于以环境景物或室内陈设一一铺叙，完全突破了统一时空的局限""状物传神""抒情达意""显现个人风格"（**沈津《〈金瓶梅〉的绘图——兼说胡也佛**》）。胡也佛曾在上海人民美术出版社工作。

胡永凯《金瓶梅一百图》（香港心源美术出版社出版）绘于20世纪90年代中期。

香港女画家关山美绘画《中国的唐璜：〈金瓶梅〉中的一段孽

胡也佛《金瓶梅秘戏图》选

恋》，画原著第十三至十九回内容，曾连载于香港的一家晚报。20世纪60年代，该书在美国出版。①

---

① 据齐林涛《〈金瓶梅〉西游记——第一奇书英语世界传播史》，载《明清小说研究》2015年第2期。

第十八章

整理校注：《金瓶梅》传播的现实走向

一、施蛰存对词话本的删节标点与姚灵犀对疑难词语的开创性注释

民国二十年（1931），《新刻金瓶梅词话》被发现。民国二十二年（1933），孔德学校图书馆主任马隅卿先生采用集资方式，以古佚小说刊行会名义影印一百零四部，引起学术界的重视，掀起了出版与研究《金瓶梅》的热潮。

1935 年 5 月，郑振铎在他主编的《世界文库》中，分册出版了《金瓶梅词话》删节本，只出到第三十三回。1936 年 9 月，施蛰存校点《金瓶梅词话》（据古佚小说刊行会影印本），列入"中国文学珍本丛书"第一辑，由上海杂志公司出版。在校点本卷末，有施蛰存写的《金瓶梅词话》（校点本）跋：

> 凡以《金瓶梅》当作淫书者，从前看旧本《金瓶梅》时，专看其描写男女狎媟之处，而情动，而心痒；闻说《词话》是其祖本，总以为《词话》中描写男女狎媟处，必更有足以动其情、痒其心者。今《词话》全书一百回出齐，吾知此人必大大失望也。盖此书非但原本并无比旧本更淫秽之处，即其同样淫

秽处，亦已经恪遵法令，删除净尽。故以淫书看《金瓶梅词话》者，到此必叫冤枉也。或曰："然则《金瓶梅词话》好在何处？"曰："好在文笔细腻，凡说话行事，一切微小关节，《词话》比旧本均为详尽逼真。旧本未尝不好，只是与《词话》一比，便觉得处处都是粗枝大叶，抵不过《词话》之雕镂入骨也。所有人情礼俗，方言小唱，《词话》所载，处处都活现出一个明朝末年浇漓衰落的社会来。若再翻看旧本《金瓶梅》，便觉得有点像雾里看花了。何也？鄙俚之处，改得文雅，拖杳之处，改得简净，反而把好处改掉了也。故以人情小说看《金瓶梅》，宜看此《词话》本。若存心要看淫书，不如改看博士《性史》，为较有时代实感也。"

中华民国二十四年十一月施蛰存书

施蛰存在跋文中肯定《金瓶梅》是一部细腻逼真描写晚明社会的人情小说，而不是"淫书"。施蛰存应上海杂志公司聘请，与阿英合编"中国文学珍本丛书"，他校点的《金瓶梅词话》即列入丛书第一辑出版。①

施蛰存在跋文中所说"旧本"，指 1916 年存宝斋出版《绘图真本金瓶梅》铅印本，蒋敦艮据张竹坡评本删改而成。1926 年，卿云图书公司出

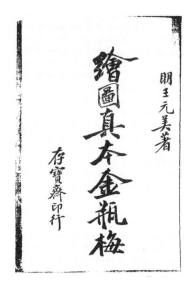

存宝斋版《绘图真本金瓶梅》内封

_____

① 以上据经施蛰存审阅的《施蛰存先生著译年表》。

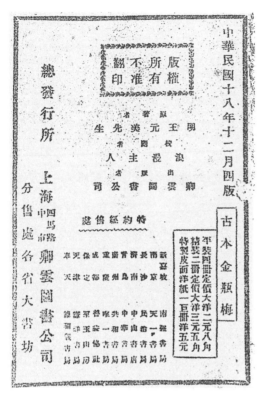

卿云图书公司版《古本金瓶梅》版权页

版《古本金瓶梅》，谎称"古本"，实际是《真本金瓶梅》的缩约本。在《金瓶梅词话》发现之前，这种本子流传甚广。

在20世纪40年代，天津书局出版了《金瓶梅》研究的第一部论文集《瓶外卮言》。姚灵犀编著，1940年8月出版。因刊印较少较早，不易见到，原刊本已很少流传。朱一玄先生把《瓶外卮言》重新校点后，收入中州古籍出版社出版魏子云著《金瓶梅词话注释》（增订本，1988年版）中，方便了读者。

《瓶外卮言》，"瓶"指《金瓶梅》，"卮言"是谦称。意思是说，这本书中所讲的，不过是关于《金瓶梅》的支离破碎之言。卮是酒器，卮言即饮酒时随意闲谈。《瓶外卮言》卷首有《江东霁月序》《魏病侠序》。辑有吴晗《〈金瓶梅〉的著者时代及其社会背景》、郑振铎《谈〈金瓶梅词话〉》、阚铎《〈红楼梦〉抉微》（《金瓶梅》《红楼梦》对比部分）、痴云《〈金瓶梅〉版本之异同》《〈金瓶梅〉与〈水浒传〉〈红楼梦〉之衍变》（前一篇未署名，后一篇云："其版本之异同，另有说见前。"疑前章亦为痴云撰）。姚氏的文章有《金红胠语》《金瓶小札》《金瓶集谚》《金瓶词曲》。《小札》引言说：

《金瓶梅》"描写明代社会情状，极为深刻，近年来明板词话本影印问世，遂为士人所注视，见卷中俚言俗语，一一拈出，考其所本，得若干条，有不能解者，则注曰待考"。《小札》注释词语约一千八百七十条，对我们今天阅读研究《金瓶梅》仍极有参考价值。下面试举几例。

词话本第五回，乔郓哥嘲武大是鸭。武大道："含鸟猢狲，倒骂得我好。我的老婆又不偷汉子，我如何是鸭?"《小札》指出："鸭若止一雄，则虽合而无卵，须二三始有子，以其为讳者，盖为是耳。……宋人讳鸭，直如今人讳龟。"

又如解"白米五百石"云："《金》书，明人所作，白米五百石，即银五百两也，犹一千一方，为刘瑾用事时贿赂之隐语也。"并引史实为据："明孝宗时，太监李广有罪自杀，上命搜广家，得纳贿簿，有某送黄米几百石，某送白米几千石。上曰：'广食几何，而多若是石?'左右曰：'黄米，金也；白米，银也。'上怒。"

再如注解"打背"云："竹坡本作'打背躬'，应作'打背公'。原书三十三回作'背工'，此当时俗语也。凡交易事，居间者索私赠，谓之'后手'，又名'打夹帐'。《醒世姻缘》一回有云：'着人往来说合，媒人打夹帐，

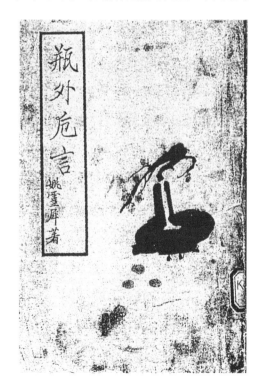

天津书局版《瓶外卮言》封面

223

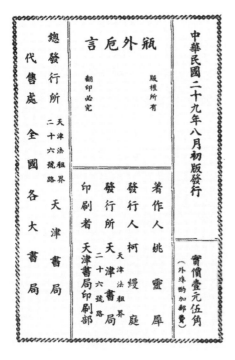

天津书局版《瓶外卮言》版权页

家人落背弓，陪堂讲谢礼。'又见《坚瓠》三集，皆一事也。两面人说两面话，于中取利，故李皂隶名外传，即里外传话之意，原书中已有解释。戏剧中扮者以袖障面，将心中事道出，曰'背工'，恐即由此而出。按《说文》'厶'为'私'之古字，故背厶为公，此适相反。"

而如注释"太太"云："职官之妻，古称郡君、县君，母则曰太君。太太者，明时部民呼有司眷属，惟中丞以上得称太太，见胡应麟《甲乙剩言》。《聊斋志异》十五卷'夏雪'条异史氏曰：'若缙绅之妻呼太太裁数年耳，惟搢绅之母，始有此称。以妻而得此称者，惟淫史（按即《金瓶梅》）中有林（王招宣）、乔（大户之婶）耳，他未之见也。'"

《小札》对"书帕""马泊六""行货""捣子""沈万三""扒灰""韶武""三寸丁""头脑酒""挨光""败缺""盖老""鸟""大虫""窠子"等的注疏与考证，对我们今天的读者读通《金瓶梅》，仍有帮助。

《小札附言》说："以上小札皆信手笺于书眉，难解之处所不能免，亦有可以意会而无法解释者，挂漏遗讯，惟有俟再版时改正。"《集谚》后有一则说明："俟有增补订正时再将《金瓶梅》之批评，前人记述，西门庆、潘金莲之纪事年表，书中人名表，书中时代宋明事故对照表，暨金瓶梅写春记、词话本删文补遗等，一并付刊，以成完璧。"至今未见有《瓶外卮言》之增订本出版。

1967 年香港重印《瓶外卮言》时，更名为《〈金瓶梅〉研究论集》。魏子云先生编撰《金瓶梅词话注释》（台湾增你智文化事业有限公司 1980 年版）引用了姚氏《小札》。魏氏《注释》后引述姚氏写"纪事年表"等后说："但均未见，不知有否完成？迄未获知。"《瓶外卮言》的初版本今已不易见到。

前人关于《金瓶梅》研究的资料，是我们今天研究的借鉴、凭据。我们对他们的贡献应给予历史的肯定。

二、改革开放新时期，《金瓶梅词话》校点本、校注本的出版

人民文学出版社 1985 年 5 月出版了戴鸿森校点本，平装上、中、

戴鸿森校点本《金瓶梅词话》封面　　　　戴鸿森校点本《金瓶梅词话》内封

下三册，列入"中国小说史料丛书"，以 1957 年文学古籍刊行社影印《金瓶梅词话》为工作底本。此影印本据古佚小说刊行会影印本再影印的。第五十二回缺失的两叶，据日本大安株式会社 1963 年影印本配补。全书删掉一万九千一百六十一字，在各回删节处的页下注明删去字数。初版印一万部，专业对口控制发行。

在老一辈古典文学专家张友鸾、周绍良的帮助下，戴鸿森用多年时间，做了艰苦细致的校点工作，每回后附有校记。

在改革开放新时期的初年，此整理本的出版，有重要历史意义。它给《金瓶梅》其他版本的整理出版开启了先路，打开了一个禁区，促进了文化出版界、学术研究界的思想解放，是学术出版史上一个鼓舞人心的重要事件。1957 年，人民文学出版社下属的文学古籍刊行社影印出版了《金瓶梅词话》（限定级别控制发行）。《金瓶梅词话》整理本出版，是以上这一重视古典文学名著研究出版举措的继续。

改革开放历史新时期，以《金瓶梅词话》整理本出版为先导，逐步掀起了《金瓶梅》研究的热潮，取得了丰硕的研究成果。

限于当时的学术条件，校点工作也有不足之处。（1）《金瓶梅》崇祯本是据词话本评改的，评改者之功大于过，但也有错改之处，在校点时，崇祯本只能作他校之参照。据崇祯本改词话本的字词，容易产生以误改正的问题。如：第二十五回，戴校本第 305 页，"不曾你贪他这老婆"，"不曾"以否定词表肯定义，在词话本中多有，不应据崇祯本改"不曾"为"不争"。第六十一回，戴校本第 834 页，"姜汁调着生半夏"，词话本作"人言调着生半夏"，"人言"即信石，砒霜之别称，不应据崇祯本改"人言"为"姜汁"。（2）应校改而未改，如第七回，戴校本第 80 页，"都来做生日"，词话本、崇祯本、张评本均误，据前后文意，应作"做三日"。（3）由于当时对性描写文字在词话本中的文学意义、性文化研究价值研究不够，删减文字过多，有的删减之处影响了文意的贯通。

人民文学出版社于 1989 年 7 月重印戴鸿森校点本《金瓶梅词话》，两册精装本。

人民文学出版社 2000 年 10 月出版《金瓶梅词话》校注本，列入"世界文学名著文库"。陶慕宁校注，宁宗一审定，精装上下两册，校注参考了戴鸿森校点本《金瓶梅词话》。全书删掉四千三百字，注释、校记、注明删文字数均排印于页下。

白维国、卜键校注本《金瓶梅词话校注》封面

《金瓶梅词话校注》，白维国、卜键校注，岳麓书社 1995 年 8 月出版，分装四册。校点以日本大安株式会社影印本为工作底本，有删节。注释详细，多者一回有三百多条。注释详明，可与北京师范大学出版社出版的张俊等注《红楼梦》校注本相媲美。

《梦梅馆校本金瓶梅词话》，梅节校订，陈诏、黄霖简明注释。梅节校点本，由香港星海文化出版有限公司 1987 年 8 月初版，书后附有校点者主编《金瓶梅词话辞典》。梅节校点本前言曾刊于《吉林大学社科学报》1988 年第 1 期。1993 年完成第二次校订，出版重校本《金瓶梅词话》。1999 年完成第三次校订。2012 年 7 月，由台湾里仁书局出版修订版，精装三册。笔者在《读〈金瓶梅词话辞

香港星海文化出版有限公司版《梦梅馆校本金瓶梅词话》封面

《梦梅馆校本金瓶梅词话》封面

典〉札记》中评道：

> 校点者解决了一些疑难、讹误，提出了若干重要的学术问题，发表了独到见解。全校本的出版，是对《金瓶梅》研究的新贡献，继人民文学出版社出版的《金瓶梅词话》整理本、齐鲁书社出版的张竹坡评点本之后，将会进一步促进《金瓶梅》学术研究的进行。

双舸榭重校评批《金瓶梅》，卜键点评。在《校点凡例》中说明"本书以《金瓶梅词话》为底本"，有删节。全五册，作家出版社

2010年1月出版，内部发行。卜键花费了五年时间，在前人成果基础上，细读文本，逐回评批，提供了一部新时期的评点本。

刘心武评点《金瓶梅》上、中、下三册，漓江出版社2012年11月出版，删节约一万零二百三十五字。评点多发作家感悟性之语，与清代的金圣叹有相似之处，少有概念、教条之言，在学术范围内发言，不与现实直接挂钩，但深层仍有现实关怀在内。刘心武在《评点金瓶梅序》中认为：

卜键点评《双舸榭重校评批金瓶梅》封面

"《金瓶梅》在驾驭人物对话的语言功力上，往往是居《红楼梦》之上的。""比《红楼梦》早二百年左右出世的《金瓶梅》呢？我以为已是一部不仅属于我们民族，也更属于全人类的文学巨著，而且，在下一个世纪里，我们有可能更深刻地意识到这一点，尤其是，有可能悟出其文本构成的深层机制，以及时代与文学、环境与作家间互制互动的某种复杂而可寻的规律，从而由衷地发出理解与谅解的喟叹！"

《全本详注金瓶梅词话》，白维国、卜键校注，人民文学出版社2017年11月出版，2020年9月进行第二次印刷。本书以大安株式会社影印本为工作底本，覆校以台北联经出版公司朱墨本及文学古籍刊行社影印本。参考了近人校点的词话本，还参考了齐鲁书社排印本《张竹坡批评第一奇书金瓶梅》（1987年）和《新刻绣像批评金瓶梅》（1989年）。

《全本详注金瓶梅词话》书影

校勘以本校为主，不轻易以崇祯本或张评本改动词话本。反映作品方言特点的假借字、俗体字是研究《金瓶梅》语言特色的材料，予以保留，不加改动。注释力求简明详实，多者一回达 384 条。对注释，校点者下了很大的功夫，对原书中涉及的典章故实、职官称谓、释道方术、风俗游艺、建筑陈设、服饰饮食、医药生物、方言俗语等均加注释。

《全本详注金瓶梅词话》分装六册，布面精装，是在岳麓书社 1995 年出版《金瓶梅词话校注》基础上的增补修订本，是对初版的全面整修。该书将在初版中删节的性描写文字全部辑入，是《金瓶梅》出版史上又一次的重要突破。1989 年，齐鲁书社出版了《新刻绣像批评金瓶梅》（崇祯本）会校全本，是中华人民共和国成立后首次出版《金瓶梅》排印本足本，受到研究者的欢迎。《全本详注金瓶梅词话》的出版，会进一步促进《金瓶梅》学术研究的深入。

由于工作底本大安株式会社影印本、台北联经出版公司朱墨本、文学书籍刊行社影印本均有失真之处，此《全本详注金瓶梅词话》也有失真之处。如第 27 回（第 828 页）"遂轻轻抱出，到于葡萄架下，咲道"，北平图书馆购藏本作"笑道"。"坐在只枕头上"，北平图书馆购藏本作"坐在一只枕头上"。第 27 回第 829 页"你不知使了其么行子"，北平图书馆购藏本"其"作"甚"。由于客观条件限制，本《全本详注金瓶梅词话》未能以北平图书馆购藏本为工作底本，是一大遗憾。

关于《金瓶梅词话》的整理校注，笔者有如下几点感言：

第一，崇祯本评改者不熟悉《金瓶梅词话》的基础方言，有些地方错改，或把甲地方言词语改为乙地方言词语，或对完整通顺的语句删改得不完整、不通顺。词话本的校点，不可轻易以崇祯本为据而改动词话本原文词句。

第二，只要我们弄懂读通词话本原文，大体上说，词话本的文词还是通顺的、明白的。往往因为我们暂时未弄懂原文句意，误以为不通或误刻。词话本在写人物对话时，特别注意口语化，人物语言有自然、质朴、原生态、鲜活的特点。因作者注意摹写口语，显得不够精练、准确，像带毛刺的胚子。如果我们校点时，主观地把毛刺刨光，那就失去了词话本原有的语言特色。校点以精校少改、悉存本真为上策。

第三，为了存真，除判定为明显的误刻可以径改外，词话本校点一般不要径改。有疑问之处，可以加注、加校记说明，供读者参考。已经做的整理校点工作，其成绩与失误，都是《金瓶梅》基础性研究的宝贵财富。

三、《金瓶梅》张竹坡评本的整理校注出版

《张竹坡批评第一奇书金瓶梅》校点本，齐鲁书社 1987 年 1 月出版，精装上下册。

20 世纪 80 年代初，为适应学术研究的需求，齐鲁书社提出出版张竹坡评本的申请报告，国家出版局下达〔86〕出版字第 456 号文件："《金瓶梅》版本繁多，张竹坡评本《第一奇书金瓶梅》在体裁、

回目、文字上自成特色，具有一定的学术参考价值，经研究，同意齐鲁书社出版王汝梅的整理删节本。"张评本的整理校点，校点者经过五六年时间，做了多方面的学术准备。

首先，笔者在 1980 年撰《评张竹坡的〈金瓶梅〉评论》，提交在武汉东湖宾馆召开的中国古代文论学会第二届年会，会后载《文艺理论研究》1981 年第 2 期。该文初步考证了张竹坡生平，肯定地评价张竹坡在小说理论上的贡献。这促进了《张氏族谱》的发现，族谱内有张道渊撰《仲兄竹坡传》，具体记叙了张竹坡评点《金瓶梅》的过程与宗旨，有力地破除了张竹坡评点《金瓶梅》的怀疑论。

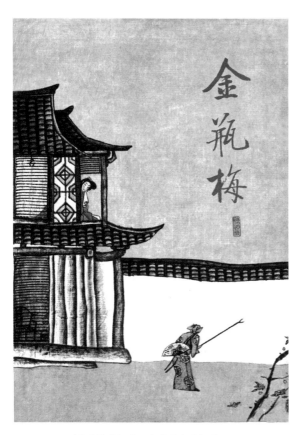

《张竹坡批评第一奇书金瓶梅》封面

其次，1985 年 12 月，经过一年的搜集整理，笔者与侯忠义合编的《〈金瓶梅〉资料汇编》由北京大学出版社出版，辑录张竹坡评点《金瓶梅》的总评、读法、回评及生平资料。

再次，笔者到有关图书馆考察张竹坡评本的木刻本，确认吉林大学图书馆藏"本衙藏板翻刻必究"版本为张竹坡评本康熙年间原刊本（修订本），并发现了大连图书馆藏本，在《寓意说》中多出二百二十七字的刊本为张评本的初刻本。校点本以吉林大学图书馆藏本为底本，参校了大连图书馆藏本。

最后，笔者考察了张评本原刊本、初刻修订本、有回前评与无回前评本之间的关系，为张评本的校点打下了坚实的学术基础。

2011年9月，原新闻出版总署出版管理司发文同意齐鲁书社重印《张竹坡批评第一奇书金瓶梅》（校点本）。校点者对1987年版做了适当修订。该书附有《修订后记》，向读者说明修订情况。本次重印增补了个别不应删节的文字，使文句更加贯通。

《金瓶梅会评会校本》，中华书局1998年3月出版，上、中、下三册，秦修容整理。卷前《整理说明》说："本书以张评本为底本，以词话本、崇本为校本，进行会评会校工作"，"本书将崇本评语和张本评语会辑一处，插入正文之中，是为会评"，"今存数种崇本中，刊入的评语虽绝大部分相同，但仍存在一些数量和文字上的差异。张本的情况也与之类似。本书会评以内阁文库藏本和中华书局藏本为主，凡此本阙而它本存的评语也一并收录"。

整理者针对崇祯本、张评本文字上有差异，评

《金瓶梅会评会校本》封面

语数量、位置、类型不同，而又要辑录在一个底本上的情况，确定了解决的办法，确立了整理的原则。这需要花费很大的力气，是一项艰难繁重的整理工作。

　　整理者还通校了词话本、崇祯本和张评本，撰写了详细的校记，置于全书之后，为读者了解三系版本的差异提供了方便。对所删节的文字字数，于当页页下注明。

　　《会评会校金瓶梅》，刘辉、吴敢辑校，香港天地图书有限公司1998 年初版，2010 年 5 月修订版。2012 年 9 月修订本第二版，吴敢撰《三版后记》，介绍了张竹坡与《金瓶梅》研究情况、会评会校工作过程、三版的勘误修订、附录的调整。该书卷首有徐朔方撰写的序文、刘辉撰写的前言，在《凡例》中说明以首都图书馆藏《皋鹤堂批评第一奇书金瓶梅》为底本。该书汇辑了《金瓶梅》崇祯本、张竹坡评本、在兹堂本文龙评三家的评语，是明清评点家评语集大成的整理本。中华书局版《金瓶梅会评会校本》未辑入在兹堂本文龙评语。

　　该书附录四种，附录一为明清时期《金瓶

《会评会校金瓶梅》封面

梅》序跋，附录二为张竹坡评点的总评各篇与《读法》一百零八条，附录三为刘辉撰论文两篇，附录四为吴敢撰《张竹坡传略》《张竹坡年谱》《张竹坡金瓶梅评点概论》《张竹坡研究综述》。

《皋鹤堂批评第一奇书金瓶梅》校注本，王汝梅校注，国家新闻出版署图管字〔93〕第58号文件批准，吉林大学出版社1994年10月出版，繁体竖排。以吉林大学图书馆藏《皋鹤堂批评第一奇书金瓶

《皋鹤堂批评第一奇书金瓶梅》校注本封面

梅》为底本，与《金瓶梅》几种主要版本参校，每回之后有注释、校记。本书注释范围，大体包括文本涉及的方言、市语、职官、服饰、器物、饮食、游艺等，结合校勘，注意语境，联系上下文意，予以简明注释。

大连图书馆藏《皋鹤堂批评第一奇书金瓶梅》总评中的《寓意说》最后多出二百二十七字，为其他张评本所无。该校注本据大连图藏书馆本排印补入此段文字。

该校注本前言第二部分《张评本：新的发现、新的探索》认为，大连图书馆藏本为张竹坡于 1695 年刊刻的初刻本。吉林大学图书馆藏本为据初刻修订后的覆刻本，修订刊刻者为张竹坡的弟弟张道渊。

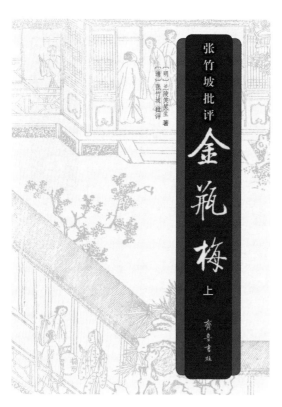

《张竹坡批评第一奇书金瓶梅》于 1987 年 1 月由齐鲁书社出版，促进了改革开放新时期的《金瓶梅》研究，产生了良好的社会影响。原新闻出版总署出版管理司出版管字〔2011〕1910 号文档批准齐鲁书社重印张竹坡评点本。校点者对 1987 年版做了适当的修订。

初刊本为保持张评康熙刊本原貌，原可校改的字未改。本次重印以参校本为据，对应校

《张竹坡批评金瓶梅》书影

改的字加以改动，使文意更为通顺。如：第七回"做生日"，据前后文意，校改为"做三日"。古时新妇过门第三日，吃会亲酒，拜认亲眷，开始做家务。第十五回"蹴鞠齐眉"，词话本作"蹴鞠齐云"，齐云社，古时园社的球会组织，本次重印，校"眉"为"云"。

关于插图，该书重印，不再用今人新绘图，而是选用古代版本原图。本次重印择优选取天津图书馆藏崇祯本插图三十二幅影印。

该书底本为吉林大学图书馆藏"本衙藏版翻刻必究"康熙年间刊本，缺"第一奇书目"，该书第二版据大连图书馆藏本增补《第一奇书目》，列为附录。张竹坡认为全书一百回是两对章法，一回前后两事，合其目为二百件事（见《读法》之八）。依此，将一百回繁目缩为简目，并有评语。本次重印，把此篇排在《批评第一奇书金瓶梅读法》之后，为总评中的一篇。

该修订版双色印制，评语一律为红色，2014 年 12 月出版，卷末有王汝梅所撰《修订后记》。

四、《金瓶梅》崇祯本的整理与出版

《新刻绣像批评金瓶梅》会校本，经原国家新闻出版署〔88〕602号文件批准，由山东齐鲁书社 1989 年 6 月出版，向学术界发行。1990 年 2 月，由三联书店（香港）有限公司和齐鲁书社联合重印，在海外发行。该书是新中国成立后第一次繁体直排崇祯本足本，是文化出版史上的一件盛事，在海内外产生了较大影响。美国哈佛大学学者指出："这个本子校点精细，并附校记，没有删节，对于绣像本《金瓶梅》研究十分重要。"（田晓菲《秋水堂论〈金瓶梅〉·前言》）

是书的整理工作，得到了吴晓铃先生、朱一玄先生的指导，得到了北京大学图书馆、天津图书馆、上海图书馆、吉林大学图书馆、大

《新刻绣像批评金瓶梅》会校本封面

连图书馆的支持。时任齐鲁书社社长赵炳南、总编辑孙言诚、文学编辑室主任闫昭典和吉林大学王汝梅教授通力合作，搜集版本，查阅文献，足迹遍及全国，在较短时间内完成了整理校点。

王汝梅撰写前言，论证了崇祯本与词话本关系，崇祯本版本特征类别及相互关系，评语在小说批评史上的重要地位。

2014年3月，三联书店（香港）有限公司出版了会校本的修订版，卷末附有《修订后记》。

《新刻绣像批评金瓶梅》，以内阁文库藏本为底本，张兵、顾

《新刻绣像批评金瓶梅》会校本内封

越校点，黄霖审定。收入《李渔全集》第十二、十三、十四卷，浙江古籍出版社1991年8月出版。

有学者认为崇祯本评改者是李渔。黄霖在该书《点校说明》中说："仅于首图本见有回道人的题诗来说明李渔是崇祯本改定者的理由尚嫌不足。"对"李渔评改《金瓶梅》"之说持有保留意见。不因崇祯本《金瓶梅》辑入《李渔全集》而附和未作定论的判断，这是一种可贵的实事求是态度。黄霖在近著《〈金瓶梅〉演讲录》中用了较大篇幅论证李渔不是《金瓶梅》崇祯本评改者。

黄霖指出："内阁本本身也非崇祯本的初刻本。"内阁本第五十九回缺一叶。天一出版社影印本第四十二至四十三叶码连排，第四十二至四十三叶之间缺一叶。该排印本已配补。此后，黄霖费多年心血汇

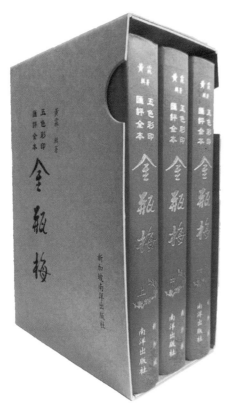

黄霖辑著《五色彩印汇评全本金瓶梅》书影

集诸家评语，2021 年 6 月于新加坡南洋出版社出版《五色彩印汇评全本金瓶梅》（上、中、下），小 16 开本，是首次五色彩印古典文学，汇集所有主要传本批点。该书在《金瓶梅》出版历史上具有重大意义，被读者称为"五彩金"。

改革开放新时期以来，在马克思主义指导下，在国家新闻出版主管部门大力支持下，《金瓶梅》的整理校注会评会校本出版了约十五种之多（加上影印本），真可谓是繁荣昌盛的三十年，基本上满足了学术研究的需求。这为进一步探索《金瓶梅》的艺术奥秘，打下了坚实的基础。诚如黄霖教授所说："今后《金瓶梅》的研究将永远是春天。"

第十九章

《金瓶梅》走向世界

一、《金瓶梅》在德文、英文、俄文与法文世界的翻译与传播

加布伦兹德译本是《金瓶梅》国外译本的第一个节译本。

《金瓶梅》德文翻译完成于1862—1869年，由加布伦兹父子翻译，前后用了八年时间。德文译本的底本是满文本《金瓶梅》，四十八册，一百回。满文本《金瓶梅》刊行于康熙四十七年（1708）。加布伦兹父子对满文比汉文更为熟悉。满文是清王朝对外交往中的官方语言，满语语言结构更接近印欧语系。在翻译《金瓶梅》的同时，康农·加布伦兹还编纂了一部《德满字典》，翻译完成后，又编写了一部《满语俗语》手稿。加布伦兹译本采用直译方式，其翻译忠实于原文，是一部具有较高水准的译本。

1998年，嵇穆教授最早发现加布伦兹译稿的手稿，并进行手稿的整理与研究。2005—2013年，其整理稿陆续由柏林国家图书馆刊行。嵇穆生于1930年，是德国著名满学家和汉学家，德国科隆大学、慕尼黑大学教授。

《金瓶梅》德文译本还有祁拔兄弟译本和库恩译本。祁拔兄弟译本，六卷全译本，由瑞士天平出版社出版。弗朗茨·库恩的节译本《西

Hans Conon von der Gabelentz (1807-1874)

Jin Ping Mei

Chinesischer Roman
erstmalig vollständig ins Deutsche übersetzt

Kapitel 1-10

Herausgegeben und bearbeitet von
Martin Gimm

Mit einer Vorbemerkung von
H. Walravens

Staatsbibliothek zu Berlin

2005

《金瓶梅》加布伦兹德文译本序书影

门庆和他的六个妻妾的故事》，1950 年由德国英泽尔出版社出版。①

　　美国芮效卫教授英译全本《金瓶梅词话》，共分五卷：第一卷

---

　　①　以上材料引自苗怀明、宋楠《国外首部〈金瓶梅〉全译本的发现与探析》，李士勋《关于〈金瓶梅〉德文全译本——译者祁拔兄弟及其它》。

242

芮效卫英文全译本《金瓶梅词话》书影

《会聚》，出版于 1993 年；第二卷《情敌》，出版于 2001 年；第三卷
《春药》，出版于 2006 年；第四卷《高潮》，出版于 2011 年；末卷
《离散》，2013 年在普林斯顿大学出版社出版。每卷译文都附有尾注、
参考文献、词语索引。齐林涛认为，芮效卫的译本"乃是《金瓶梅》
在英语世界的第一个全译本"（见《〈金瓶梅〉西游记——第一奇书
英语世界传播史》）。

《西门庆传奇》，《金瓶梅》的英文节译本，译者 Chu Tsui-Jen，

1927年出版于纽约。译文共十九
章，配有女画家克拉拉·泰斯所画
黑白插图八幅。出版方限量发行。

1939年，有两种《金瓶梅》
英译本在伦敦出版：克莱门特·埃
杰顿的全译本《金莲》，伯纳德·
米奥尔的节译本《金瓶梅：西门
庆与六妻妾奇情史》。为了翻译
《金瓶梅》，埃杰顿到伦敦大学东
方学院学习汉语，认识了时任汉
语讲师的老舍，向老舍学习汉语。
老舍帮助埃杰顿翻译。译本《金
莲》于1939年7月出版。卷首扉
页上印有译者献辞"献给舒庆春，我的朋友"。在《金莲》的译者说
明中写道："没有舒庆春先生慷慨不倦相助，我可能根本就没有勇气
翻译此书。翻译工作开始时，他是东方学院的中文讲师。对于他的帮
助，我将永远心存感激。"《金莲》译本由罗特莱基出版社出版。译
本以张竹坡评本为底本，性描写文字以拉丁文翻译。人民文学出版社
2008年出版《金瓶梅》汉英对照本，英文采用埃杰顿的译本。

1939年，伦敦鲍利海出版社出版伯纳德·米奥尔的《金瓶梅》节
译本，共四十九章，卷首有汉学家阿瑟·韦利撰写的前言，介绍了小
说的版本、作者、时代背景、文学价值。

1953年，环球出版发行公司出版英译《西门府妻妾成群》，该书
是米奥尔译本的节译。

2008年，丝绸塔出版节译本《金瓶梅》，是1953年出版《西门府
妻妾成群》的翻版。

美国塔托出版公司发行《中国的唐璜：〈金瓶梅〉中的一段孽恋》连环画英译本封面

1965年，美国加利福尼亚布兰登书屋发布一个所谓新译本《爱欲塔：西门与六妻妾艳史》，此译本附著名心理学家阿尔伯特·艾利斯所作前言。译本未注明译者。

1960年，美国塔托出版公司发行《中国的唐璜：〈金瓶梅〉中的一段孽恋》连环画英译本。文字译者塞缪尔·巴克，绘画作者是香港女画家关山美。绘画情节涵盖原著第十三至十九回。①

雷威安《金瓶梅》法文全译本，译者把《金瓶梅词话》译为十部分：（一）《金莲》；（二）《瓶儿》；（三）《惠莲》；（四）《王六儿》；（五）《渎职》；（六）《少爷之死》；（七）《枕边的幻想》；（八）《西门庆暴亡》；（九）《善有善报，恶有恶报》；（十）

①　以上摘引自齐林涛《〈金瓶梅〉西游记——第一奇书英语世界传播史》，载《明清小说研究》2015年第2期，谨表谢意。

马努欣俄文译本《金瓶梅》书影

《土崩瓦解》。1984 年在巴黎出版。雷威安 1925 年出生在天津市，在中国生活了十二年，1937 年返回法国，1974 年获博士学位，曾任波多尔大学中国语文系教授、巴黎第七大学中文系教授。雷威安的《金瓶梅》译本忠实于原著，颇受西方中国古典文学史家和法语读者欢迎。译本卷首有法国学者艾金布勒撰写的前言。

1977 年，《金瓶梅》俄文译本第一次在苏联发行，第一版印刷五万部，受苏联汉学家和文学爱好者欢迎。《金瓶梅》俄文本出版被看作是苏联出版界的一件大事。苏联汉学家认为《金瓶梅》是中国文学史上"艺术认识发现"的一个新阶段。俄文译者马努欣花了二十年时间，根据《金瓶梅词话》翻译。李福清为俄译本写了序言。

二、《金瓶梅》在日本、越南、韩国的翻译与传播

1941年，在日本日光山轮王寺慈眼堂发现了《新刻金瓶梅词话》（与在 1931 年山西介休发现的《新刻金瓶梅词话》版式相同）。在 20 世纪 60 年代初，日本山口县德山毛利就举氏家中又发现一部《新刻

金瓶梅词话》。日本内阁文库藏
《新镌绣像批评原本金瓶梅》，于
正保元年（1644）入藏红叶山文
库。其后，《彭城张竹坡批评金
瓶梅第一奇书》（牌记署"本衙
藏板翻刻必究"）张竹坡评点本，
约在正德三年（1713）年传入。
从正德五年（1715）到安政二年
（1855）《金瓶梅》舶载情况和书
目来看，在一个世纪内，《金瓶
梅》各种版本传入日本共有二十
一部之多。

日本日光山轮王寺慈眼堂藏《新刻金
瓶梅词话》封面

　　江户时期的全译本《金瓶
梅》，以张竹坡评本为底本，译者荷塘一圭，历时五年译完。江户末
期，小说家曲亭马琴有改写本《新编
金瓶梅》。明治十五年（1882），有
《原本译解金瓶梅》，译者松村操（？
—1884），以张评本为底本，仅刊出
不足十回。

　　小野忍、千田九一译《金瓶梅》
先后于 1959—1960、1972、1973—
1974 年，由东京平凡社、东京岩波书
店出版。小野忍（1906—1980），1906
年生于东京都，毕业于东京大学文学
部支那文学科，曾任和光大学教授。
小野忍撰《〈金瓶梅〉解说》，载 1967

小野忍、千田九一日文译本《金瓶
梅》书影

年东京平凡社刊"中国古典文学大系"本《金瓶梅》上卷卷末。

《金瓶梅》越南译本 1969 年 8 月在西贡出版，昭阳出版社发行，阮国雄译。陈益源教授曾指出越译本所据"当系近现代中国坊间排印《古本金瓶梅》之流的删节本。后人伪托的序跋，译者似乎信之不疑"（《〈金瓶梅〉在越南》）。1989 年 1 月，河内社会科学出版社依据 1969 年译本刊行《金瓶梅》，原著作者被改成"笑笑生"，托名袁枚的跋被删除，内容按阮国雄译本刊印。

《金瓶梅》于朝鲜中期以后传到朝鲜半岛，但直到 20 世纪 50 年

昭阳出版社版《金瓶梅》越译本封面、封底　　河内社会科学出版社版
《金瓶梅》越译本封面

代才开始出现翻译本。全译本具有一百回完整回目，具备首尾完整情节，有如下译本：

（1）金东成译《金瓶梅》，三册，乙酉文化社 1962 年出版。底本为张竹坡评本系统。

（2）赵诚出译《金瓶梅》，六册，三星出版社 1971、1993 年出版，译本卷首译序未说明所据底本，第一回回目译文来自词话本。

（3）朴秀镇译《金瓶梅》，六册，青年社 1991—1993 年出版，底

本据香港太平书局版《全本金瓶梅词话》。

（4）康泰权译《完译〈金瓶梅〉：天下第一奇书》，十册，松出版社 2002 年出版。①

1939 年，老舍先生在伦敦大学东方学院辅导埃杰顿翻译《金瓶梅》，成为《金瓶梅》传播史上的佳话。《金瓶梅》从 18 世纪中叶即传播到国外，迄今已有德、英、法、俄、日、韩、越等十几种语种译本或节译本。据雷威安法译本《导言》，此书发行量达二十万册以上。1985 年，法译本《金瓶梅》出版，法国总统专门为之发表讲话，文化部出面举行庆祝会，称《金瓶梅》在法国出版，是法国文化界的一件大事。1983 年，美国印第安纳大学主办了《金瓶梅》国际学术研讨会。1989 年 6 月，在中国召开了首届国际《金瓶梅》学术研讨会。《金瓶梅》已跻身世界文学之林，属于全人类的文学巨著。海内外"金学"家正在密切合作，《金瓶梅》已阔步走向世界，成为中外文化广泛交流的对话热点。

---

① 以上据〔韩〕崔溶澈《〈金瓶梅〉韩文本的翻译底本及翻译现状》，见《2012 年台湾〈金瓶梅〉国际学术研讨会论文集》，台湾里仁书局 2013 年版。

第二十章

《续金瓶梅》《三续金瓶梅》

一、《续金瓶梅》的刊本与抄本

《续金瓶梅》，由丁耀亢自刊于顺治十七年（1660），写成于顺治年间任容城教谕之时。康熙四年（1665）八月，丁耀亢因著《续金瓶梅》致祸下狱，至冬蒙赦获释，计一百二十天。"著书取谤身自灾，天子赦之焚其稿。"（《七戒吟》）《续金瓶梅》刊行后不久即遭禁毁，顺、康之际原刊本极罕见。傅惜华原藏顺治刊本，图与正文有残缺。

刊本题署"紫阳道人编，湖上钓史评"，插图记刻工王滨卿、刘孝先、黄顺吉等人姓名，插图自第三十回以下共存图三十幅，雕绘精致。全书十二卷，六十四回。卷首有天隐道人《续金瓶梅序》、南海爱日老人题《序》、西湖钓史《续金瓶梅集序》、《续金瓶梅后集凡例》、《续金瓶梅借用书目》五十九种。还有丁耀亢撰《太上感应篇阴阳无字解序》《太上感应篇阴阳无字解》。

山东省图书馆藏抄本三部，其中一部为莒县庄维屏旧藏，此为原抄本，或者就是稿本。顺治刊本是以此抄本为底本刊印的。

庄氏原藏抄本与顺治刊本有不同之处。如第十六回回首诗与刊本不同，刊本缺开头一段议论文字。庄氏原抄本回首诗：

續金瓶梅後集卷一

廣仁品

第一回

普淨師超劫度寃魂　眾孽鬼投胎還宿債

紫陽道人編
湖上釣史評

大方廣佛華嚴經

如來廣大目　清淨如虛空○

一切悉明了○　佛身大光明　普現諸眾生○

處處現前在　遍照於十方

普遊觀此道○　佛身如虛空

續金瓶梅　第一回　一

《续金瓶梅》第一回首半叶书影

251

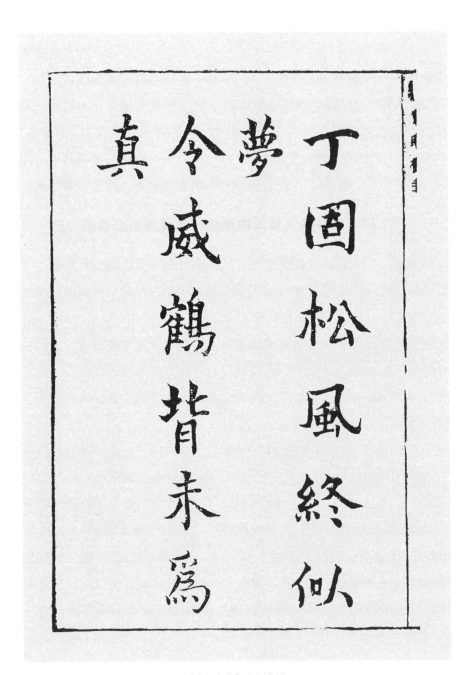

《续金瓶梅》题词书影

好把良心莫乱行，前生造业及今生。

休倚我贵将他贱，才说他贫到我贫。

世事循环人难料，劝君何必苦劳心。

人间善恶无果报，天理何曾放一人！

刊本回首诗：

林中百舌声仍乱，洞里新桃花又疏。

芳草归朝今尚尔，美人颜色近何如？

夏侯得似应传业，詹尹无心为卜居。

最是深山鸿雁少，一春犹沮上林书。

显然抄本回首诗与小说主旨更相符合。

庄氏旧藏抄本天隐道人序后有两方印章："天隐""方外"。南海爱日老人序后有一方印章："默庵"，书口有"续金瓶梅范序"，由此可知"南海爱日老人"即范默庵。《太上感应篇阴阳无字解》后有两方印章："丁耀亢印""令字西鹤"。

此种珍贵抄本何以流传到莒县庄氏，值得研究。据丁耀亢《出劫纪略》中的《航海出劫始末》《从军录事》可知：崇祯十七年甲申（1644），莒州豪侠之士庄调之欲报官军"攻杀土贼"之仇。丁耀亢劝他不要杀戮村民，为之献计说："借南兵以勤王为名，不杀不掠，此明太祖所以定天下也。"并表示与他一起行动，因之痛饮高歌，与盟而散。说明此时丁耀亢与庄氏建立了友谊。入清之后，不知丁耀亢与庄氏又有何交往，为何《续金瓶梅》之最初抄本落入庄氏后裔之手。

《续金瓶梅》顺治刊本扉页题《续编金瓶梅后集》，在这题目左侧有介绍创作宗旨一段文字：

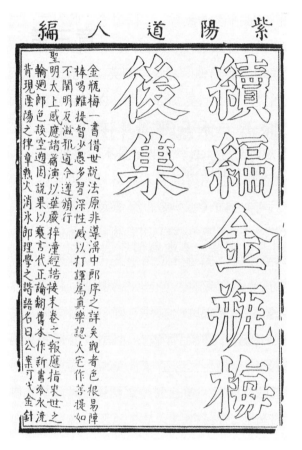

《续编金瓶梅后集》刊本扉页书影

《金瓶梅》一书，借世说法，原非导淫，中郎序之详矣。观者色根易障，棒喝难提，智少愚多，习深性灭，以打诨为真乐，认火宅作菩提，如不阐明，反滋邪道。今遵颁行圣明太上感应诸篇，演以华严梓潼经诰，接末卷之报应，指来世之轮回……以亵言代正论，翻旧本作新书……名曰公案，可代金针。

此段文字，可视为作者的自序。丁耀亢给《金瓶梅》以正面肯定评价，"借世说法，原非导淫"，由于读者智少愚多，容易误读，所以要加以阐明，"接末卷之报应，指来世之轮回"。《续金瓶梅》是为了阐明前集、解读前集而写。

《续金瓶梅后集凡例》中说："前集名为《词话》，多用旧曲"，"客中并无前集"。这说明丁耀亢在杭州刊印《续金瓶梅》时，身边并无词话本。丁耀亢藏有之《金瓶梅词话》应在诸城。

《续金瓶梅》与《金瓶梅》立意、背景、产生时代均不同，有其自身独立存在的价值。

《金瓶梅》第一百回"韩爱姐湖州寻父，普静师荐拔群冤"写普静禅师荐拔幽魂，解释宿冤，让众幽魂随方托化：西门庆往东京城内托生富户沈通为次子沈钺，潘金莲往东京城内托生黎家为女，李瓶儿往东京城内托生袁指挥家为女，花子虚往东京郑千户家托生为男，庞春梅往东京孔家托生为女。《续金瓶梅》接前书写西门庆、潘金莲等人物托生以后的故事。

续作以宋王朝南渡后宋金战争为背景，以吴月娘、孝哥、玳安（前书中未死人物），李银瓶、郑玉卿（李瓶儿、花子虚托生人物），黎金桂、孔梅玉（潘金莲、春梅托生人物）三组人物为主要描写对象，以月娘、孝哥母子离散聚合为主要线索，中间交错叙述其他两组人物故事。在着笔描写、刻画虚构人物的同时，用约有十回篇幅穿插叙写一些历史人物故事：宋徽宗被俘途中听琵琶；张邦昌在东京称楚王，潜入宫闱，伏法被诛；宗泽单骑入山寨，招安王善；韩世忠、梁红玉大败金兀术；洪皓使金，被囚北国；秦桧勾结金人，通敌陷害岳飞。在各回文字中，作者用写史评的笔调写了大量议论文字。作者说："要说佛、说道、说理学，先从因果说起，因果无凭，又从《金瓶梅》说起。"（第一回）抽象议论与小说故事形象交叉。

《续金瓶梅》以宋金战争为背景，用金兵影射八旗军，以清兵入关屠城的现实生活为基础进行描写，披着写宋金战争的外衣，反映明末清初的战乱与人民苦难。有时有"蓝旗营""旗下"等旗兵建制，把金兵当成清兵来写。作者把叛将蒋竹山、张邦昌写得没有好下场，对抗金名将韩世忠、梁红玉则热情歌颂，表现了作者拥明抗清的立场。

作者对李师师、李银瓶、郑玉卿、黎金桂、孔梅玉等市民阶层人物的塑造，暴露这些人物在宋金战争这种非常环境下的私欲、丑态，给予鞭挞；对她们受金贵族蹂躏欺压，受坏人欺骗侮辱，表现了一定的同情。

李师师是宋徽宗宠妓，她以奉旨聘选为名，拐骗银瓶（李瓶儿托生）当了妓女。金兵入城，东京大乱之时，李师师借助降将郭药师的庇护，未被金兵劫掳。李师师搬到城外，盖造新房，大开妓院。徽宗被俘之后，李师师"故意要捏怪，改了一身道妆，穿着白绫披风、豆黄绫裙儿，戴着翠云道冠儿，说是替道君穿孝"（第十六回）。她自号坚白子，誓终身不接客，实际以曾被宋徽宗包占过为荣耀，抬高自己的身价。蔡京的干儿子翟四官人要出一百两银子梳笼银瓶，李师师利用帮闲郑玉卿欺骗翟四官人，骗取重金。李师师把郑玉卿认做义子，留在身边，满足淫欲。李师师发现郑玉卿到银瓶卧房偷采新花，就指使七八个使女把郑玉卿打得鼻青眼肿，并大骂银瓶。后来，郑玉卿携银瓶乘船逃往扬州。李师师用巫云顶替银瓶，让翟四官人谋杀巫云，要置翟四官人于死地。李师师与金将的太太们秘通线索，把自己入在御乐籍中，不许官差搅扰。翟四官人被骗多次，受气不过，控告李师师通贼谋反，隐匿宋朝秘室，通江南奸细。金将粘罕贪财，正要寻此题目，派一队人马把李师师绑了，打二十大板，送入女牢，将其家私籍没入官，丫头们当官卖嫁。李师师经刑部审问后，将她判给一个七十岁养马的金兵为妻。李师师跟金兵到辽东大凌河，与老公挑水做饭。小说描写李师师在宋金战争中与翟四官人的矛盾，显示李师师是一个狡猾诡诈、唯利是图、不顾廉耻的鸨儿形象，同时也形象地表现了这个鸨儿在宋金战争动乱年代中的浮沉，她开始想凭借金将的庇护得势，最后反被金将摧残。这是《金瓶梅》中没有的人物与内容。

李银瓶，本名长姐，《金瓶梅》中李瓶儿死后托生袁指挥家为女。她被李师师以奉旨聘选名义，骗到妓院当了妓女。银瓶想有一位才貌兼备的状元偕老，苦恼不能嫁个好丈夫。李师师家有十个妓女，用各样刑法拷打。因银瓶"是当初道君皇帝自选过的才人"，被敬奉着，日后靠她挣钱。翟四官人出一百两银子要梳笼银瓶，李师师贪图钱财，用银瓶利诱翟四官人。银瓶未被梳笼之时，先与李师师的干儿子郑玉卿私会同房。后来，与郑玉卿一起乘船逃往扬州。银瓶是绝代佳人，在扬州被盐商苗青看上。郑玉卿被苗青外婆的妓女董玉娇勾搭，便对董玉娇说："情愿把银瓶嫁了。"苗青设计要贴上一千两银子，用董玉娇换银瓶，把银瓶用一顶小轿接入盐店。苗青老婆是一个妒妇，用铁火杖毒打银瓶，银瓶受屈不过，半夜自缢身亡。作者解释说："这段因果，当初李瓶儿盗花子虚半万家财，贴了身子给西门庆。今日花子虚又托生做郑玉卿索他的情债，那银瓶欠他情债——还完，还不足原数，因又添上一千两卖身的钱，完了债。"（第二十六回）李银瓶是一个被蹂躏、被侮辱的少女形象，她得不到正当的爱情，跟浮浪子弟郑玉卿私奔，后又被郑玉卿出卖。银瓶的悲剧结局，暴露了封建社会的黑暗、残酷。银瓶形象与作者的因果说教相对立，与前集《金瓶梅》中的李瓶儿也无内在联系。

黎金桂，黎指挥娘子所生，从小由家长做主，与穷困残疾鞋匠刘瘸子订婚。她羡慕孔梅玉嫁给金贵族公子，并得到母亲支持，决心悔婚，终因迫于金地方官的威权，招赘刘瘸子入门。金桂得不到应有的爱情，过着郁郁寡欢的生活。最后，她出家当了尼姑。这是一个令人同情的没有美满婚姻的普通女子形象。但是，作者为了借此宣传因果报应，把金桂写成潘金莲托生。为表达惩淫女的思想，让她变成"石姑"，表达"淫女化为石女""色相还无色相"的封建禁欲主义观念。

孔梅玉为孔千户之女。她父亲投降金人，被经略种师道所杀，母亲改嫁，家境贫困。她不甘心贫贱，一心想嫁一个富贵郎君。梅玉被孙媒婆所骗，终于嫁给金朝重臣挞懒的公子金二官人为妾。金二官人的大妇凶妒剽悍，随意打骂梅玉，梅玉求生不得，求死不能。在金桂母女帮助下，出家做了尼姑，取法名梅心。作者把她写成春梅托生。作者说"或说前集金莲、春梅淫恶太大，未曾填还原债，便已逃入空门，较之瓶儿似于淫狱从轻，瓶儿亡身反为太重"，又说"瓶儿当日气死本夫，盗财贴嫁，与金莲、春梅淫恶一样"（第四十八回），用这种"淫根"轻重观点解释金桂、梅玉的遭遇与结局，是与人物形象本身蕴涵的意义不兼容的。

丁耀亢用宿命因果报应思想解释续书人物与前集《金瓶梅》人物的联系是牵强的。作者从"淫根"轻重观点看待李瓶儿、潘金莲、庞春梅等人物命运，也是很落后的。丁耀亢并不是《金瓶梅》作者的知音。当然，他对作品人物的描写，表现了人物在典型环境中的性格，对《金瓶梅》人物形象画廊有承袭，也有补充。

《续金瓶梅》艺术结构类似《水浒传》单线独传而不同于《金瓶梅》的千百人合成一传的复合结构。作者不重形象性格的刻画，不以家庭为题材，人物大多活动在战场、禅林、山寨、旅途、郊野，重在写战乱离散给人们带来的苦难。在体裁上杂神魔、世情、演义、笔记于一炉，像一部杂著，或可以说是一部杂体长篇小说。《续金瓶梅》的改写本《金屋梦》的《凡例》说：

> 可作语怪小说读，可作言情小说读，可作社会小说读，可作宗教小说读，可作历史小说读，可作哲理小说读，可作滑稽小说读，可作政治小说读。

这足以说明《续金瓶梅》内容庞杂。这与《金瓶梅》集中表现出的世情小说特点有很大的区别。丁耀亢的小说观与我们现在的观念不同，与《金瓶梅》作者也有区别。他把杂文著作《出劫纪略》中《山鬼谈》照录进《续金瓶梅》第五十二回。《续金瓶梅》是他生活经历的形象概括，又是他政治思想、宗教观念、情欲观念的直接阐发，真可以说是一部杂文长篇小说。

《续金瓶梅》刊本插图"丁紫阳鹤化前身"（黄顺吉刻）

丁耀亢（1599—1669），字西生，号野鹤，又号紫阳道人、木鸡道人，山东诸城人。清顺治五年（1648）入京师，由顺天籍拨贡，充旗学教习。顺治十年（1653）冬，授容城教谕。顺治十一年（1654）春就官，后迁福建惠安知县。顺治十六年（1659）十月赴任，走扬州，入姑苏，访西湖。第二年未上任，辞官回转，此后不再出仕。

二、《三续金瓶梅》抄本

《三续金瓶梅》，八卷，四十回，清道光年间抄本，北京大学图书馆藏。卷一前四回有少量眉批，有圈点。其余各卷无眉批，无圈点。抄写行款统一，每半叶十行，每行十七字。抄本所用俗别字，前后相同，如"光阴循速""爪凹国""握着嘴笑""倒扎（闸）内"等，与其他白话小说用字不同。又如"跑踔"不作"咆哮"，"哮"因"跑"而作"踔"把偏旁弄齐，为刻工习惯。此书似有刻本。

卷首自序署"讷音居士题"，卷首小引题署"时在道光元年，岁次辛巳孟夏谷旦誊录，务本堂主人识"，下有"讷音居士印"章。各卷卷题下署"讷音居士编辑"。作者讷音居士在自序中自称"武夫"，云："余本武夫，性好穷研书理，不过倚山立柱，宿海通河，因不惜苦心，大费经营，暑往寒来，方乃告成，为观者哂之。"可见作者并非文坛才子，而是一位爱好文学的武夫。

丁耀亢《续金瓶梅》之后，有四桥居士作序的《三世报隔帘花影》。讷音居士不同意《三世报隔帘花影》中写西门庆、春梅被挖眼、下油锅。他认为应让西门庆等人物改恶从善。从这一观点出发，他要"法前文笔意，反讲快乐之事"（《小引》），写作《三续金瓶梅》。

《三续金瓶梅》叙写西门庆死去七年后，还阳复活，又活到五十岁这几年的家庭生活与官场经历。西门庆阳魂入壳，复旧如初，重整家园，官复原职。西门庆仍有一妻五妾，月娘为大娘子。春梅还魂永福寺，嫁给西门庆做二房娘子。何千户死去，西门庆补何千户员缺，娶何千户之妻蓝如玉为三房妾。娶葛翠屏为四房妾，黄羞花为五房妾，冯金宝为六房妾。《三续金瓶梅》对月娘、春梅、葛翠屏、黄羞花叙写简略，对蓝如玉着笔较多。蓝氏因生女娃二姐而受宠爱，遭到六娘冯金宝的妒嫉。蓝氏为蓝太监之侄女，西门庆曾多次派来兴到临自序。

閨窗静坐，偶看到第一奇書，拈
凤洲先生手作，观其抄文，
粉腻香浓，至藏針伏線，令人毛髮疎
然。原本金瓶梅一百回内，细如牛毛，
千萬根共其一體，血脉贯通，千里相
撑，自弟字起孝字結，天理循還，幻化
已了。但看三世報，雖係續作，困過猶
不及渺上寅上。查西門慶雖有武植

草人命幾案，其惡在潘金蓮、王婆、陳
敬濟、苗青四人，罪而當誅。看西門慶、
春梅，不過淫蕩過度，利心太重。若至
挖眼、下油鍋，三世之報，人皆以錯乾
錯，不肯改惡從善，故又引回數人，假
捏金字、屏字、梅字，幻造一事，雖為風
影之誚，尔必分明，理弊功劲，讀一部
艶異之篇，名三續金瓶梅，又曰小補
奇酿志，共四十回，補其不足，論其有

饭自幻字起，空字结，文法雖准舊本，
一切微言污語，尽删去，不過緒情
察理，發洩澆世，惩贪消遣，恨令人
回頭是岸，摅為福。讀者不可以淫
書續淫詞論，若看章錯了題目，不惟失
去本來面目，而更負作者之心，須
觀其書如何針鋒相對，曲折成文，如何
因果報應，酿成奇酸，天下最賞者莫如
若倫常，最假者莫如財色，譬如大塊

文章莫過一理，詩三百一言以蔽之，
曰思無邪已矣。余本武夫，性好窮研
書理，不過倚山立拙，宿海通河，困不
惜苦心，大費經營，暑往寒來，方乃告
成，為觀者哂之，寫一軸虎頭蛇尾圖
畫，以嘲一笑云尔。

好好生　訥音居士題

《三续金瓶梅·自序》书影

安给蓝太监拜寿送礼。孝哥会试考中，授历城知县，后补授沂州府知府，调补授泰安府兵备道，皆是蓝太监在朝廷为其打通关节。蓝太监之侄蓝世贤到清河县探亲巡狩，西门庆盛宴接待，以逞其官场权势威风。

《三续金瓶梅》虽以西门庆的行踪贯串全书，但更侧重叙写了孝哥的入学、会试、授知县知府以及与甘雨儿（云理守之女）结婚等情节。对西门庆的政治活动、商业活叙写简略。

第三十八、三十九、四十回写人物结局。西门二姐与贾守备之子贾良玉结亲。西门庆改恶从善，出家当了和尚。西门庆过五十岁生日之时，倏然悟道，不吃荤，不喝酒，不近妇女，把金银施舍济贫，以赎罪愆，让丫环楚云、秋桂、珍珠儿，分别与男仆春鸿、文佩、王经结婚成家。六娘冯金宝重回妓院，后双目失明。五娘黄羞花原为王三官之妻，被休后嫁给西门庆，现二进昭宣府，与王三官破镜重圆，生了一个儿子。四娘葛翠屏和三娘蓝如玉出家为尼，后坐化修成了正果。大娘子吴月娘和二娘子春梅，由玳安引路，投奔泰安州小大官西门孝任所。西门孝探母，月娘受封诰，春梅受福，乔大户攀亲（乔大户将女儿嫁给孝哥）。

西门庆悟道，是作者的"倏然悔过便超升"（结尾诗句）思想的注脚。作者不顾人物思想性格发展的逻辑，主观地要西门庆"向善回心"，不合情理地改变了《金瓶梅》中西门庆自我毁灭的结局。《三续金瓶梅》中人物春梅得知西门庆要悔悟时说："若说别人还是有之，这行货子要悟道，竟是放屁。"春梅即认为西门庆是不可能悟道的。

《三续金瓶梅》侧重叙写西门庆与妻妾、与仆妇、与妓女、与戏班女演员、与幸童之间的频繁的性行为，这些描写均孤立于人物性格心理之外。《三续金瓶梅》在人物之间外在关系、西门庆性行为这两小引。

尝闻酒色财气四大迷关逈贪嗔痴爱，人所不免，但不怼世事如梦梢头皆空，可散一哭也。此书●何说起因看列传诸书皆以美中不足令人悲叹，其骸人多懒看，余借金瓶梅笔法观之为骸，一线串珠，八面玲珑，回上可爱，果称奇才，寓意中难云月彼云遮风定尘息雪消花卸，报应分明，但看到楚。

事令其事上如意，为财色说法，一可悦人耳目，引领细观，再看财色始终是真是假，因果报应，一孙不漏，可不慎乎？世人多投财色坑惑，贪迷惑果不迁乎？若著此种锦绣场中回首打破迷阅修心种德改邪归正难不骸，赵凡尔可保身，岂不快哉？此书断不可视为小说草上看过，此作一眼闲心药，可分清浊，美余难无才粗知。

岫云生梅花复盛，自当有一片佳言，方合妙文，且书内金瓶之事叙至八十七回之多，摘梅花只作得十三回，似有如无，可见作者神疲意懒草州了结，大杀风景。既云孝弟起想当有忠信二字收局，故以目注阿堵为基，说乃堆云积翠，左盘右旋，至末卷有现见提得住，共成一体，以公为忠，以禅作信，法前文笔意，反讲快乐之

笔墨不过止於至善，非敢妄谈故蠋力搜求效而续之。

当在
道光元年岁次辛巳孟夏穀旦滕録，
务本堂主人识

《三续金瓶梅·小引》书影

点上与《金瓶梅》貌似而神离。

《金瓶梅》中西门庆一妻五妾，《三续金瓶梅》也让西门庆有一妻五妾。《金瓶梅》中李瓶儿生官哥，遭到潘金莲嫉妒；《三续金瓶梅》写蓝氏生二姐遭到冯金宝嫉妒。《金瓶梅》中西门庆暴亡，孝哥出家，月娘长寿；《三续金瓶梅》中孝哥升官，西门庆出家，月娘受封诰。《金瓶梅》西门庆有胡僧药；《三续金瓶梅》西门庆有三元丹。《三续金瓶梅》模仿世情书，但未能写出世态炎凉，也不注意刻画人物性格，不注意表现人物之间的矛盾纠葛，只是平面地、单线地、孤立地写日常生活。而且语言干瘪、重复，写性行为一律是"如漆似膘"，写音乐之美一样的"美耳中听"，写宴席一概是"上了割刀点心"。"三续"作者对《金瓶梅》"不解其中味"，未领会作书人"寄意于时俗，盖有谓也"之立意，未把握《金瓶梅》之底蕴。作者不但未能继承《金瓶梅》而有发挥，相反，却做了庸俗的接受。严格来说，《三续金瓶梅》不是《金瓶梅》的续书，而是一部不合《金瓶梅》原意的模仿之作，与《金瓶梅》貌似神离，是对《金瓶梅》积极意义的背离。

三、《隔帘花影》《金屋梦》对《续金瓶梅》的改写

《三世报隔帘花影》四十八回，据《续金瓶梅》删改，《续金瓶梅》六十四回，《隔帘花影》删去十六回。卷首有四桥居士序，《快心编》评者也署"四桥居士"，四桥居士可能就是《隔帘花影》的编者。

《隔帘花影》，南京图书馆藏本衙藏板本，正文卷端题"新镌古本批评绣像三世报隔帘花影"。无图，正文半叶十一行，行二十四字。首有《隔帘花影序》：

《易》曰："积善之家，必有余庆；积不善之家，必有余殃。"《书》曰："作善，降之百祥；作不善，降之百殃。"依古以来，福善祸淫之理，天固不爽毫厘。即或有作善之人未尝获庆，作恶之人未见遭殃。其间不无可疑。然天道无私，不报于其时，必报于其后；不报于其身，必报于其子孙。从未有善人永不获福，恶人世享豪华者。报应之机，迟速不同，人特未之深观而默察耳。《金瓶梅》一书，虽系寓言，但观西门平生所为，淫荡无节，豪横已报，宜乎及身即受惨变，乃享厚福以终，至其殁后，亦不过妻散财亡、家门零落而止。似乎天道悠悠，所报不足以蔽其辜。此《隔帘花影》四十八卷所以继正、续两编而作也。至于西门易为南宫，月娘易为云娘，孝哥易为慧哥，其余一切人等，名目俱更，俾阅者惊其笔端变幻，波澜绮丽，几莫识其所自始。其实作者本意，不过借影指点，去前编有相为表里之妙。故南宫生前好色贪财等事，于首卷轻轻点过，以后将人情之恶薄，感应之分明，极力描写，以见无人不报，无事不报，直至妻子历尽苦辛，终归于为善，以赎前愆而后已。揆之福善祸淫之理，彰明较著。则是书也，不独深合于六经之旨，且有关于世道人心者不小。后之览者，幸勿以寓言而勿之可也。

四桥居士谨题

孙楷第《中国通俗小说书目》指出，《隔帘花影》"书即窜易丁野鹤书为之，殆康熙后书肆所为"。四桥居士在《隔帘花影序》里说，"此《隔帘花影》四十八卷，所以继正续、两编而作也"，是以删改本冒充新创作的续书。书中回目大部分被改写，虚构人物大多更换了姓名，西门庆易为南宫吉，月娘易为云娘，孝哥易为慧哥，等等。在《隔帘花影》里，宋徽宗被掳、张邦昌称帝、宗泽收复东京、韩世忠败金兀术、洪皓哭徽宗、秦桧通挞懒这些历史故事被删掉，改变了丁耀亢借宋金之战表现拥明反清的思想内容，降低了《续金瓶梅》所表现的民族矛盾思想。

《金屋梦》六十回，把《隔帘花影》中改换的回目、人名，删掉的历史故事，对金兵大屠杀的描写等，全部恢复了《续金瓶梅》的原貌。这是在清王朝灭亡后不再避讳的反映。

《金屋梦》由莺花杂志社印行，民国四年（1915）初版，民国五年（1916）再版，署"编辑者梦笔生"。《金屋梦》卷首有凡例九条，序文一篇，系抄录《续金瓶梅》的序文、凡例，加以改写而成。

附录一

《金瓶梅》：晚明世情的斑斓画卷

《金瓶梅》是《红楼梦》之祖，没有《金瓶梅》就产生不了《红楼梦》。《金瓶梅》是晚明的真实历史形象的再现，是一部伟大的世情小说。作者兰陵笑笑生超越传统的艺术革新精神，让当今的作家为之赞叹、为之震惊。《金瓶梅》中有以前的作品里所不能达到的新东西，是传统文化历史转型期集大成之巨著，是中华民族的骄傲。经过近三十年来的深入研究，这一评价已为中国学界所共识，也为全世界所认定。美国学者海托华认为："中国的《金瓶梅》与《红楼梦》二书，描写范围之广，情节之复杂，人物刻画之细致入微，均可与西方最伟大的小说相媲美。"走进经典名著《金瓶梅》的艺术世界，可以从中学写作方法，从中了解历史、了解传统文化，从中感受古代人的情爱人性，可以从中汲取营养，以有助于自己的文化素养，有助于当今的文化建设。

《金瓶梅》文化艺术价值的三次历史性发现

《金瓶梅》揭露腐败，直斥时事，悲悯人性，探索人生，在明清时期受到有新观念的作家文人的肯定赞扬。同时，也受到封建专制主义的禁毁打压和读者的曲解误读。《金瓶梅》像一位遭受冤假错案的艺术家，数百年受冤枉、受委屈。虽然有禁毁、有误读，但没有摧毁消灭它，更有独具慧眼的天才人物发现《金瓶梅》的艺术美，有三次历史性的发现。

第一次，晚明作家谢肇淛（1567—1624），在他的文集中有一篇《金瓶梅跋》。此跋评价《金瓶梅》直面人生、描绘世态人情的写实成就，称赞作品是"稗官之上乘"，作者是"炉锤之妙手"，塑造人物具有肖貌传神、形神兼备特点，艺术成就超过《水浒传》。因为《水浒传》写人物走的是老路，人物情节前后有重复之处，而《金瓶梅》写人物则各有各的面貌，"聚有自来，散有自去，读者意想不到"。

谢肇淛珍藏《金瓶梅》抄本，潜心细读，多年把玩。他很可能是《新刻绣像批评金瓶梅》（简称"崇祯本"）的评改者。评改本的评语和《金瓶梅跋》是互补的，似应出自一人之手。评语肯定《金瓶梅》是一部世情书，而不是淫书。作者"针工匠斧"，写人物"并声影、气味、心思、胎骨之怪，俱为摹出，真炉锤造物之手"。同情潘金莲，欣赏潘金莲，认为金莲有诸多可爱之处。对《金瓶梅》人物形象的艺术美，多有新发现。谢肇淛是最早写专文评价《金瓶梅》的作家。

第二次，在20世纪20年代，鲁迅在《中国小说史略》中称《金瓶梅》为世情书，"诸世情书中，《金瓶梅》最有名"，"《金瓶梅》作者能文"，"描写世情，尽其情伪"，"作者之于世情，盖诚极洞达，凡所形容，或条畅，或曲折，或刻露而尽相，或幽伏而含讥，或一时并写两面，使之相形，变幻之情，随在显见，同时说部，无以上之"。鲁迅继承明清批评家的观点，进一步发现《金瓶梅》艺术独创特点，肯定其在小说史上的地位，对现代《金瓶梅》研究起了开创作用。

第三次，1957年，毛泽东在中共中央的一次谈话中说："你们看过《金瓶梅》没有？我推荐你们看一看，这本书写了明朝的真正历史。"1961年12月，他在中央政治局常委和各大区第一书记会议上又说："《金瓶梅》是《红楼梦》的祖宗，没有《金瓶梅》就写不出《红楼梦》。"毛泽东特别关注作者对晚明社会经济生活的描写。他说："《东周列国志》写了很多国内斗争和国外斗争的故事，讲了许多颠覆敌对国家的故事，这是当时上层建筑方面的复杂尖锐的斗争。缺点是没有写当时的经济基础、当时的社会经济的剧烈变化。揭露封建社会经济生活的矛盾，揭露统治者和被压迫者矛盾方面，《金瓶梅》是写得很细致的。"①《金瓶梅》写商业活动，反映经济领域的矛盾，是《红楼梦》中没有或少有的。毛泽东发现了《金瓶梅》对解读晚明商业资本的历史价值。

对女性形象的新塑造 对小说艺术的新开拓

《金瓶梅》之所以伟大，在于它对女人的发现，对家庭的发现，对商品经济与市民社会的发现。在描述这诸多发现时，兰陵笑笑生显示，他是曹雪芹艺术革新的先驱，是表现人类性爱的大手笔，是晚明社会开始转型期的敏锐观察者、感受者，他以超前的意识思考人生、探索人性。

《金瓶梅》开头几回，借《水浒传》中武松杀潘金莲一段故事作引子（按：《金瓶梅》崇祯本改写为"西门庆热结十弟兄"），表面是宋代的故事，实际上写明代的生活。《金瓶梅》着力描写了西门庆家庭内部妻妾之间的争宠斗妍，但这种描写不是孤立的，写一家而及天下国家，"著此一家即骂尽诸色"（鲁迅语）。它不但直接描写了朝廷内部的矛盾斗争，而且把西门之家和官府、朝廷上下勾结连缀描写，暴露了明代官场的黑暗、政治的腐朽。在某种意义上可以说，西

---

① 逄先知《古籍新解，古为今用——记毛泽东读中国文史书》、程冠军《共和国思想者》。

门庆家庭是晚明社会的缩影。

富商西门庆有一妻五妾：吴月娘、李娇儿、孟玉楼、孙雪娥、潘金莲、李瓶儿。婢女、丫环有春梅、宋蕙莲、玉箫、小玉、秋菊等，玩弄的女性有妓女李桂姐、吴银儿、郑爱月等，商铺店员的妻子王六儿、仆妇贲四嫂、奶妈如意儿、贵妇林太太等。全书一百回，约九十万字，刻画了七百多个人物，形象生动完整，在人物形象体系中占有重要地位的有三十多个，其中女性形象占了大多数。《金瓶梅》书名，即以潘金莲、李瓶儿、庞春梅三个主要人物的名字各取一字合成。诸多女性形象，包括了市民社会中的各个阶层。《金瓶梅》的艺术世界，是女性占据舞台中心，以描写女性主体意识、性格、心理、生存状态为重点的女性群体世界。

潘金莲是裁缝潘裁的女儿，是一位民间美女，也是一位时尚美女。就自然素质看，"有姿色"，也就是说容貌漂亮，"缠得一双好小脚儿"，在晚明，脚是女人的性爱器官，对男性有无穷的魅力。"本性机变伶俐"，即聪明有心机。就才艺素养看，"从九岁卖在王招宣府里，习学弹唱"，"教他读书写字"，会"品竹弹丝，女工针指"，聪明漂亮，才艺双全，知书识字。金莲在王招宣府七年，王招宣死后，又被卖与张大户，在张大户家再习弹唱，学弹琵琶。这时，金莲"长成一十八岁，出落的脸衬桃花，眉弯新月"，已是一位成熟的美女。"张大户暗把金莲唤至房中，遂收用了。"使女被收用，就是与主人发生了性关系。这在古代是司空见惯的行为，是使女无法抗拒的。《水浒传》原文写金莲"只是去告主人婆，意下不肯依从"，是不真实的。就金莲的出身、形貌、素养，《金瓶梅》虽以《水浒传》第二十四回为素材，但已就《金瓶梅》整体艺术形象的需要做了改写，突出强调了潘金莲的聪明美丽。

潘金莲在张大户家被"主人婆"赶出，嫁与武大为妻，后被西门庆娶为第五房妾。把金莲嫁与卖炊饼的武大为妻，这张大户早晚还要看觑金莲。金莲与武大的婚配，形成强烈的反差，等于是对金莲的惩罚，是极不公平、极不合情理的。当打虎英雄出现在金莲眼前，武松的男性美与力，不能不使金莲动情。遭到武松严词拒绝，金莲仍"余情不断"。终于，金莲的初恋失败，爱的梦想破灭。金莲在人生路途上遭受到沉重打击，此后，走上歧变的人生之路。

在一夫多妻的西门庆家庭中，金莲不安于被冷落的婢妾地位，争生存，争宠爱，处处时时采取主动，以争取有利的地位。先后与孙雪娥争、与宋蕙莲争、与李瓶儿争、与如意儿争、与吴月娘争，最后败下阵来，她的美丽与真情被彻底毁灭。

潘金莲是《金瓶梅》女性世界中的第一号人物。可以说，没有潘金莲，就没有《金瓶梅》。兰陵笑笑生关注女性生存情态，观察了解女性，感受研究女性，努力去理解女性。在描写她们被扭曲的人性之时，很生动形象地展现女性身上的美和这种美的被毁灭。潘金莲性格多面复杂，精神苦闷压抑，人生道路曲折。她叛逆封建伦理道德，不满男性中心社会，有很强的自我意识，争生存，求性爱，不逆来顺受，不安于现状，反叛三从四德。在晚明这一特定历史阶段，作者敏锐地感受到女性意识的初步自觉，女性的美与真，以及被社会扭曲的悲哀。作者用如椽之笔倾力塑造潘金莲形象，从潘金莲的复杂性格，从其争生存、争宠爱的困境中，让我们今天的读者触摸到晚明社会初步转型期的社会震荡与时代的矛盾危机。面对社会的新旧因素交织，灵与肉、自然情欲与传统伦理的复杂呈现，作者是困惑的。他不是妇女解放的呼唤者，时代距离这一要求还很遥远。但是，兰陵笑笑生却是一位发现女人，认为女人也是人的古代不自觉的女性主义者。他给我们塑造了众多有内在美与外表美的女性（包括宋蕙莲、春梅等）以及她们的美的被毁灭。他给我们形象地描写了晚明的真实历史。潘金莲形象是只能出现在晚明的艺术典型，她不可能出现在晚明之前。潘金莲形象有巨大的历史深度和前所未有的开拓意义。作者以新的发现、新的感受，创造性地塑造了潘金莲等成功的艺术典型，实现了小说艺术的重大突破，建造了中国小说史上的一块重要的里程碑。

《金瓶梅》以市井平凡人物为主要角色，贴近现实日常生活，不再是帝王将相、神魔、英雄的传奇，标志着中国小说艺术进入一个历史新阶段。

西门庆：晚明社会开始转型期的富商形象

西门庆作为 16 世纪的小说人物，是商场上的强者、官场上的贪吏、情场上的能手。但是，好景不长，韶华易逝，他三十三岁，适逢事业高峰、少壮之年暴亡，死得突然。就西门庆之死，有多义性，因而有多种解读。其一，作者的寓意，想通过西门庆贪欲而亡，说明"女色杀人"，以慈悲哀怜之情怀，劝诫世人节制情欲。其二，读者和评论家把西门庆作为文学形象看，虽死犹生，其名字可与日月同不朽，以至于在现当代，西门庆之知名度家喻户晓，成年人无人不知，甚至于还要走向世界，成为国际知名人物形象。其三，从经济史角度解读，西门庆的暴亡是商业资本找不到出路的写照。其四，明代中后期的皇帝，多因纵欲而早亡，正德帝武宗朱厚照，年三十一岁咯血而死，所以有学者认为西门庆形象影射明武宗。

西门庆死后，热结的十兄弟悼念西门大哥，请水秀才代写一篇祭文。祭文是一篇男根文化的戏谑之文，把西门庆当作了性的化身，是"坚刚"的，在"锦裆队中居住，齐腰裤里收藏"。西门庆死的同一时间，正妻吴月娘生下孝哥。西门庆死了，其生命在延续，托生为孝哥。结局让孝哥被普静禅师幻化，孝哥跟普静禅师出家，起一个法名"明悟"。孝哥是西门庆的化身，出家做了和尚，走向禁欲之路。这是中国古代性小说的一种模式。在《肉蒲团》中，未央生在情场有类似西门庆的经历，最后听从孤峰和尚的劝诫，自阉，出家当了和尚，也是走上禁欲之路。作者的用意是善良的，但是，对掌握了性科学的当代人，是没有说服力的，不会让人产生畏惧心。

西门庆形象集富商、官吏、情场能手于一身，而主要身份是商人。他经营五六个专营店：药铺、典当铺、绒线铺、绸绢铺、缎铺等。经营的缎铺，有西门庆和乔大户两方投资，正式签订合同，按股分红。伙计韩道国、甘润、崔本三人管理店铺，将他们算入三股之一的股份，占有一定份额，利益按份额分配，实行的是股份制经营，建立了管理激励机制。典当铺的成本为两千两，后发展到占银两万两，增长十倍。他经营商铺的获利，显示出他经营的智慧和商人的才干。

西门庆精通封建政治，官商勾结，以权谋财。明代盐法实行"开中"，"开"由官方公布条例办法，"中"是官民之间发生关系，为增强边境军饷储备，以粮食换盐。商纳粮后，出所交纳粮数及应支盐数，发给盐引（支取盐凭证）。宰相蔡京的干儿子状元蔡蕴，回家省亲，囊中羞涩。西门庆宴请蔡状元，并送了厚礼。不到一年，蔡状元做了两淮巡盐御史，蔡蕴再到西门庆家，西门庆盛情接待，并有妓女递酒陪宿。趁饮酒中间，西门庆提出手中有旧派三万盐引，要求比别的商人早支放一个月。结果，西门庆赚了一大笔银子（第四十九回）。

西门庆一生以生子加官为分界，之前他只不过是一个城镇小商。他有了钱财，买通官府，拜当朝太师蔡京为干爹，得了理刑副千户的官职。从此之后，与朝廷大臣、巡按、知府各方面官员交往甚密，周旋于勋戚大臣之间。在情欲上，有一妻五妾，肆意淫人妻子，梳笼妓女李桂姐，霸占郑爱月。《金瓶梅》生动形象地描写西门庆暴发后贿赂权贵、纳妾嫖妓、吃喝玩乐，写他追求高消费。他只看到商品的流通，没看到商品生产，限于历史条件，商业资本还不可能转化为工业资本。

西门庆是晚明社会开始转型期的商人，是晚明社会机体内在发展变化震荡期生长出来的，而不是欧洲式的西方商人，也不是所谓"停滞"的封建社会商人，其悲剧性是晚明社会结构特点的悲剧结局所决定的。他不是"赘瘤"，也不是"新人"，而是亦旧亦新、亦商亦官、亦恶亦善、亦情亦欲的一个特殊的商人。所谓"新"，即具有与传统"重农抑商"思想的不同意识，就当时环境而言，说他是一个强人，是一位特殊的"英雄"，也未尝不可。

清光绪年间，文龙评点《金瓶梅》第七十九回评中说："《水浒传》出，西门庆始在人口中；《金瓶梅》作，西门庆乃在人心中。《金瓶梅》盛行时，遂无人不有一西门庆在目中意中焉。其为人不足道也，其事迹不足传也，而其名遂与日月同不朽。"作者塑造西门庆形象，刻画其思想性格多面复杂。西门庆形象出现在十六世纪，贾宝玉形象产生在十八世纪，都是中国文学史上亘古未有的人物形象。西门庆形象是作者对中国小说艺术的伟大贡献。

《金瓶梅》是《红楼梦》之祖

《金瓶梅》成书于明嘉靖、万历年间，先是抄写流传，到万历四十五年（1617）年刊印《金瓶梅词话》。现存《金瓶梅词话》是最早的刊本。崇祯年间刊印的《新刻绣像批评金瓶梅》，是经过评改的本子。清康熙三十四年（1695），张竹坡评点刊印《张竹坡批评第一奇书金瓶梅》，以崇祯本为底本。清康熙四十七年（1708），满族文臣和素将《金瓶梅》译成满文刊印。满文本刊刻当为翻书房经办，刊印后应首先呈康熙帝御览。满文本译刊是满汉文化交融的一个壮举，说明满族上层对《金瓶梅》的重视与感兴趣。清初至清中叶，张竹坡评本、满文译本在宫廷和贵族中流行。曹雪芹读的应该是张评本与满文译本。

最早指出《红楼梦》受到《金瓶梅》的影响的是脂砚斋。《红楼梦》甲戌本、庚辰本第十三回有一条眉批："写个个皆到，全无安逸之笔，深得《金瓶》壶奥。"《金瓶梅》比《红楼梦》早问世二百年。在《红楼梦》产生之前，评论家把《金瓶梅》与《水浒》《三国》《西游》相并列，称之为四大奇书中的第一奇书。从脂砚斋这条评语开始，人们把《红楼梦》与《金瓶梅》相比较，研究二者的关系，开创《金瓶梅》与《红楼梦》比较研究的新阶段。有"脱胎于《金瓶梅》"（诸联《红楼梦评》）之说，"是《金瓶梅》之倒影"（曼殊《小说丛话》），"《红楼》全从《金瓶》化出"（阚铎《〈红楼梦〉抉微》），还有《红楼梦》是"暗《金瓶梅》"之论。虽然这些看法不一定准确，但都共同注意到了《金瓶梅》和《红楼梦》之间的密切关系。

如果两部书你都读了，读过之后你会感觉到《红楼梦》有《金瓶梅》的影子，曹雪芹创作《红楼梦》继承与发展了《金瓶梅》的艺术经验。兰陵笑笑生是曹雪芹艺术革新的先驱，为《红楼梦》的创作开辟了道路。

第一，从取材上来说，《金瓶梅》以家庭为中心，写西门庆商人家庭上联朝廷官府，下联市民社会各个阶层，写一家联系到天下、国家，反映现实社会。这给《红楼梦》写贵族家庭的衰败开了路。《三国演义》没有写家庭，写的是政治斗争。《水浒》没有写家庭，写的是绿林山寨。《金瓶梅》是中国以家庭为题材的第一部长篇小说。

第二，《金瓶梅》与《红楼梦》共同发现女性美、着力塑造女性形象。两位作家倾心于女性的世界，观察、体验、发现，把人类的另一半推向舞台的中心。这具有文学变革的重大意义，因为传统的观念不把女人当作人。他们不仅关注女性，而且发现了女性身上的美。实际上潘金莲身上有很多美好的方面，兰陵笑笑生写潘金莲的恶的时候没忘记她有美好的一面。潘金莲形象给王熙凤形象塑造提供了经验，王熙凤形象里面有潘金莲的影子。这两部书共同打破了过去小说写好人完全是好、坏人完全是坏的单一写法。

第三，《金瓶梅》以鲁地方言为基础，善于运用生动鲜活的俗语、歇后语、市语，把人物对话写得有独特性格，人物各有各的声口。这完全为《红楼梦》所继承。兰陵笑笑生与曹雪芹都是语言大师。

第四，打破大团圆的传统结局，如实描写人生悲剧。

《金瓶梅》写成年人的性爱，成年人的性爱生活和性密不可分。《红楼梦》主要写情痴，不再以欲为主，而是以情为尚，表现人物之间的性爱时把情给升华了。《红楼梦》侧重写少年男女的恋情。要完整地了解少年期的性爱，又了解成年期的性爱，那就两部书都读。两部书不但有继承关系，还是互补的，可以认为是人生的一部大书的上下两卷。性爱是人生的一个大问题，关系到我们自身的健康成长、生活的幸福，也关系到社会的和谐、民族素质的提高。英国社会学家埃利斯指出：性的方面符合自然的、健康的发展对于人类进步有重要作用。一个人的性素质是融合他（她）全身素质的一部分，是文化素质的一部分。《红楼梦》发展了《金瓶梅》拓展的审美领域，直承《金瓶梅》而升华，不是因袭而是发展。《红楼梦》继承《金瓶梅》而超越《金瓶梅》，使中国古代小说达到最高峰。而《金瓶梅》为其开辟了道路，创造经验，成为《红楼梦》之祖。可以说，没有《金瓶梅》就不可能产生《红楼梦》。两部巨著都是中华民族的骄傲。

怎样看《金瓶梅》中的性描写

关于《金瓶梅》中的性描写，四百年来众说纷纭。《金瓶梅》出现在理学走向分化的明代后期，以一种极端的方式，表现了人的自然本性对"天理"的冲击。从整体上看，把性描写与社会矛盾的暴露、道德反省、人性弱点的悲悯、人物性格刻画等内容的结合，把被否定了的、被掩盖了的性描写加以正视。从性文学发展史上看，《金瓶梅》中的性描写有很大的突破，对性文学发展史的研究，也具有一定的参照意义。

《金瓶梅》的两性不是互爱与平等的，更不是和谐与美好的。性爱生活的更新、美化，是未来社会的一项伟大工程。以写实见长的《金瓶梅》，不可能写出这种理想化的性爱。从现在的观点和文学审美的角度来看，《金瓶梅》中的性描写，多纯感官的再现，实多虚少，缺少情爱的深化，并浓重地反映了封建文人落后的性情趣、性观念与性恐怖，这些都是应该加以批判的。

作者之谜

《金瓶梅》"直斥时事"，借宋写明，又是当下时事，有具体的政治背景，有强烈的政治针对性。有学者指出，《金瓶梅》借宋徽宗骂明世宗。宋徽宗、明世宗二人都崇尚道教，二人帝位都是兄终弟及，都缺乏治国能力，朝政腐败。第七十一回写道："这帝皇生得尧眉舜目，禹背汤肩，才俊过人……朝欢暮乐，依稀似剑阁孟商王；爱色贪花，仿佛如金陵陈后主。"第三十回写道："那时徽宗天下失政，奸臣当道，谗佞盈朝，高、杨、童、蔡四个奸党，在朝中卖官鬻狱，贿赂公行，悬秤升官，指方补价。夤缘钻刺者，骤升美任；贤能廉直者，经岁不除。以致风俗颓败，赃官污吏遍满天下，役烦赋兴，民穷盗起，天下骚然。"作者的笔锋直指时事，甚至直接批评指责皇帝。著书冒着杀头的危险，所以作者将真实姓名隐埋得很深，只在序文中留下"兰陵笑笑生"这一化名。作者到底是谁，三四百年来，众说纷纭，迄无定论。

作者之谜的破解，成为《金瓶梅》研究的一个热点问题。虽然，学者们提出的候选名单有一大串，有几十位作家姓名，分歧很大。也有几点渐趋一致或多数学者主张：（1）作者个人创作，或一人的创作为主，另有友人参助（另有世代累积说或集体创作说）；（2）作者生活在鲁南苏北方言区，或熟悉此地方言；（3）创作时期在嘉靖末至万历初；（4）作者是大手笔、大名士；（5）作者经历过患难穷愁，入世极深，有深沉的感慨愤怨；（6）熟悉宋史、明史，熟悉小说戏曲。

关于《金瓶梅》作者之谜的破解，应该持乐观态度。经过学者们的共同努力，从各个不同方面研究考证，会进一步促进对此书创作主体的认识，作者的真姓名、真面貌将会逐渐清晰明朗起来。到那时，我们将会给这位天才作家立一块丰碑。

（中央民族大学学术讲座演讲稿，原载
《光明日报·光明讲坛》2011 年 5 月 9 日）

附录二

《金瓶梅》《红楼梦》合璧阅读

一位现代著名作家在 1995 年写的文章中说，《金瓶梅》像《红楼梦》一样，是属于全人类的文学瑰宝，不仅属于我们民族，更是属于全人类的文学巨著。到下一个世纪，我们有可能更深刻地理解到这一点。该文章还描述了他读《金瓶梅》时受到的震撼与感受到的神奇魅力。现在已经进入这位作家所说的新世纪，到了我们更深刻理解《金瓶梅》的年代，况且《金瓶梅》已经经历了四百多年的历史检验，说明《金瓶梅》有与天地相终始的强大艺术生命力。《金瓶梅》通过读者而存在，生命不息，光照人间。

《金瓶梅》在前，产生在明嘉靖、万历年间（16 世纪）；《红楼梦》在后，产生在清乾隆年间（18 世纪）。《红楼梦》沿《金瓶梅》而产生，《金瓶梅》因《红楼梦》而更具艺术魅力。《金瓶梅》重写性写实，开掘至人性极深处；《红楼梦》重写情写意，通向人类未来。以前，两部书在读者中是隔离的，读者对《金瓶梅》有道听途说的误解。对《金瓶梅》的误解，也影响了对《红楼梦》更深刻的理解与研究。把《金瓶梅》与《红楼梦》合璧阅读，有人生价值观修炼与文学创新研究的重要意义。

一、《金瓶梅》是《红楼梦》之祖，《红楼梦》继承与发展了《金瓶梅》的艺术经验

中国古代小说，到明代、清代极为繁荣昌盛，达到了历史的高峰。《金瓶梅》《红楼梦》就是古代小说的两个高峰。《红楼梦》可以说是最高峰，《金瓶梅》是次高峰。

明代有四部著名的长篇小说——《三国演义》《水浒传》《西游记》《金瓶梅》，合称为"四大奇书"。《金瓶梅》是四大奇书中的第一奇书，明清有三种木刻版的《金瓶梅》，其中有一种就叫《张竹坡批评第一奇书金瓶梅》。《金瓶梅》比《三国演义》《水浒传》更伟大、更丰富、更复杂、更创新。《三国演义》写政治斗争，写各个统治集团之间的战争，是历史演义小说。《水浒传》写绿林山寨、传奇英雄故事，是英雄传奇小说。《金瓶梅》写一个商人西门庆的家庭兴衰故事，是以家庭为题材；写现实日常生活，是一部世情小说。西门庆家一妻五妾：吴月娘、李娇儿、孟玉楼、孙雪娥、潘金莲、李瓶儿。西门庆经营五六个商铺：生药铺、缎子铺、绸绢铺、绒线铺、典当铺等。西门庆本来是一个普通的小商人，从父亲那里继承了一个生药铺，因为他善于经营，积累了更多财钱，用钱买官，给朝廷太师蔡京的管家翟谦送上西门庆伙计的女儿韩爱姐做小妾，后通过翟谦给蔡拜寿送上大量礼物，拜蔡京做干爹，蔡京让他做了提刑所副千户。西门庆通过政商勾结、贩盐、放贷等积累了大量财富，家财有十几万两。《金瓶梅》写一商人之家，辐射到朝廷、官府。其描写以家庭为中心，联系到整个晚明社会，是我国以家庭为题材的第一部长篇小说。《红楼梦》写贾府，贾元春做了皇妃，上连朝廷，元春说自己到了那"不得见人的去处"。《红楼梦》写贾府内部主奴之间、妻妾之间、奴仆之间的矛盾，就人物结构关系而言，有类似西门庆家庭的地

方。《红楼梦》写到贾府的衰败，坐吃山空，出的多，进的少，抄检大观园之后，树倒猢狲散，"落了一片白茫茫大地真干净"。在《红楼梦》之前，《金瓶梅》写商人家庭的败落，在西门庆死后，妻妾各奔东西，西门庆的遗腹子孝哥被普静禅师收留，出家做了和尚。

《金瓶梅》以家庭为中心，联系整个社会，反映广阔的晚明社会现实，给《红楼梦》写贵族家庭的兴衰开辟了道路。明代的其他三部奇书《三国演义》《水浒传》《西游记》都没有写家庭。这是《金瓶梅》影响了《红楼梦》的第一方面。

第二，《金瓶梅》塑造了众多女性形象，妻妾潘金莲、李瓶儿、孟玉楼、吴月娘，丫环女仆宋惠莲、春梅、如意儿、秋菊，妓女郑爱月、李桂姐、吴银儿等。成功的人物形象有三十多位，人物之间形成一群体结构体系，相互依存又相互矛盾冲突，争宠斗艳。《红楼梦》对女性形象的塑造，借鉴了《金瓶梅》。王熙凤形象有潘金莲的影子，王夫人形象有吴月娘的影子，晴雯形象有春梅的影子。两书都倾心于女性世界，观察、体验、发现，把人类中的另一半推向舞台的中心，而且共同发现女性美、女性的聪明才智以及语言的生动流利与尖刻。两部书写了两个不同时代的女儿国。尽管有的女性有淫荡、争宠等负面的品格，但又都有美好的一面。打破叙好人完全是好、坏人完全是坏的单一写法，是从《金瓶梅》开始，《红楼梦》又加以发展。《金瓶梅》《红楼梦》的主要人物形象都是多重性格的复杂人物。潘金莲、王熙凤都有狠毒的一面，有些恶的品质。但是，读者又喜欢她们。潘金莲、王熙凤是两个有才能的女人，两个要强的女人，两个有自主意识的女人，两个向男性霸权挑战的女人，两个分别来自上层与下层但都被社会制度毁灭的女人。两个女性形象的悲剧结局，呼唤社会改变女人的处境地位。

第三，《金瓶梅》以鲁地方言为基础，善于运用生动鲜活的俗语、歇后语、市语，把人物对话写得有独特性格。这一点完全为《红楼梦》所继承。《金瓶梅》写人物语言的功力更在《红楼梦》之上。我们经常提到《红楼梦》中的一些话："千里搭长棚，没有不散的宴席""舍得一身剐，敢把皇帝拉下马""前人撒土，迷了后人眼""打旋磨儿""不当家花花的"都是《金瓶梅》中的语言。张竹坡在评《金瓶梅》时专写一篇《第一奇书金瓶梅趣谈》，辑录《金瓶梅》中歇后语近一百条。在语言上，两书有一点不同，《红楼梦》产生在清代乾隆年间，曹雪芹受满族文化影响很深，懂满语，《红楼梦》中有满语词，满汉兼词。《红楼梦》第五十三回，乌进孝缴租单当中有"遑猪"，为满汉兼词，满语"遑比"，脱落之意。遑猪为脱毛的猪，即白条猪，而非"暹罗种的猪"①。又如，"龙猪"，即笼猪，系指用白桦小木笼专门饲养的小乳猪，送京师、盛京，系吉林将军大宴用品。周定一主编《〈红楼梦〉语言词典》解："龙猪，猪的一种，毛长，肉瘦。"甚费解，与原意不符。

第四，《金瓶梅》《红楼梦》打破大团圆的传统结局，如实描写人生悲剧。两书都背离传统，肯定人欲，置身现实，追求创新。《红楼梦》直承《金瓶梅》而超越《金瓶梅》，使中国古代小说达到最高峰。

最早指出《红楼梦》受《金瓶梅》影响的是脂砚斋。《红楼梦》第十三回有一条眉批："写个个皆到，全无安逸之笔，深得《金瓶》壶奥。"（甲戌本眉批、庚辰本眉批）在《红楼梦》产生之前，评论家把《金瓶梅》与《三国演义》《水浒传》《西游记》相并列，称为"四大奇书"。脂砚斋这条批语开始，把《金瓶梅》与《红楼梦》相比较，研究二书之间的关系，开创了《金瓶梅》《红楼梦》比较研究的

---

① 周定一主编：《〈红楼梦〉语言词典》，商务印书馆1995年版，第929页。

新阶段。清末民初有如下一些说法：

> 《红楼梦》脱胎于《金瓶梅》（诸联《红楼评梦》）。
> 《红楼梦》是《金瓶梅》之倒影（曼殊《小说丛话》）。
> 《红楼梦》全从《金瓶梅》化出（阚铎《〈红楼梦〉抉微》）。
> 《红楼梦》借径在《金瓶梅》……是暗《金瓶梅》（张新之《〈红楼梦〉读法》）。

直到现在，读者仍关注《金瓶梅》与《红楼梦》之关系。哈佛大学华裔学者田晓菲在《秋水堂论金瓶梅》一书中认为：《红楼梦》是对《金瓶梅》的改写、重写。

虽然这些看法不完全准确、科学，但都共同注意到《金瓶梅》对《红楼梦》的影响。

毛泽东在 20 世纪五六十年代中央高层干部会议上的讲话中曾指出："《金瓶梅》是《红楼梦》的祖宗，没有《金瓶梅》就写不出《红楼梦》。""这本书写了明朝的真正历史。"[1]

二、《金瓶梅》《红楼梦》：以情爱为主题，是情爱这部人生大书的上下卷，两书不但有继承关系，还是互补的

两部书都写性爱这一主题（"情爱"与"性爱"二词略有差别，但可通用）。《金瓶梅》写性爱以性为中心，直接描写了人物的性行为、性心理。《金瓶梅》第二十七回"李瓶儿私语翡翠轩，潘金莲醉闹葡萄架"是书中的重要章回，并列写李瓶儿的温柔平和、潘金莲的

---

① 龚育之、逄先知、石仲泉：《毛泽东的读书生活》，生活·读书·新知三联书店 2009 年版。

激情醉闹，在多配偶家庭结构中，描写一男多女之间情爱的微妙差异与矛盾。在这一回，金莲、瓶儿、玉楼、春梅相继出场，分别显示不同的性格。金莲嫉妒，争宠爱，心直口快，语带锋芒，显示与瓶儿的针锋相对。玉楼超脱冷静，以弹月琴的主要动作衬托金、瓶二人。春梅在主子面前故意撒娇，显示亦备受宠爱。

　　第二十七回写"私语"与"醉闹"有三重背景：西门庆派家人来保去东京给太师老爷送礼行贿，贩私盐罪盐商王霄云等获释放，翟谦要西门庆在六月十五日给太师庆寿。这两件事，使西门庆"满心欢喜"，开始给太师打造上寿的银人、寿字壶、蟒衣，并派来保送往东京。这是社会大背景。六月初，天气炎热，雷雨隐隐，瑞香花盛开，石榴花开。这是小环境中的自然背景。西门庆勾结官府得逞后，在翡翠轩卷棚内散发披衿避暑。这是人的心理背景。在三重背景下写"私语"与"醉闹"。西门庆与瓶儿私语："我的心肝，你达不爱你别的，爱你好个白屁股儿。"瓶儿说："奴身中已怀临月孕。"这两个重要信息被敏感的潘金莲听到。她心直口快，并不把信息暗藏在心里，在"醉闹"前，玉楼、金莲来到翡翠轩，西门庆等丫头拿肥皂洗脸，金莲说："寻那肥皂洗脸，怪不的你的脸洗的比人家屁股还白！"金莲坐豆青瓷凉墩儿，玉楼叫她坐椅子上，那瓷墩儿凉，金莲道："不妨事，我老人家不怕冰了胎。"已显见金莲与瓶儿针锋相对，与之争宠。西门庆与瓶儿真情私语，与金莲则是有性无爱地醉闹。此回着力写潘金莲的性行为、性心理，突出刻画她的自然情欲与争强好胜的"掐尖"性格，把性行为描写与广阔的社会生活联系，与人物性格刻画联系，与探索人性联系。表现了兰陵笑笑生通过性爱塑造人物、探索人性奥秘的非凡艺术才华。

　　《红楼梦》写情爱，以情为灵魂，描写情的升华。《红楼梦》第十九回"情切切良宵花解语，意绵绵静日玉生香"，宝玉到黛玉房中看望，要替黛玉解闷。宝玉要与黛玉枕一个枕头上，黛玉让宝玉枕自己的枕头，黛玉另拿一个，自己枕了，对面倒下。黛玉发现宝玉脸上有胭脂膏子，黛玉用自己的手帕替他揩拭了。宝玉只闻得一股幽香从黛玉袖中发出，问这奇香是从哪里来的，黛玉问："我有奇香，你有暖香没有？"（人家宝钗有"冷香"，你就没有"暖香"去配？）黛玉用手帕盖上脸，宝玉怕她睡出病来，宝玉给讲耗子精故事：一小耗子接受耗子精指令去偷食品，小耗子用变成香芋的办法去偷，结果变成一位美貌小姐。要变果子怎么变出小姐？"我说你们没见世面，只认得这果子是香芋，却不知盐课林老爷的小姐方是真正的香玉呢。"黛玉要拧宝玉的嘴。这时宝钗来到，二人罢手。

这是宝玉、黛玉相爱过程中最为欢娱的时刻，充满了纯真相爱的真挚情感，又淡淡地表现了黛玉的担心与排他的挚爱之情。曹雪芹继承了李贽"童心说"思想，塑造了纯情的贾宝玉形象，以西门庆形象为反向参照，颠覆了西门庆，呼唤人类在心灵上回归童年。

《金瓶梅》第二十七回淋漓尽致写西门庆与李瓶儿、潘金莲的欢愉性行为，从早晨欢愉到日色已西。本回回末有诗说"休道欢愉处，流光逐暮霞"，隐寓西门庆乐极悲生，终走向死亡。全面的性满足，则离死亡不远。西门庆不讲性安全，不讲性道德，疯狂地放纵情欲，耗竭肾阳，染上杨梅疮（可能从妓女郑爱月染上）而死亡，终年三十三岁，以极端的方式背离"乐而有节"的优良传统，毁灭了生命。

《金瓶梅》《红楼梦》合璧阅读，会觉得两位作家共同探讨一个人生的大问题：人性中的情与性如何平衡和谐？古代作家描写、思考这一问题，感到困惑：为什么人世间因性爱而产生这么多痛苦、烦恼、悲哀呢？人性怎样去恶从善呢？性与情之间怎么这么多样复杂呢？因性生爱，因爱生性，性与爱共生，怎么会有性无爱呢？

阴阳和合，节制欲望，精神、肉体并重是我国古代性爱文化的主流。在这种观念指引下，性爱被看作是合乎自然的行为，而不是罪恶。性爱是关乎我们自身的健康成长、生活幸福，也关乎社会和谐、民族素质提高。英国学者埃利斯在《性心理学》中指出："在性的方面，符合自然的、健康的发展，对于人类的进步有重要作用。"性爱是人生的大问题，也是文学永恒的主题。

《金瓶梅》不是单纯地写性，它描写欲望和生命的真实，批判虚伪，批判纵欲，探索人性到极深处。我们应以极严肃的态度、极高尚的心理，阅读理解《金瓶梅》的性描写。潘金莲、庞春梅是市民中的平凡女性，她们以自己的美丽与才艺为骄傲，自卑的是贫穷，她们以极端的方式手段叛逆正统，争生存求性爱，不甘心人生命运的卑贱。《金瓶梅》与《红楼梦》是女人的悲剧，其中的每位女性都值得同情、怜悯，引起我们的深思探索，它们是我国古代文学写性爱的最伟大作品，它们给我们了解明代市民与清代贵族青年性爱生活提供了形象资料。在性爱生活上，坚持美的追求，达到美的境界，是人类自身解放个性自觉、精神文明建设的长远课题，潘金莲、庞春梅、林黛玉形象是女性的过去。我们今天的姐妹们要建设美好的生活，我们有美好的明天。

《金瓶梅》《红楼梦》分别表现了少年之情与成年之性，在这种意义上说，两书是互补的，是性爱人生的上下卷。

三、贾宝玉、林黛玉是重情感的代表，他们的情爱是通向未来的；西门庆、潘金莲表现从自然本性出发的生理需求，他们在欲望的泥潭中挣扎

《红楼梦》一百二十回分前八十回、后四十回，前八十回是曹雪芹的原著，后四十回是高鹗的续作，后四十回不如前八十回那么好，有些地方违背了曹雪芹的原意，但也有贡献。黛玉焚稿断痴情，王熙凤她们搞了个调包计，背着贾宝玉把薛宝钗当作林黛玉与宝玉成亲。黛玉悲愤死亡，宝玉终于出家当了和尚，造成人生的大悲剧。《红楼梦》写贾宝玉、林黛玉爱情悲剧，以贾府的兴衰为背景。没有了贾宝玉、林黛玉的爱情悲剧，也就没有了《红楼梦》。

《红楼梦》第五回，警幻仙子领宝玉游太虚幻境，送宝玉到一香闺绣阁之中，里面有一位鲜艳妩媚的女子，像宝钗，又像黛玉。接着警幻仙子与宝玉谈话，警幻仙子说：

> 吾所爱汝者，乃天下古今第一淫人也……淫虽一理，意则有别。如世之好淫者，不过悦容貌，喜歌舞，调笑无厌，云雨无时，恨不能天下之美女供我片时之趣兴，此皆皮肤滥淫之蠢物耳。如尔则天分中生成一段痴情，吾辈推之为"意淫"。"意淫"二字，惟心会而不可口传，可神通而不可语达。汝今独得此二字，在闺阁中固可为良友，然于世道中未免迂阔怪诡，百口嘲谤，万目睚眦……

"意淫"的提出和对贾宝玉的形象的塑造，在中国古代性爱史上具有划时代意义。贾宝玉形象所体现的"意淫"有多层的含义（也就是说，贾宝玉、林黛玉的爱情有什么特点）。

第一，热爱女性，尊重女性，体贴女性，反对男性中心、男尊女卑。"女儿两个字极尊贵、极清净的，比那阿弥陀佛、元始天尊的这两个宝号还更尊荣无对的呢。"（《红楼梦》第二回）尊重女性，超越佛、道二教。女性是美的象征，是情爱的天使。现代作家冰心说，女性有人类百分之五十的真，百分之七十的善，百分之八十的美。曹雪芹发现并赞扬青春女性的美。贾宝玉说，女儿是水做的骨肉，见了女儿便觉清爽，男人是泥做的骨肉，见了男人便觉浊臭逼人。这种意识是纯洁的，也是有现实依据的。贾府中的男人贾赦、贾琏、贾珍都是"皮肤滥淫"之辈，他们身上充满了腐败的思想行为。

第二，"意淫"带有浪漫理想色彩。大观园是人世间的桃花源，是少男少女情爱的世界。贾宝玉是在逍遥之境生发情爱，展示情爱。在实际生活中，在成年人那里，应该说，性大于爱，性大于情。《红楼梦》以情为核心，写青少年男女的恋情，是浪漫的、理想的。

第三，以现代思想观念审视"意淫"是一种超前意识，具有划时代意义。贾宝玉、林黛玉之间所以执着相爱，是有共同的思想，反对走仕途之路，反对封建伦理，有民主意识，是叛逆者。宝钗也有形体美，宝玉欣赏宝钗的臂膀，心想：这膀子为什么不长在林妹妹身上。但宝玉终不愿与宝钗结合，宝玉不爱宝钗的心灵，因宝钗劝他按传统要求做人。宝、黛爱情有共同一致的思想基础，这是《红楼梦》深刻伟大之处。过去的《西厢记》《牡丹亭》都没有这种思想，都写一见倾心，简单、平面而没有更深厚的内容。青年男女相爱，除思想一致、感情投合之外，不附加金钱、权力等条件，这是现代爱情原则。《红楼梦》写宝、黛之间具有现代爱情的特色，《红楼梦》写情爱展开了一个新的境界，写出了建立在相互了解、思想一致基础上的爱情。

第四，《红楼梦》把美好的同性恋与异性恋同样放在"意淫"范畴内，放在情的高度上，加以含蓄描写，持同情、宽容态度。宝玉与秦钟、宝玉与蒋玉函都有同性恋倾向。在中国古代性文化史上，称同性恋为"断袖""分桃""龙阳"，有一些古代小说写了古代同性恋题材。

第五，"宝玉情不情，黛玉情情"（《红楼梦》己卯本夹批引书末情榜评）。宝玉是大爱，对花木鸟兽等"不情"他也爱，他是主动爱而不是被动接受爱。

　　全面分析"意淫"，从"意淫"在贾宝玉形象中的体现看，"意淫"不是脱离肉欲的精神恋爱，宝玉除了情，也有欲的方面，如：《红楼梦》第五回写宝玉游太虚幻境，受到性启蒙，在秦可卿卧室梦中遗精。《红楼梦》第十九回写宝玉闻黛玉的体香从袖中发出，闻之醉魂酥骨。袭人是宝玉的丫鬟，等同于侍妾，《红楼梦》写了宝玉与袭人同领警幻仙子所训云雨之事。不能说宝玉的爱情完全脱离肉欲，《红楼梦》在情爱描写上，更重视情的升华，注意把情与性统一起来。这种艺术成就，今天仍可作为当代文学创作的借鉴。

　　现代社会是一个经济增长凌驾于情感满足之上的社会。物质欲望膨胀，精神需求萎缩，就更需要加强精神生活建设。幸福美满的爱情，要靠新一代青年创造。恩格斯在《家庭私有制和国家的起源》中论述真正的爱情时说：成长起来的新一代"这一代男子一生中将永远不会用金钱或其他社会权力手段去买得妇女的献身；而妇女除了真正的爱情外，也永远不会再出于其他某种考虑而委身于男子"。贾宝玉的"意淫"，林黛玉的情痴，属于真正的爱情，把金钱、权力和情感颠倒了过来，宝、黛爱情对传统社会具有颠覆性作用，是通向未来的。

　　在《金瓶梅》中西门庆与妻妾之间，金钱、权力凌驾于情感满足之上，男女在性与情感上是不平等的。从人的自然属性出发的生理需求更突出，物欲、性欲横流，他们在欲望的泥潭中挣扎、沉沦、毁灭。贾宝玉、林黛玉是重情的代表，表现对自然本性的超越，他们的爱在大观园中提升。说到这里，有一个很尖锐的问题摆在我们面前：我们反省自身，更像贾宝玉、林黛玉呢，还是更像西门庆、潘金莲？哈佛大学有一位学者认为我们大多数人更接近西门庆、潘金莲。对这种观点应加以修正。少年男女更接近贾宝玉、林黛玉，人类形而上的本性、人类自我完善的方向更接近贾宝玉、林黛玉。素质低，放任自然本性，就更接近西门庆、潘金莲。

《金瓶梅》《红楼梦》合璧阅读，使人既了解成年人的性爱，也了解少年人的情感至上，启示我们深入了解人性，远离对人性的盲目，懂得人性，修炼人性，超越自然本性，回归宇宙大爱，走向人生的天地境界（人生可分自然境界、功利境界、道德境界、天地境界，以天地境界为最高）。

（大连图书馆白云书院演讲稿，原载《光明日报·光明讲坛》2013 年 1 月 7 日）

附录三

《金瓶梅》的一项基础研究工程：
崇祯本、张评本的整理、校注

郑庆山

1987年得到齐鲁书社版《金瓶梅》，简体字横排，装帧古雅，是王汝梅等同志校点的。齐鲁版是"张竹坡批评第一奇书"本。稍后，香港星海文化出版有限公司出版了梅节校点的《金瓶梅词话》。时隔八年，即1994年，我又高兴地读到了王汝梅同志独自校注的《金瓶梅》张评本。吉林大学出版社出版，繁体字竖排，装潢艳丽，流光溢彩，赏心悦目。前此，他与齐烟合作校点出版了崇祯本的会校本。我看到的是三联、齐鲁联合版（1990，香港），四号字繁体竖排，特十六开本，纸张印制皆精良。《金瓶梅》的版本，两系三类，即词话本、崇祯本和张评本，王汝梅同志的校点整理工作，居然"三分天下而有其二"，其地位和价值是不言而喻的。此外，他还与侯忠义同志合编了《〈金瓶梅〉资料汇编》（初编、续编），参加了王利器先生主编的《〈金瓶梅〉词典》的编写工作，以及出版专著《〈金瓶梅〉探索》。从1981年他在《文艺理论研究》上发表《评张竹坡的〈金瓶梅〉评论》算起，十五年来，他勇于探索，孜孜不倦；在《金瓶梅》校注方面，更是刻苦研讨，精益求精。

版本研究是校勘古书的基础，古典小说也不例外。而且在古时小说每被看作闲书，非比经史诗文，谁抄谁改，谁刻谁改，形成极其错综复杂的系统和种类，不分清它们的源流、系统及其分合，校勘工作将无从入手。《金瓶梅》自问世以来，四百年中屡遭禁毁，即使如此，已发现者大约亦不下三十种，分散保存在国内外各大图书馆以及藏书家个人手中。当然无法集中，比对研究也就有莫大的困难。因系奇书，孤本秘籍，查阅也至为不易。

怎么办？只有跑图书馆。据齐鲁版张评本《校点后记》记载，首先是长春市的四个大图书馆，东北的还有大连图书馆；随后进关，京津地区是重点，四个图书馆，北方的还有山东大学图书馆；最后南下，来至沪上，查了两个图书馆。可谓千辛万苦。收获也是丰富的，此次校勘，除以本校馆藏本做底本外，参校的版本即有北京大学图书馆藏本、天津图书馆藏本、上海图书馆藏本、首都图书馆藏本、四十七回残本（以上，属于崇祯本系统），本衙藏板本、影松轩藏板本、清乾隆丁卯本、在兹堂本、皋鹤草堂梓行本（以上，属于张评本系统）——占有尽可能多的版本，是校勘古书的最必要的条件。

重要的是通过初步比对，确定了诸本间的版本关系："张评本是以《新刻绣像批评金瓶梅》，即崇祯本为底本的。这个本子和词话本有若干不同之处。"（《校点后记》）因此，用崇祯本为参校本，而未用词话本参校。在张评本内部，又区分出有回前评本与无回前评本两种，确定以有回前评语的"本衙藏板翻刻必究"本，即吉林大学藏张评康熙本（王汝梅称"甲种本"）做底本，因为它和无回评的"本衙藏板翻刻必究"本，即康熙张评乙种本（与甲种本为同板）是后来的两个系列的翻刻本的祖本。最后，"为保持张评康熙本原貌，对确定为张评本有意删改或据崇祯本删改的文字（'据'，当改作'沿袭'），不据参校本补改"（《校点后记》）。这个原则也是正确的。

问题是吉大本缺《凡例》和《第一奇书非淫书论》两篇，而无回评的在兹堂本等却不缺，从而引起人们对该两篇是否出于张竹坡之手的怀疑。王汝梅同志进行了颇有说服力的考证，证明也是竹坡所作，因据在兹堂本补入。

齐鲁版张评本印了万部，很快售空，于是加以重印，王汝梅同志在重印本的跋语中对校点上存在的失误做了检讨与修正，主要是"初印本在改字上，持了过于拘谨的态度。有些字，可以径改的，也未改。重印本，以崇祯本为依据，作了改正"。举了五个例子，如初印本的"乔多孔子"，崇祯本和词话本皆作"乔家孩子"。校点者勇于自我批评和对读者高度负责的精神是难能可贵的。

意义重大的是公布发现了一部完整的张评本原版本，"它与我们作为校点底本的康熙本为同版。卷首总评部分不缺《凡例》《第一奇书非淫书论》两篇。此部张评康熙本的发现，证实了我们在张评本《校点后记》中的推演是符合实际的。校点本初印时据在兹堂补入的两篇，重印本中用原刊本核校过"。这当然是非常可喜的，遗憾的是并未公开此原刊本的收藏处所。

按下张评本一端，我们再看王汝梅同志对于崇祯本一系诸本内部关系的探讨。

他在崇祯本会校本《前言》中说："崇祯本系统，即《新刻绣像批评金瓶梅》，现存约十五部（包括残本、抄本、混合本）。"又说："现仍存世的崇祯本（包括清初翻刻的崇祯系统版本）有十几部，各部之间大同中略有小异。从版式上可分为两大类。一类以北京大学图书馆藏本为代表，书每半叶十行，行二十二字，扉页失去，无《廿公跋》，回首诗词前有'诗曰'或'词曰'二字。日本天理图书馆藏本、上海图书馆藏甲乙两本、天津图书馆藏本、残存四十七回本等，均属此类。另一类以日本内阁文库藏本为代表，书每半叶十一行，行二十八字，有扉页，扉页上题《新镌绣像批评原本金瓶梅》，有《廿公跋》，回首诗词前多无'诗曰'或'词曰'二字。首都图书馆藏本、日本京都大学东洋文化研究所藏本属于此类。"会校本的好处在于有校字记。我考察过此本全部校记，北大本和内阁本对于词话本分别有各自的修改文字，确属两类版本。（两者出现异文时，张评本多从北大本）

两大类内部之区别，则根据眉批行款的不同："崇祯诸本多有眉批和夹批。各本眉批刻印行款不同。北大本、上图甲本以四字一行居多，也有少量二字一行的。天图本、上图乙本以二字一行居多，偶有四字一行和三字一行的。内阁本眉批三字一行。首图本有夹批无眉批。"（会校本《前言》）

那么，会校本以何种版本做校勘底本呢？校者选定了北大本。原刊本不存，而"北大本是以原刊本为底本翻刻的，为现存较完整的崇祯本"（会校本《前言》）。

主要参校本有内阁本、首图本、吴藏本、词话本、张评本。吴藏本，系吴晓铃先生藏抄本，属于北大本一类。据我的考察，又跟张评本有共同异文。此次会校，采取了词话本是一个进步。因为"大量版本资料说明，崇祯本是以万历词话本为底本进行改写的，词话本刊印在前，崇祯本刊印在后。崇祯本与词话本是母子关系，而不是兄弟关系"（会校本《前言》）。

在如何使用参校本以及写定正文用字方面，齐烟在《校点后记》中所撰校例，是有重要的参考价值的。

一再校勘，积累了丰富经验，于是王汝梅同志得以独立完成新的张评本校注工作。

新本新在何处？从版式上看，改旧本简字横排为繁体竖排。前者有普及性，包括一般读者。新本仅印三千，供研究之用。繁体直排可以更好地保持此书的原貌。其次，旧本将眉批、旁批一律移至地脚。

新本底本中的眉批、行内双行小批，均依原位置付排。行间旁批，移入行内排成双行小批，每条批语前加"旁批"二字注明，以与行内双行小批相区别。此种变通方法，眉目清爽，便于排印和阅读。

在内容上，新本增加了校记和注释。

有重大学术意义的是所用底本性质的确认和参校本的使用。新校本的底本虽然仍是吉林大学图书馆收藏的"本衙藏板翻刻必究"本，但经与前面提到的原刊张评本（大连图书馆藏本）对读，发现两者并非同版。比较正文的结果是："所有文字相异处，大连图藏本同崇祯本，而吉大图藏本则与崇祯本相异。说明大连图藏本正文更接近崇祯本，大连图藏本刻印在前，吉大图藏本是据大连图藏本加工修饰而成。"（新校本《前言》）于是重新定名大连图藏本为张评甲本，吉大图藏本为张评乙本。

张评乙本的加工刊刻者是谁？经王汝梅同志考证，初步判定为张竹坡的弟弟张道渊。"张道渊是竹坡评点刊刻《金瓶梅》的知情者、支持者，在竹坡死后，又是张评本的修订覆刻者，也应是竹坡手稿的存藏者。"（新校本《前言》）张道渊，字明洲，号蘧庵，江苏铜山（今徐州市）人。生于康熙十一年壬子（1672），死于乾隆七年壬戌（1742），享年七十一岁，乡谥孝靖先生。性友爱，富藏书，不乐仕进，有诗文之豪兴，著有《仲兄竹坡传》等，他在文化工作方面做了两件大事：一是修撰《张氏族谱》，二是覆刻修订张评本《金瓶梅》。对后者，王汝梅同志考证颇详。张评甲本评语与张评乙本在文字上有差异，并且有若干小批、眉批，为乙本缺略。如第一回回前评语，甲本：卜邻亦要紧事也。乙本：卜邻当慎也。乙本文字便有可能是张道渊所改。

校勘所用参校本有五：大连图书馆藏本、内阁藏本、北大藏本、吴藏本、词话本。两系三类有代表性的版本具备，即此亦足。采用词话本是必要的，因为崇祯本一改，张评本再改，以讹传讹，讹而又讹，在所难免。张评甲本对于校勘的重要性是显而易见的，虽然它也有独出之异文，系后人所改，或写刻讹误。张评本之所以重要，就在于它有张竹坡的评语。张评乙本缺略者，以张评甲本批语校补，方得完全。这是取长补短，使旧校本更新，首先要提到的。特别重要的是，在张竹坡书前总评《寓意说》之末，张评甲本多出二百二十七字，是一段小序性的文字，有重要的史料价值。

在正文校勘方面，"底本正文文字，悉从原貌，除明显误刻外，一般不做改动。底本与参校本有重要异文者，则一面保留原文，以存其真；一面酌情出异文校记，以供了解文字异同、版本嬗变情况，以求有助于阅读理解本文"（《校注说明》）。这是校者拟定的校勘原则。通读全部校记，得知汝梅基本上贯彻了这一准则，就是说误刻外，也有少量据参校本改的，如"阀阅"改作"闲阅"之类。这些改补完全是必要的。

清代的校勘学家有两派，一派以顾广圻为代表的所谓"不校之校"学派，即不以参校本异文改易底本原文，而把异文写入校勘记。另一派主张可酌情用参校本异文改补底本之讹脱，其代表者为王念孙、王引之父子。阮元校《十三经注疏》和王利器校天都外臣序本《水浒传》，皆系"不校之校"。

看来汝梅同志取法的是顾派，又稍有变通。做如此之选择，是有他的考虑的。他在齐鲁版重印本跋中说："张竹坡评本《金瓶梅》初刊在康熙三十四年（1695）。张评康熙本极罕见。原刊本，暂时不能影印，研究者又想见到原貌。适应这一要求，初印本在改字上，持了过于拘谨的态度。有些字，可以径改的，也未改。"这个问题，新校本依然存在，比如"何沂"为"何诉"的误刻，"狄斯朽"乃"狄斯彬"，"孟商王"应是"孟蜀王"，"陈宗美"词话本作"陈经济"，这是人名或称号，自应以改正为是。再如以下三条校记："'姜汁'，词话本作'人言'。人言即信石，砒霜之别称。崇祯本改'人言'为'姜汁'与文意不符。"既然如此，便应据词话本径改。"'一个砂子'，崇祯本同。词话本作'一个汉子'。"此指陈经济，崇祯本误改。"'龚其'，词话本、崇祯本作'龚共'。有学者考证应作'龚夫'，北宋时历史人物。"——按："夫"当作"央"，"夫"字或误排。这些名称错误，本来全是汝梅同志校对出来的，然而，只不过写在校记里，对于正文来说，却是知错而未改，显然是为自律所限。

当然，汝梅同志有很强的辨识能力，新本的校勘是极精审的。下述各例，便可说明：

1. "挺脸儿"，词话本、崇祯本同。疑为"涎脸儿"。

2. "如今急水发，怎么下得桨"，词话本作"如今施捏佛施烧香，急水里怎么下得桨"。"施"，当可校作"旋"。

3. "看来的的可人娱"，崇祯诸本、张评诸本同。"的的"疑为"灼灼"的误刻。——按：此句的上句是"种就蓝田玉一株"，下文有"妖娆偏与旧时殊"。

4. "白皇亲"，词话本、崇祯本同。应作"向皇亲"，宋徽宗无白姓后妃。

5. "虎摘三生路"，词话本、崇祯本同。应作"虎挡三生路"。

6. "张亲家母"，应作"崔家母"。乔洪的姐姐，崔本的母亲。

7. "卫主"，词话本原作"旧主"，崇祯本、张评本改作"卫主"。戴校本、梅校本均据崇祯本改词话本"旧主"为"卫主"，不妥。——按：此条本在注释之中，有详注，略去。

8. "刀截"，词话本作"枪截"。枪截，语言粗鲁冒犯。"枪"，似应作"戗"。

9. "半舍"，词话本、崇祯本同。"半舍"与"半射"音近义同。

10.“则可”，与“则个”音近义同，语气助词，在句末表请求。

上述各条，除六、七、九、十这四条之外，都是根据字形相似导致讹误并考究词义而推测出来的，属于理校，因以校记出之，足见其审慎。

新校本之精益求精，还体现在汝梅同志在校记中直言不讳地订正旧校本中的漏校和误校，至少有五六处之多。多处明言采取他人校勘成果，也有助于提高校勘质量。这充分表现出他不避自己之短，不掩他人之长的学者大家风度。

校记数量并不算多，但我以为有一些是可以去掉的。我指的是那些某一个参校本（单一本子）之讹文和妄改，它们既说明不了版本关系，也于校订正文毫无作用，是不必出校的。

新校本的学术成就还在于它的注释。《金瓶梅》是一部难注的书，名物制度、俗语方言、成语典故、谚语隐语、拆白道字、反语借字、市井语、歇后语、谐音话、双关语，无奇不有，五花八门。用事用典，或有据可查，搜罗查考，已属不易；俚语方言，流传民间，口头传说，地域所限，时代更替，存亡变迁，若要解说，难于捕风捉影。非此小说产生的方言区的人，是无能为力的。况且《金瓶梅》虽说是鲁西南方言，而吴语、晋语兼有之。不是博学通家，只能望书兴叹而已。

王汝梅同志能够注释此书，因为他生于山东省济宁兖州县（今济宁市兖州区），正是鲁西南地区，所以熟悉了解《金瓶梅》的基本方言。他是吉林文史出版社出版的《〈金瓶梅〉词典》的副主编，协助王利器先生编撰此书，有些疑难词语词典未收，在所著《〈金瓶梅〉探索》第五讲疑难词语解说第一题《〈金瓶梅词话〉疑难词语试释》中加以解释。此外，《解说》还包括崇祯本和张评本校点札记以及读梅节撰《〈金瓶梅词话〉辞典》札记，辛勤探索，素有积累，厚积薄发，遂成新本之佳注。

《校注说明》注释条说："本书注释范围，大体包括本文涉及的方言、市语、职官、服饰、器物、饮食、游艺等。结合校勘，注意语境，联系上下文意，予以简明注释。引证所据文献，一般只注明出处，对文献材料不作详细引述，如'晏公庙'，见《留青日札》卷三十七'晏公庙'条。所释词语有多种意义者，一般不作本文之外的词义说明。"

通读全部注释，感到注者倒不完全为手定注释体例所拘，当详则详，当略则略，简明精当是其主要特色。如"卫主""邸报"即属详解。"割鼻〔臂〕截发"，事出《左传》《晋书·陶侃母湛氏传》，指明出处而已；"熊罴之兆"，不仅说明出于《诗经·小雅·斯干》，而且引述两句诗："维熊维罴，男子之祥。"非如此不足以说明该语是"生男的征兆"的注语。但此种情况极少，绝大部分是简洁明了的注解。如下述各例：

1.乜斜——在此指眼眯成一缝而斜视，动情之态。

2.汗邪——患热病，邪气内搏，汗出复热，神智昏迷，往往说胡话。所以骂人胡言乱语为汗邪。

3.东净——厕所，又叫"东司""东厕"。寺院于堂东建厕，故称东厕。古称厕为"圊"，谐音称"东净"。

4.六丁——道教神名。词话本作"六十"，六十甲子的歇后。"甲子"与"假子"谐音，指女婿，此指陈经济。

5.流星门——即棂星门，道观的第一道门，多以二立柱一横枋构成。

6.小太乙儿——太乙，本为天神名。此处"太乙"谐音太医，或本义即指太医，而写刻为"太乙"。小太乙儿，隐指官哥是医生蒋竹山与李瓶儿之子。

7.一搅果——一总。

当然，注释条目极个别的也有不足之处。如"坐草"，注作"孕妇分娩"是对的。但为什么如此称呼呢？应进一步加以解释。原来过去孕妇分娩时是坐在土炕上的草上边的。再如"白衣"，释为"没有官职的平民百姓"也是对的。那么为何这样叫呢？吴晗在《灯下集》中专门讲过古代人的服饰，封建社会官和民的服装颜色是有区别的。"满朝朱紫"，以彩色衣服指达官贵人；白衣布衣是平民的衣裳，于是用来指平民百姓。这是修辞学中的借代用法。对于读书人这是常识，而普通读者却未必了解。"枕顶"解作"枕头"是误解，受了各本下文皆作"枕头"的影响。枕顶即枕头顶，从前的枕头是长方形的，枕头的一端则为正方形，可绣花，名曰枕顶。这种旧式枕头现在的偏僻农村偶尔还有。"捣谎架舌"下注"说琶"，应是误排，"琶"是"谎"之讹文。"架舌"应是搬弄是非。另外，对生僻字未加注音，也不便于读者。——这些自然是白璧微瑕，是微不足道的，信笔指出，聊供参考而已。

《皋鹤堂批评第一奇书金瓶梅校注本》的出版，是学术界和读书界的一件大好事。学者们看繁体字，可睹原书真貌，可学校注经验；广大读者通过注释，完全能够读懂，不会再束手无策。这是值得欢迎的。因此，特郑重地向此书的研究者和爱好者予以推荐，并对王汝梅教授在校注过程中取得的学术成就，致以衷心的祝贺！（1995年6月9日）

（原载《〈金瓶梅〉与艳情小说研究》，
时代文艺出版社2003年版）

附录四

《金瓶梅》不同版本书名一览

新刻金瓶梅词话（北平图书馆购藏本）

新刻金瓶梅词话（古佚小说刊行会影印本）

新刻金瓶梅词话（人民文学出版社 1957 年影印本）

金瓶梅词话（日本大安株式会社 1963 年影印本）

金瓶梅词话（台北联经出版事业公司 1978 年影印本）

金瓶梅词话（香港太平书局 1982 年影印本）

新刻绣像批评金瓶梅（北京大学图书馆藏本）

新刻绣像批评金瓶梅插图两册二百幅（北平古佚小说刊行会影印）

新镌绣像批评原本金瓶梅（残存四十七回，东北师范大学图书馆藏）

新刻绣像批评金瓶梅抄本（吴晓铃原藏乾隆年间抄本）

绣刻古本八才子词话（大兴傅氏碧蕖馆旧藏）

新刻绣像批评金瓶梅（周越然藏本）

新刻绣像批评金瓶梅（天津图书馆藏本）

新刻绣像批评金瓶梅（上海图书馆藏甲、乙两种）

新镌绣像批评原本金瓶梅（日本天理图藏本）

新镌绣像批评原本金瓶梅（日本东京大学东洋文化研究所藏本）

新镌绣像批评原本金瓶梅（首都图书馆藏本）

张竹坡批评第一奇书金瓶梅（大连图书馆藏本）

张竹坡批评第一奇书金瓶梅（韩国梨花女子大学图书馆藏本）

张竹坡批评第一奇书金瓶梅（吉林大学图书馆藏本）

彭城张竹坡批评第一奇书金瓶梅（苹华堂藏板，台湾学生书局影印出版）

康熙乙亥年第一奇书（在兹堂本，国家图书馆藏本）

全像金瓶梅（本衙藏板，多伦多大学东亚图书馆藏本、吉林大学图书馆藏本）

彭城张竹坡批评金瓶梅第一奇书（影松轩藏板，大连图书馆藏本）

彭城张竹坡原本奇书第四种（丁卯初刻，华东师范大学图书馆藏本）

彭城张竹坡批点第一奇书金瓶梅（姑苏原板皋鹤草堂梓行，北京师范大学图书馆藏本）

满文译本金瓶梅（中央民族大学图书馆藏本）

满文译本金瓶梅抄本（吉林大学图书馆藏本）

满文金瓶梅（日本天理图书馆藏本）

满文金瓶梅（日本静嘉堂文库藏本）

满文金瓶梅（国家图书馆藏本）

翻译世态炎凉（满文金瓶梅抄本，大连图书馆藏本）

清宫珍宝皕美图（部分彩图藏美国密苏里州堪萨市尼尔逊—阿特金斯博物馆）

曹涵美画第一奇书金瓶梅全图（两集版本、十集版本，上海图书馆藏本）

白鹭画绘画全本金瓶梅（香港民众出版社出版）

金瓶梅一百图（胡永凯画，香港心源美术出版社出版）

画说金瓶梅（刘文嫡绘，作家出版社出版）

金瓶梅百图（吴以徐绘，香港香江出版有限公司出版）

金瓶梅词话（施蛰存校点本，上海杂志公司出版）

金瓶梅词话（戴鸿森校点本，人民文学出版社出版）

金瓶梅词话校注本（列入世界文学名著文库，人民文学出版社出版）

金瓶梅词话校注（岳麓书社出版）

梦梅馆校本金瓶梅词话（香港星海文化出版公司出版）

双舸榭重校评批金瓶梅（作家出版社出版）

刘心武评点金瓶梅（漓江出版社出版）

张竹坡批评第一奇书金瓶梅（校点本，齐鲁书社出版）

金瓶梅会评会校本（中华书局出版）

会评会校金瓶梅（香港天地图书有限公司出版）

皋鹤堂批评第一奇书金瓶梅校注本（吉林大学出版社出版）

新刻绣像批评金瓶梅会校本（齐鲁书社出版）

新镌绣像原本金瓶梅（《李渔全集》第十二、十三、十四卷，浙江古籍出版社出版）

全本详注金瓶梅词话（人民文学出版社出版）

金瓶梅（加布伦兹德文译本，德国柏林国家图书馆刊行）

金瓶梅（祁拔兄弟德文译本，瑞士天平出版社出版）

西门庆和他的六个妻妾的故事（弗朗次·库恩译本，德国英泽尔出版社出版）

金瓶梅词话（芮效卫英译全本，美国普林斯顿大学出版）

金莲（克莱门特·埃杰顿译本，人民文学出版社出版汉英对照本，英文采用埃杰顿译本）

爱欲塔：西门庆与六妻妾艳史（美国加利福尼亚兰登书屋发布）

中国的唐璜：《金瓶梅》中的一段孽恋（连环画英译本，香港女画家关山美画，美国塔托出版公司发行）

金瓶梅词话（雷威安法文全译本，在巴黎出版）

金瓶梅词话（马奴欣俄文译本，在前苏联发行）

金瓶梅（小野忍、千田九一日文译本，东京平凡社、东京岩波书店出版）

金瓶梅（阮国雄越文译本，西贡昭阳出版社发行）

金瓶梅（金东成韩文译本，乙酉文化社出版）

金瓶梅（赵诚出韩文译本，三星出版社出版）

金瓶梅（朴秀镇韩文译本，青年社出版）

完译《金瓶梅》：天下第一奇书（康泰权韩文译本，松出版社出版）

续金瓶梅（顺治十七年刊本）

续金瓶梅抄本（山东省图书馆藏本）

三续金瓶梅抄本（北京大学图书馆藏本）

三世报隔帘花影（南京图书馆藏本）

金屋梦（莺花杂志社印行）

后 记

2005年年初，《梦梅馆校本金瓶梅词话》校点者梅节先生邀约笔者合作撰写《〈金瓶梅〉版本史》，并提出，他负责撰写词话本部分，笔者负责撰写崇祯本、张评本及其他。笔者遵嘱编撰了《〈金瓶梅〉版本史纲目》，寄至香港，请梅节先生审阅修改。

笔者因忙于目前的学术项目，迟迟未能动笔，一拖就是十年，但"版本史"时时在心，一直在思考与继续搜集文献资料。虽积累了三十多年，但仍感到有需目验与考察的版本。

2005年6月18—20日，西北大学文学院主办中国古代文学理论学会第十四届年会暨国际学术研讨会。笔者参加此届学术会，提前到西安，在西北大学原党委副书记董丁诚教授大力支持下，到西北大学图书馆珍藏部，查阅了馆藏古佚小说刊行会影印北平图书馆购藏本《新刻金瓶梅词话》。

2010年8月，到韩国首尔参加学术会议。趁此时机，由宋真荣教授向导，到她的母校梨花女子大学图书馆考察了张竹坡评点本的原刊本（《寓意说》不缺二百二十七字）。

2011年4月，应邀到中央民族大学作学术讲座。趁此良机，在讲演之后，由傅承洲教授做向导，到该校图书馆考察了镇馆之宝满文译本《金瓶梅》康熙四十七年（1708）序刻本（在此之前只借阅过赵则诚先生藏满文译本《金瓶梅》刊本半部及吉林大学图书馆藏抄本）。

2012年8月，参加在台北召开的《金瓶梅》国际学术研讨会。会间抽出时间，由陈益源教授陪同黄霖教授与笔者到台北故宫博物院考察北平图书馆购藏本《新刻金瓶梅词话》。

2013年6月，应邀到大连图书馆白云书院作《〈金瓶梅〉〈红楼梦〉合璧阅读》演讲，趁此机会，得到馆长批准，考察馆藏《翻译世态炎凉》（满文译本《金瓶梅》抄本）。

2014年11月，参加兰陵《金瓶梅》研讨会后，自枣庄到南京，在萧相恺、苗怀明两位教授陪同下，在图书馆借阅《居东集》（崇祯本评改者谢肇淛在东昌任职时的文集，馆藏孤本）。

2014年12月，到北京大学，在潘建国教授帮助下，在图书馆古籍部借阅馆藏《金瓶梅》抄本。

再往前回溯，最繁忙是1989年春，为在较短时间合作完成崇祯本会校工作，几位同仁春节未休假，笔者在大年除夕乘火车到济南，住铁路公寓。正月初二即到齐鲁书社进行合作会校。初稿完成后，身背书稿乘火车到上海，在上海图书馆查阅馆藏崇祯本两种。之后，北上天津，在朱一玄先生亲自陪同下，到天津图书馆借阅馆藏崇祯本。

1980年始，笔者与《金瓶梅》结缘已有四十多个年头，仍觉研究不够。在拙著《王汝梅解读〈金瓶梅〉》的后记中，笔者建议读者不但不要误读，而且要爱上《金瓶梅》。笔者不但爱上《金瓶梅》艺术，也爱上了各种各样的《金瓶梅》版本，与之结下情缘。

古人云："读万卷书，行万里路。""读万卷书"，我没有做到，"行万里路"做到了。从事新闻报道的友人常说"脚底板下出文章"，我深有同感。《〈金瓶梅〉版本史》是"行万里路"，脚底板走出来的。

2012年8月，笔者在台北参加《金瓶梅》国际学术研讨会，有幸与梅节先生相会。梅节先生年事已高，身体状况不如十年以前，嘱笔者执笔《〈金瓶梅〉版本史》全稿。梅节先生表示提供所需文献资料。由于梅节先生未亲自执笔，本书关于词话本的两章显得薄弱。《金瓶梅传》抄本，无实物遗存，研究起来极端困难。现存词话本为最早刊本，词话本与崇祯本为母子关系而不是兄弟关系，可以确定，不必再详述各种不同意见。

经过四十多年积累，笔者取得国内外几十家图书馆的大力支持；得到吴晓铃先生、朱一玄先生、赵则诚先生的指导；得到诸位师友梅节、米列娜、黄霖、吴敢、苗怀明、大冢秀高、宋真荣、潘建国、傅承洲、高振中、齐林涛、张青松等的热情帮助。在此表示衷心感谢！

在撰写过程中，笔者翻阅几十年的笔记，查阅数百篇论文，参考吸收"金学"同仁关于版本研究的成果，虽有辛苦，也有学术快乐。《〈金瓶梅〉版本史》涉及的文献资料浩繁。一个人的眼界与水平有限，对书稿存在的缺失与错误，敬请专家与读者朋友指正。

对冯其庸先生为本书题签，深表感谢！

郑庆山教授1995年6月撰《〈金瓶梅〉的一项基础研究工程：崇祯本、张评本的整理、校注》，刊为附录三，以表对郑庆山教授的怀念与哀悼。

《〈金瓶梅〉版本史》于2015年10月由齐鲁书社出版，受到广大读者欢迎，荣获了华东地区古籍优秀图书奖，再版于2019年10月，当时增加五章内容。近年来，随着"金学"的发展以及研究的推进，在齐鲁书社副总编辑刘玉林先生的建议下，笔者据最新出版的重要版本与进一步考察的收获，予以酌情修订，又增补了两个篇章，增